Romy Schneider
Gelegenheiten

AF191620

Romy Schneider wurde 1980 in Ost-Berlin geboren und musste die DDR mit ihren Eltern und Brüdern kurz vor dem Mauerfall verlassen. Nach Abschluss ihres BWL-Studiums und Jahren in der Kommunikationsbranche in Düsseldorf und Essen traf sie 2018 eine mutige Entscheidung: Sie kündigte ihren Job für eine Weltreise mit ihrer Familie. Aus dieser inspirierenden Erfahrung entstand ihr erfolgreiches Buch «Herz schlägt Kopf», das im Oktober 2020 erschienen ist. Eine berührende Reisegeschichte über Veränderung und persönlichen Wachstum. Als freie Autorin und Lektorin hilft sie heute anderen Autor:innen, ihre Geschichten zu erzählen, und lebt mit ihrem Mann und ihrer Tochter im pulsierenden Ruhrgebiet. Ihr persönlicher Happy Place ist die Provence.

«Gelegenheiten» ist ihr Debütroman.

ROMY
SCHNEIDER

GELE GEN HEI TEN

kopfreisen
VERLAG

IMPRESSUM

1. Auflage 2023 / Deutschland
© 2023 Kopfreisen Verlag
Sonnenstraße 116, 44139 Dortmund
www.kopfreisen-verlag.de

Autorin: Romy Schneider
Gelegenheiten

Lektorat: Katja Scholz
www.freie-lektorin.com

Umschlaggestaltung: © Andrea Janas | www.andreajanas.com
unter Verwendung eines Motivs von Val_Iva/Shutterstock.com

Layout & Satz: Stefanie Scheurich, Vogel: freepik.com
www.stefaniescheurich.de

Foto: © Tobias Christian Franke

Dieses Buch ist auch als E-Book erhältlich (ISBN: 978-3-910248-05-2).

Bibliografische Information der Deutschen Nationalbibliothek:
Die Deutsche Nationalbibliothek verzeichnet diese Publikation in der Deutschen Nationalbibliografie; detaillierte bibliografische Daten sind im Internet über dnb.dnb.de abrufbar.

Printed in Germany

ISBN: 978-3-910248-04-5

Für Mila

Warte nicht zu lange, das Leben zu leben,
das du dir wünschst, sonst hast du vielleicht
keine Gelegenheit mehr dazu.

(John Strelecky)

DIE PLAYLIST ZUM ROMAN

Den Code mit der Spotify-App scannen:

oder diesen QR-Code mit der
Smartphone-/Tablet-Kamera scannen.

APRIL

Mir war schon seit einiger Zeit klar, dass das irgendwann passieren würde. Passieren musste. Und das Irgendwann war heute.

Ausgerechnet diesen Tag hatte ich mir ausgesucht. Der Frühling, den ganz Berlin seit Wochen sehnsüchtig erwartete, kam endlich aus seinem Versteck. Zeigte sich von seiner schönsten Seite. Der Himmel war einheitlich blau, nicht eine Wolke ließ sich blicken. Die Sonne tauchte die Häuser und kleinen Grünflächen zwischen den Straßen und Gehwegen in ein warmes, fast schon sommerliches Licht. Man konnte regelrecht dabei zusehen, wie die Knospen an den Bäumen und Sträuchern aufbrachen und zaghaft die ersten winzigen Blätter hervorbrachten. Dieses helle, frische Grün, das es nur im Frühling gab, spross mit einem Mal aus allen Ecken.

Ich schaute aus dem Fenster und beobachtete zwei Tauben, die unten auf dem Rasen herumpickten. Die Gartenanlage in der Mitte der drei Neubauten wurde erst vor Kurzem zu überteuerten Preisen von Landschaftsgärtnern hergerichtet. Ein üppig grüner, perfekt gestutzter Rollrasen, an den Rändern bunte Blumenbeete und hüfthohe Pflanzen mit dicken Stängeln und rosafarbenen Blüten, deren Namen ich nicht kannte. Sie seien exotisch, hatte man uns gesagt. Mittig war ein kleiner Teich eingelassen, sogar ein paar goldfarbene Fische schwammen darin. Rundherum führte ein breiter Weg aus glitzernden weißen Kieselsteinchen. Am Rand zwei Holzbänke, die immer noch nach frischem Holz dufteten.

Exotische Idylle in Friedrichshain. «Typisch Berlin» war gestern.

Dahinter eine große, dicke Eiche, die verworrenen Äste ragten weit über die Bänke hinaus. Man hatte sie, so ausgewachsen wie sie war, hierher versetzt. Für das Heranwachsen junger Bäume war keine Zeit, es dauerte zu lange. Die Käufer der Eigentumswohnungen hier sollten sich wohlfühlen und dazu gehörte, dass es einen schattenspendenden Baum gab, unter den man sich setzen konnte.

Obwohl der Garten hübsch anzusehen war, setzte ich mich selten dort hin. Alles zu künstlich, nicht natürlich gewachsen. Außerdem war man umgeben von den anderen Wohnhäusern, deren gigantisch große Balkone und Terrassen zum Garten hinaus lagen.

Im Sommer trafen wir uns dort manchmal abends mit ein paar Nachbarn, um ein Feierabendbier zu trinken. Die Gespräche waren immer gleich: anstehende Beförderungen, Vorteile der neuen S-Klasse, die nächste Reise auf die Malediven. Ein langweiliges Wie-kann-ich-den-anderen-übertrumpfen-Spiel.

Ich machte mit. Ich gehörte dazu.

Marc und ich waren vor drei Jahren hierhergezogen. Raus aus Mitte, aus unserer zu klein gewordenen Wohnung, an der alle zehn Minuten die Straßenbahn vorbeiratterte. Für mich war sie nicht zu klein. Die große Wohnküche entschädigte für das nicht vorhandene Wohnzimmer und die schmale Ausbuchtung im Schlafzimmer neben dem Bett nutzten wir als Kleiderschrank. Jedes Jahr knarrten die Dielen ein bisschen lauter. Ich liebte diese fünfzig Quadratmeter in Mitte. Die besten Croissants der Stadt bekam ich nur eine Etage tiefer, aus der Bäckerei unter uns. In einer braunen Papiertüte, die fettige Flecken bekam, noch bevor ich wieder oben war. Aber Marc wollte sich verbessern, «unseren Lebensstil anpassen». Mitte war ihm irgendwann nicht mehr gut genug.

Er arbeitete für eine Unternehmensberatung. Die Firma war groß, genau wie sein Gehalt. Doch mein Job als Marketingmanagerin in einem Food-Unternehmen hielt gut mit.

Wir hatten in Berlin studiert und uns währenddessen kennengelernt. In einem Schreibkurs saß er direkt hinter mir und beschmiss mich mit kleinen Papierkügelchen. Ich fand das albern und ignorierte ihn. Obwohl er mir gefiel. Groß und schlank, ein markantes Gesicht, dichtes, dunkelblondes Haar, das immer leicht verwuschelt aussah. Unter seinen Shirts zeichneten sich Muskeln ab, ich tippte auf Fitnessstudio. Er konnte jede haben, und das wusste er. Ich vermutete, den Schreibkurs hatte er nur belegt, um Mädchen kennenzulernen, die, wenn sie schön waren, auch intelligent sein mussten.

Doch Marc ließ nicht locker. Vielleicht passte ich in sein Beuteschema, sportlich, schmal, braunhaarig. «Du hast so ein zartes Puppengesicht», sagte meine Mutter immer. Vielleicht spornte ihn auch mein Desinteresse an. Er stellte mir selbstgepflückte Gänseblümchen im Wasserglas auf den Tisch und brachte mir ungefragt Kaffee aus der Cafeteria mit. Am letzten Kurstag fragte er mich, ob ich ihn zu einer dieser Studentenpartys begleite, die jeden Donnerstagabend in einer kleinen, stickigen Bar in Friedrichshain stattfanden. Ich blieb standhaft. Bis zu jenem Abend, an dem Lotta, meine beste Freundin und WG-Partnerin, mich überredete hinzugehen. Sie hatte einen Typen im Auge, der dort Stammgast war. Lotta wollte ihre Chancen austesten. Ich war mir sicher, die hatte sie. Es gab kaum eine Woche, in der sie nicht eine neue Telefonnummer zugesteckt bekam. Ihre langen, dunklen Locken, die ihr immer ins Gesicht fielen, wenn sie lachte, und ihre unbeschwerte Art konnte man nur mögen. Und sie besaß diese Kurven, von denen jede Frau und jeder Mann träumte. Lotta war ein Mensch, der das Leben nahm, wie es kam, ohne groß darüber nachzudenken. Ich hingegen machte mir immer viele Gedanken um alles Mögliche und las lieber Bücher oder schrieb Geschichten, als auf Studentenpartys zu gehen.

Lotta und ich waren völlig verschieden und vielleicht machte uns gerade das zu besten Freundinnen. Wir saßen stundenlang an der Spree und führten typische Mädchengespräche, wie man das mit Mitte zwanzig so macht. Ich brauchte ihre Leichtigkeit, mit der sie durchs Leben ging, und die mir manchmal fehlte. Und sie meine realistischen Einschätzungen, was manche Situationen und das Leben im Allgemeinen betraf. Meistens trafen wir uns in der Mitte.

Kurz vor Ende der Semesterferien beschloss Lotta, dass wir auf diese Party gehen. Wir saßen an der Spree und ließen unsere Füße ins Wasser baumeln. Ich hatte keine Einwände, die Prüfungen waren bestanden. Warum also nicht mal wieder einen netten Abend verbringen? In meinem Hinterkopf lag die leise Hoffnung, dass Marc auch da sein würde. Das Hin und Her zwischen uns empfand ich doch aufregender, als ich zugeben wollte. Und vielleicht sollte jetzt der nächste Schritt kommen.

Lotta jubelte und besorgte uns im nächstgelegenen Späti eine Flasche Spumante. An diesem Abend stießen wir auf die Liebe an und auf die Zukunft. Der Sekt kribbelte in meinem Mund und schmeckte nach süßer Freiheit. Es war eine dieser letzten lauen Spätsommernächte, die gleichzeitig Abschied und Neubeginn bedeuteten.

Seit dem besagten Partyabend waren wir unzertrennlich. Marc und ich. Wir sahen uns fast jeden Tag, unternahmen lange Spaziergänge und lernten zusammen für Prüfungen.

Wir setzten uns mit billigem Rotwein und Pizza an die Spree und erzählten uns unsere Träume.

Marc schwärmte davon, eines Tages eine Penthousewohnung in New York zu besitzen und in einer großen Unternehmensberatung zu arbeiten, die dort eine Zweigstelle hätte. Er würde zwischen Berlin und New York hin- und herpendeln, maßgeschneiderte Anzüge tragen und mit erfolgreichen Geschäftsmännern verhandeln. Kleider, Schmuck für mich. Geschlossene Gesellschaften für uns.

Marc dachte groß, von Anfang an. Das Funkeln in seinen Augen versprach ein aufregendes Leben. Ich schmiegte meinen Kopf an seine Schulter und erzählte ihm von meinem Traum, Bücher zu schreiben. Romane, die inspirieren und berühren. Ich würde Schriftstellerin sein. Nichts anderes.

Ich sah mich dabei in einem kleinen Häuschen in Frankreich sitzen, in der Provence. In einem dieser typischen Steinhäuschen mit Zypressen und Lavendel im Garten. Die Einrichtung wäre einfach und trotzdem stilvoll. Eine Kommode vom Flohmarkt, restaurierte Holzstühle aus dem Antiquitätenladen. Jeder in einer anderen Farbe. An manchen Stellen blätterte schon ein wenig Putz von der Wand und die schweren, drahtigen Eisenstühle auf der kleinen Terrasse hinter dem Haus wackelten etwas. Perfekt unperfekt.

Mit meinem leicht klapprigen Fahrrad würde ich zweimal die Woche zum Markt ins Dorf fahren, frische Lebensmittel einkaufen, aus denen wir abends ein simples, aber köstliches Essen zauberten. Dazu eine Flasche Rotwein, deren verschnörkeltes und schon nicht mehr ganz druckfrisches Etikett vermuten ließe, dass es sich um ein besonderes Tröpfchen handelte.

Dieses Bild war schon Jahre in meinem Kopf.

Marc lachte, ich hätte zu viele französische Filme gesehen. Und Frankreich, da würden wir jedes Jahr hinfahren, um dort unseren Wein zu kaufen. Von einem der besten Weingüter des Landes. Und gegen eine Sommerresidenz hätte er nichts einzuwenden.

«Es wäre der perfekte Platz zum Schreiben, die Umgebung, die Atmosphäre – das alles würde mich inspirieren», ergänzte ich. Keine Ahnung, warum ich mir dessen so sicher war, ich fühlte es einfach. Den kurz aufflammenden Gedanken, dass er meine «Schreiberei» nicht ernst nahm, verdrängte ich. Bisher hatte ich ihm noch nichts von meinen Texten gezeigt. Was erwartete ich also? Ich freute mich auf eine gemeinsame Zukunft mit Marc und wollte, dass er glücklich ist. Alles andere würde sich fügen.

«Warum tust du das, Karla? Du glaubst doch nicht im Ernst, dass das jetzt der richtige Zeitpunkt ist.» Marc fuhr sich nervös durchs Haar und lief im Wohnzimmer auf und ab. Ich saß auf dem Sofa und schaute immer noch aus dem Fenster in den Garten. Mittlerweile waren Kati und Isabelle herausgekommen und setzten sich auf eine der Bänke. Jede eine große Kaffeetasse in der Hand. Sie lachten und schauten hoch in unsere Richtung. Sie wussten, dass ich einem guten Kaffee nur schwer widerstand. Ich sah schnell weg und drückte mich tiefer ins Sofa. Doch das riesige Panoramafenster machte das Verstecken unmöglich. Ich fühlte mich miserabel und ein Teil von mir wünschte, es wäre nicht so weit gekommen. Dann würden wir jetzt diesen frühlingshaften Sonntagvormittag nutzen und rausgehen. Vielleicht würden wir uns Frühstück mitnehmen und uns an die Spree setzen. So wie früher.

«Wir ... wir haben doch schon so oft darüber gesprochen.» Langsam und gequält kamen die Worte über meine Lippen. So viele Gespräche hatten wir schon geführt, stundenlang. «Es würde sich einfach nichts verändern. Wir sind zu festgefahren und ich ... will da raus.» Ich starrte auf den creme-gelb gemusterten Teppich zu meinen Füßen und zählte die feinen, weißen Linien, die sich diagonal und im Zickzack darüber schlängelten. Ein Mitbringsel aus Kapstadt, handgewebt. Wir hatten uns damals beide sofort in ihn verliebt. Da wir ihn nicht mit in den Flieger nehmen konnten, ließen wir ihn uns per Kurier nach Deutschland schicken. Es war manchmal einfach, wenn man das nötige Kleingeld hatte.

Marc setzte sich auf die Couch neben mich und wartete darauf, dass ich ihm in die Augen sah. Ich hob meinen Kopf und drehte mich zu ihm. Eine Mischung aus Ärger und Traurigkeit lag in seinem Blick.

«Du kannst nicht gehen, du kannst doch nicht all das hier verlassen, was wir uns aufgebaut haben.» Er sprach so leise, es klang fast bittend.

Doch ich hatte mich entschieden. Ich wollte «all das hier» verlassen. Weil «all das hier» nicht meinen Träumen entsprach. Nicht mir entsprach. Ja, wir hatten uns einiges aufgebaut. Nach dem Studium bekamen wir beide Jobs, die uns interessierten und gut bezahlt wurden, und zogen in die kleine Wohnung mit dem Straßenbahnlärm vor der Tür. Wir waren unbeschwert und unabhängig. Kein Geld mehr, das wir von unseren Eltern oder dem Staat benötigten. Wir hatten unser eigenes. Fühlten uns frei. Wir kauften uns eine echte italienische Kaffeemaschine und die besten Bohnen, die wir finden konnten. In den Sommermonaten setzten wir uns morgens auf unseren winzigen Balkon, genossen den Kaffee, langsam, in kleinen Schlucken. Dabei machten wir uns einen Spaß daraus, den Leuten, die unter uns vorbeigingen, eine Geschichte anzudichten. Im Winter stellten wir uns abends in Decken gehüllt ans Fenster, zählten die Lichter da draußen und schmiedeten Pläne für den Sommer. Zwischendurch hatte ich immer genügend Zeit, um zu schreiben. Ich liebte unser Leben. Ich hätte nichts anderes gebraucht.

Doch mit dem Geld kamen immer mehr Anschaffungen. Wir konnten es uns ja leisten. Die übergroße HiFi-Anlage, immer das neueste Handy, Laptop, Tablet. Ein teures Auto, ein zweites. Handtaschen, Schmuck, Designerkleid. Es war aufregend. Es war wie ein Rausch. Die Welt, sie gehörte uns.

Marc war angestachelt und zog mich mit. Im gleichen Maße, wie die Arbeit mehr wurde, stieg das Gehalt und die freie Zeit sank. Marc wollte noch höher. Es machte ihn glücklich. Und ich wollte, dass er glücklich ist. Passte mich seinen Träumen an.

Mit der Zeit gewöhnte ich mich an den komfortablen Lebensstil. Shoppen auf dem Kurfürstendamm wurde so normal wie das Einkaufen im Supermarkt. Champagnerempfänge, Geschäftsessen. Es gab immer etwas, wo man sich zeigen musste. Mithalten musste.

Die Einladungen wurden mehr. Wir fühlten uns geschmeichelt.

Wir hoben ab. Waren in einer Blase.

Die Welt außerhalb existierte gar nicht mehr.

Neben unseren Luxusausgaben waren wir klug genug, auch einiges zu sparen. Den Traum von einer Penthousewohnung in New York hatte Marc stets vor Augen, auch wenn es zunächst eine in Berlin sein sollte. Eines Abends holte er mich vom Büro ab, es war wie immer spät geworden. Ich war nur daran interessiert, mit ihm einen gemütlichen Abend auf der Couch zu verbringen. Da zeigte er mir den Hochglanzflyer, der drei nagelneue Penthousewohnungen auf der Halbinsel Stralau in Berlin-Friedrichshain anpries. Ich sah das Funkeln in seinen Augen und wusste, dass ich ihm diese Wohnung nicht mehr würde ausreden können. Und nun saßen wir hier und ich wollte nichts sehnlicher, als wieder auszuziehen.

«Du weißt doch, wie ich darüber denke», sagte ich leise, «es macht mich nicht glücklich ... all das hier.» Der verächtliche

Ton in meiner Stimme war nicht beabsichtigt und im gleichen Moment bereute ich es. Es war ungerecht von mir. Marc wollte nie etwas anderes, als mich glücklich zu machen. Er hatte Spaß an seinem Job, arbeitete aber hart. Abend- und Wochenendschichten waren nicht selten, dafür konnte er sich das Leben leisten, das ihm so wichtig geworden war. Und bei dem er dachte, dass es das für mich ebenfalls ist. Ich hatte nie was gesagt, mich nie beschwert. Ich redete mir ein, wie gut ich es doch hatte. Doch innerlich fing ich irgendwann an, mich zu fragen, ob ich das alles überhaupt wollte. Ich vermisste das kribbelige Gefühl, die Energie, die früher durch meine Adern floss und die mich so motivierte. Das Leben bot so viele Möglichkeiten. So viele Gelegenheiten. Und ich wollte mich in dieses Meer voller Optionen hineinstürzen.

Doch da war keine Aufregung mehr. Das Kribbeln war weg. Ich steckte fest, wann auch immer das passiert war. Und der ganze Kram, den wir angehäuft hatten, zog mich jetzt zu Boden. Ich wurde wütend auf mich selbst, wie konnte ich bloß so undankbar sein? Ich hatte doch alles, was ich brauchte.

Doch hatte ich das wirklich? Was brauchte ich denn? Diese Frage beschäftigte mich fortan: Was brauchte ich?

«Und was ist mit mir?» Er flüsterte fast, als ob er die Antwort fürchtete. Und je leiser er sprach, desto weniger könnte passieren.

«Ich muss erst mal raus hier. Ich will mich selbst wieder spüren können.»

Ich wich ihm aus, wusste nicht, was mit ihm war. Mit uns. Ich hatte keine Ahnung, wohin das alles führen würde. Das Einzige, das ich wusste, war, dass ich allein sein wollte. Ich brauchte Ruhe zum Nachdenken. Ich wollte etwas verändern und ich wollte endlich wieder schreiben. Und zwar richtig. Einen ganzen Roman. Vielleicht wollte ich ein ganz anderes

Leben. Ich hatte mich von mir selbst entfernt und nun musste ich wieder zurückfinden.

In den letzten Jahren hatte ich immer weniger geschrieben, bis ich es irgendwann ganz sein ließ. Die Zeit und die Ruhe fehlten. Ich schlug einen Karriereweg ein, wurde mit dreißig stellvertretende Leiterin der Marketingabteilung und kam selten vor einundzwanzig Uhr nach Hause. Meine handschriftlichen Texte sammelte ich in einer Kiste, die ich im Kleiderschrank verstaute. Ganz nach unten. Ganz nach hinten.

Die auf dem Laptop angefangenen Manuskripte lagerte ich auf eine externe Festplatte aus. Auch diese fand ihren Weg in die Kiste. Doch ich hatte nie aufgehört, vom Schreiben zu träumen. Ich verschob es nur auf später. Jetzt war ich vierunddreißig und das Später war noch immer nicht eingetroffen. Die Zeit raste.

Marc stand vom Sofa auf und ging zum Fenster. Ich riskierte einen Blick nach draußen und sah, dass nun auch die Männer, Jakob und Daniel, zu ihren Frauen gestoßen waren. Sie winkten, als sie Marc sahen. Er hob nur leicht die Hand, als ob sie ihm zu schwer wäre, und rang sich ein gequältes Lächeln ab. Ich ahnte, was in seinem Kopf vorging. Bald würden sie es erfahren, dass er, der erfolgreiche Unternehmensberater, der seiner Freundin jeden Wunsch von den Lippen ablas, von ihr verlassen worden war. Sie würden es nicht verstehen, wie man so ein Leben aufgeben konnte. Ich verstand es ja selbst nicht.

Nächtelang hatten wir im Bett gesessen und geredet. Und immer wieder schaffte Marc es, mich davon zu überzeugen, dass alles perfekt war. Jedes Mal war ich zuversichtlich, dass er recht hatte und es nur eine Phase wäre, die bald vorüberginge. Doch die Phase endete nicht. Bis ich irgendwann zu dem Schluss kam, dass ich sie selbst beenden musste. Und das war heute.

Ich wollte zunächst zu meinen Eltern fahren. Sie wohnten ein Stück raus aus Berlin, in einem kleinen Ort bei Königs-Wusterhausen. Immer noch im gleichen Haus, in dem ich meine Kindheit und Jugend verbracht hatte. Momentan waren sie auf einer vierwöchigen Reise durch Norwegen und erst vor ein paar Tagen losgefahren. Die Gelegenheit bot sich also an und so hatte ich Zeit, dort in Ruhe über alles nachzudenken. Mir die nächsten Schritte zu überlegen. Denn weiter als bis dahin hatte ich noch nicht gedacht.

Meine Mutter war besorgt, als ich sie anrief und ihr erzählte, dass ich Marc verlassen würde und ein bisschen Zeit bräuchte, um mir über einiges klar zu werden. Das war vor drei Tagen. Verwundert war sie nicht. Sie schätzte Marc, aber sie war immer schon der Meinung gewesen, dass wir verschiedene Ansichten vom Leben hätten.

Ich hatte bereits meine beiden Rollkoffer aus der Kammer im Flur geholt und stand nun im Ankleidezimmer, um sie mit dem Allernötigsten zu füllen.

In dem kleinen Dorf meiner Eltern brauchte ich keine schicken Kleider oder teuren Handtaschen, geschweige denn Make-up oder Pumps. Eigentlich hatte ich dieses ganze Zeug nie wirklich gewollt.

Ich packte für ein anderes Leben.

Ich nahm zwei Jeans aus dem Schrank, ein paar Shirts und Pullis sowie zwei Paar Turnschuhe und mein schwarzes Lieblingssweatshirt. «I'm a writer» stand in weißen Lettern darauf. Es stammte aus meiner Studentenzeit und war schon ziemlich verwaschen. Das einzige Kleidungsstück, das mir überhaupt aus dieser Zeit geblieben war. Ich hatte es damals im Anschluss an meinen ersten Schreibkurs gekauft, in dem kleinen Buchladen in meinem Heimatdorf. Bevor ich nach Berlin zog, war ich häufig dort gewesen. Schon als Kind hatte ich stundenlang in der Kinderbuchecke gestöbert. Ich erinnere mich noch wie Merle, die Besitzerin, zu mir sagte, dass sie sich freuen würde, wenn ich eines Tages mein eigenes Buch in ihren Regalen stehen hätte. Ich zog den Pulli immer an, wenn ich schrieb.

Mit dem Herausziehen des Pullis, der weit unten im Schrank lag, fiel mein Blick auf die Texte-Kiste. Sie war gerade so groß, dass Blätter in DIN-A4-Größe hineinpassten. Ich zog sie hervor und strich über das helle Holz. Diese Kiste war ein Stück Kindheit. Mein Vater hatte sie selbst gebaut und mir zu meinem zehnten Geburtstag geschenkt. «Für deine Geheimnisse», hatte er gesagt. Sie besaß sogar ein kleines Vorhängeschloss, doch den Schlüssel dazu hatte ich irgendwann verloren.

Vorsichtig hob ich den Deckel, es war eine ganze Zeit her, dass ich reingeschaut hatte. Obendrauf lag die kleine Festplatte, das Letzte, was ich hineingelegt hatte. Darunter mehrere schmale Notizbücher, vollgekritzelt mit Gedichten und Gedanken, sowie ein paar lose Blätter mit Notizen, aus denen mal ein Roman werden sollte. Ich nahm die ganze Kiste mit und verstaute sie in meinem Koffer. Lesen wollte ich später. Jetzt musste ich erst mal weg. Marc war joggen gegangen, um sich abzulenken. Er wusste, dass er nichts mehr tun konnte, um mich von meinem Vorhaben abzubringen. Ich wollte weg sein, bevor er wiederkam. Wollte es nicht noch schwerer machen. Wollte ihm den Abschied ersparen. Für den Moment gab es nichts mehr zu sagen.

Ich hatte so oft versucht, ihm zu erklären, dass ich Abstand brauchte. Dass ich endlich meinen Traum leben wollte und wie wir es für uns beide am besten lösen könnten. Ich war nicht so ein Mensch, der einfach von heute auf morgen verschwand. Aber Marc hatte nie damit gerechnet, dass ich es wirklich ernst meinte. Doch je mehr Tage, Wochen und Monate vergingen, desto ernster wurde es für mich. Ich hatte innerlich schon fast abgeschlossen, er fing gerade erst damit an.

Es war nicht mal so, dass ich mir sicher war, ihn zu verlassen. Es hatte ja nicht nur etwas mit ihm zu tun. Ich lechzte nach Veränderung, und eigentlich wollte ich mein ganzes Leben verlassen. Ein Leben, in dem er einen großen Teil ausmachte. Den Teil, der bleiben sollte. Doch Marc war zu fest verankert in diesem Leben, in das ich nicht mehr gehörte. Vielleicht nie gehört hatte. Und jetzt war ich das eine Puzzlestück, das am Ende fehlte und so das perfekte Gesamtbild zerstörte.

Ich nahm meine Koffer und verließ das Ankleidezimmer. Das «Sanfte Seidengrau».

Langsam zog ich das Gepäck durch den Flur. An der Wohnungstür blieb ich stehen und betrachtete die riesige Korkpinnwand, die daneben hing. Neben To-do-Listen, Terminen und Einkaufszetteln hielt sie die schönen Momente in unserem Leben fest. Marc und ich am Strand auf Bali. Marc und ich auf einer Firmenveranstaltung. Marc und ich auf einem Neujahrsempfang. Marc und ich.

Auf jedem Bild strahlten wir übertrieben in die Kamera. Zurechtgemacht wie Stars für den roten Teppich. Jeder, der sie betrachtete, musste denken, wie perfekt alles war. Wie glücklich und sorglos wir sein mussten. Eins der Fotos vom Anfang unserer Beziehung, wie wir an einem See sitzen und picknicken, nahm ich ab und steckte es in meinen Rucksack. Es war schon ganz verblichen. Dann verließ ich die Wohnung. Leise zog ich die Tür ins Schloss und schlich zum Fahrstuhl. Ich hoffte, auf dem Weg in die Tiefgarage niemandem zu begegnen, dem ich erklären musste, wohin ich ging und warum.

Doch unten war alles still, ich zog meine Koffer hinter mir her bis zu meinem Auto, ein unpraktisches Cabriolet, wozu

Marc mich überredet hatte. Ein Koffer passte in den Kofferraum, den anderen quetschte ich auf den schmalen Rücksitz. Erleichtert darüber, dass niemand meine Aktion mitbekam, stieg ich ein und startete den Motor. Irgendwann, wenn ich etwas Abstand gewonnen hatte, würde ich Kati und Isabelle anrufen und ihnen das erklären, was ich gerade selbst noch so schwer in Worte fassen konnte.

Langsam fuhr ich aus der Garage, raus aus unserer Straße und hoffte, dass ich die richtige Entscheidung getroffen hatte.

Das Haus meiner Eltern hatte einen Garten mit einem großen knorrigen Apfelbaum in der Mitte. Als Kind war ich darin herumgeklettert, als Teenager saß ich oft stundenlang auf einem der unteren Äste und schrieb in eins meiner Notizbücher. Meist waren es nur einzelne Zeilen, manchmal dramatisch mit einem Hang zur Poesie. Später wurden die Texte zusammenhängender und länger. Was mich bewegte, schrieb ich auf und spann Geschichten drumherum. Manchmal verlor ich mich darin.

Ich parkte in der kleinen Einfahrt vor dem Haus und blieb noch kurz sitzen. Durchatmen. Jetzt war es so weit. All meine Überlegungen der letzten Wochen und Monate, meine Zweifel, ob ich das Richtige tat, meine Angst vor diesem Schritt und vor den Konsequenzen, die meine Entscheidung mit sich tragen würden, das ständige Hin und Her – es war vorbei.

Der Druck im Kopf wich der Erleichterung, denn im Prinzip war nichts passiert. Auf eine Art fühlte ich mich befreit. Ich war über die unsichtbare Grenze in meinem Kopf gegangen. War dabei, mein altes Leben zu verlassen und ein neues zu beginnen. Das, was vor mir lag, war unklar, aber es gab mir das Gefühl, endlich wieder lebendig zu sein. – Das Meer der Optionen umspülte vorsichtig wieder meine Zehen.

Ich stieg aus, zerrte die Koffer aus dem Auto, die sich jetzt viel leichter anfühlten, und ging langsam zur Haustür. Ich war zu Hause. Hier würde ich die nächsten Wochen verbringen, in Ruhe nachdenken und wieder anfangen zu schreiben.

Ich griff unter den dritten Blumentopf, der mit fünf anderen neben der Haustür in einer Reihe stand. Ich lächelte, diesen Platz für den Haustürschlüssel gab es schon, als ich noch ein Kind war und ich mich nicht getraut hatte, einen eigenen Schlüssel einzustecken, aus Sorge, ihn zu verlieren.

Ich schloss die Haustür auf und trat in den Flur. Sofort stieg mir ein Hauch von Rose und Lavendel in die Nase. Meine Mutter liebte diese Kombination, seit ich denken konnte. Mit diesem Geruch verband ich Kindsein, Unbeschwertheit. Ich sog die Luft ein. Der letzte Besuch bei meinen Eltern war schon etwas länger her. Und diesmal war es anders.

Ich hängte meine Jacke an der kleinen Garderobe hinter der Haustür auf, stellte meine Koffer ab und ging in die Küche, um mir einen Kaffee zu machen. Letztes Weihnachten hatten Marc und ich meinen Eltern genau die gleiche Kaffeemaschine geschenkt, die wir auch besaßen. Ich füllte Bohnen auf, goss Wasser in den Behälter und drückte auf den Startknopf. Ein vertrautes Rasseln durchdrang die Stille und wenige Sekunden später erfüllte ein herrlich angenehmer Kaffeeduft die Küche. Wie ich es vermisst hatte, einfach nur mal wieder ganz in Ruhe und ganz für mich einen guten Kaffee zu trinken. Ohne oberflächliche Gespräche und ohne Zeitdruck, weil ich ins Büro musste oder wir irgendeinen wichtigen Termin hatten. Zeit war für Marc immer kostbar und jede Minute musste ausgefüllt sein. Doch ich sehnte mich nach der Ruhe und Einfachheit, die im Moment lag.

Ich holte mir eine Tasse aus dem Schrank über der Spüle,

goss mir ein, ging rüber ins Wohnzimmer und schob die große Glasschiebetür auf. Der Frühling strömte ins Haus, vermischte sich mit Rose und Lavendel. Ich ging nach draußen, setzte mich auf die kleine Holzbank unter dem Apfelbaum und schaute nach oben. Die Äste mit ihren frischen, zartgrünen Blättern ließen noch genügend Sonnenlicht hindurchscheinen. Sie wärmten mein Gesicht und ich schloss die Augen, um diesen Moment einzufangen. Doch es dauerte nur wenige Minuten und schon bohrten sich immer neue Fragen durch meinen Kopf. Wie sollte es nun weitergehen? Wo sollte ich hin? War ich überhaupt in der Lage, in dieser Situation ein Buch zu schreiben? Noch dazu war ich doch komplett aus der Übung. Und wer sollte es überhaupt lesen?

Mein Handy klingelte dumpf irgendwo hinten im Haus. Ich stand seufzend auf, stellte meine Tasse ab und ging hinein. Bestimmt meine Mutter, die wissen wollte, wie es mir ging und ob ich *es* getan hatte.

«Hi, Mum, ich bin schon bei euch. Habe es durchgezogen.» Wie sich das anhörte. Als ob ich etwas verbrochen hätte.

«Ach Liebes, wie gehts dir denn? Findest du dich zurecht? Ich habe gar nichts eingekauft, ich war mir nicht sicher, ob du … Ach, in der Tiefkühltruhe ist noch ein bisschen Gemüse und was von der Tomatensuppe, die du so magst. Können wir irgendetwas für dich tun? Wir können auch früher zurückkommen.»

Ich war vierunddreißig Jahre alt und meine Mutter traute mir nicht zu, dass ich selbst für mich sorgen konnte.

«Nein, nein, genießt ihr mal euren Urlaub.» Auch wenn ich liebend gerne mit meiner Mutter jetzt hier in live gesprochen hätte, war ich doch froh, erst mal allein zu sein. «Ich gehe morgen einkaufen», ergänzte ich, um sie zu beruhigen, dass ich nicht verhungern würde. «Ansonsten … geht es mir gut. Ich bin irgendwie … erleichtert. Zumindest für den

Moment.» Ja, das war ich, aber ich hatte auch Angst vor all den Momenten, die noch kommen würden.

«Na, dann komm erst mal an, mein Schatz. Du kannst so lange bleiben, wie du willst. Wir sind für dich da, wenn du uns brauchst.»

«Danke, Mum.» Ein kleiner Kloß bildete sich in meinem Hals.

«Wie hat Marc denn reagiert?»

«Na ja, er war ... traurig ... und verärgert. Und hilflos. Und dann ist er joggen gegangen.»

«Er wollte es sicher nicht wahrhaben.»

«Nein. Wollte er nicht.»

«Vielleicht redet ihr noch mal zu einem späteren Zeitpunkt. Ich meine ... ich weiß, dass ihr schon so viele Gespräche geführt habt, aber ... ihr wart so lange zusammen. Auch wenn ich immer gedacht habe, dass ihr zu unterschiedlich seid ...»

«Ja, ich weiß.»

«Was ist denn mit deinem Job? Hast du Urlaub genommen?»

«Ich habe gekündigt.»

Stille. Diesen Teil hatte ich meinen Eltern bisher vorenthalten. Aus Angst, sie hätten mich davon abhalten wollen.

«Aber Liebes, war das nicht etwas voreilig? Oder hast du schon etwas Neues? Etwas weniger Stressiges? Ich fand sowieso, du hast viel zu viel gearbeitet. Du musst doch das Leben genießen. Du bist doch noch so jung. Aber irgendeinen Job brauchst du. Und deinen Roman kannst du doch nebenbei schreiben. Eine Teilzeitstelle wäre doch was.»

Die Beunruhigung in ihrer Stimme war deutlich zu hören. Ich würde ohne Job und damit auch ohne Geld sein. Und nur Bücher schreiben, das würde nicht reichen. Meine Mutter hatte mich immer unterstützt, wenn es ums Schreiben ging. Aber sie glaubte nicht, dass ich es schaffen würde, davon zu leben.

«Ich habe ein bisschen was gespart, Mum. Das wird eine Weile reichen.»

Mein Gespartes war in Wirklichkeit ziemlich überschaubar. Es war viel für unsere Wohnung draufgegangen. Marc hatte sie zwar bezahlt und bezahlte immer noch, doch ich hatte ihm jeden Monat einen größeren Betrag als «Miete» überwiesen. Das erschien uns als die beste Lösung. Die Einrichtung, die wir mit Hilfe eines professionellen Raumausstatters ausgesucht hatten, ging zu einem großen Teil auf mich. Aber ich wollte jetzt nicht damit anfangen, irgendetwas zurückhaben zu wollen. So war ich nicht. Von meinen Ersparnissen würde ich, wenn ich mich einschränkte, eine Weile leben können. Auch ohne Teilzeitjob. Nur Marcs Traum von einer Penthousewohnung in New York würde so erst mal wieder in weite Ferne rücken. Ich fühlte mich schlecht deshalb. Endlich fing ich an, meinen Traum zu leben, aber machte dafür seinen kaputt.

«Ich brauche meine gesamte Zeit fürs Schreiben. Ich will es diesmal wirklich durchziehen. Ich muss. Und wenn es nichts wird ... dann habe ich es wenigstens versucht.»

«Okay, Liebes, du wirst schon wissen, was du tust. Ich glaube an dich. Und dein Vater auch. Ich mache mir nur Sorgen ... du kannst jederzeit bei uns wohnen.»

«Ich weiß, Mum.»

Dass ich nach Frankreich gehen wollte, um dort mein Buch zu schreiben, davon erzählte ich ihr lieber noch nichts. Ich wusste ja auch noch gar nicht, wohin. Ich hatte nur dieses Bild im Kopf: mein Steinhaus, und wie ich draußen hinter dem Haus in meinem kleinen Garten saß und schrieb. Schrieb, bis die letzten Sonnenstrahlen hinter den sanft geschwungenen Hügeln am Horizont verschwunden waren.

Die Tage vergingen, ich war schon über eine Woche im Haus meiner Eltern und nichts tat sich. Ich schlief viel, las viel, trank viel Kaffee im Garten. Das sonnige Wetter hielt sich beständig. Ich wusste nicht, wohin mit mir, fühlte mich antriebslos. Dabei musste ich doch jetzt mein Leben weiter planen. Es endlich wieder selbst in die Hand nehmen. Ich wollte so viel, dass es mich geradezu blockierte und ich mich zu nichts aufraffen konnte. Endlich hatte ich meine Ruhe und fühlte mich elend. Ich wühlte in meiner Texte-Kiste und durchstöberte die alte Festplatte. Meine Romanidee, die schon seit Jahren in meinem Kopf herumschwirrte, war noch nicht ganz ausgegoren, doch es war schon so viel da. Es musste nur noch miteinander verbunden werden. Jeden Morgen setzte ich mich an meinen Laptop und starrte auf das leere Dokument vor mir – doch nichts passierte. Kein einziges Wort tippte ich in die Tastatur. Mein Kopf war leer und gleichzeitig voll. Er verlangte nach einer Pause und wollte gleichzeitig vorankommen. Ich wurde ungeduldig. Hatte ich tatsächlich geglaubt, ich könnte sofort loslegen? Langsam fing ich an, daran zu zweifeln, die richtige Entscheidung getroffen zu haben. Der Erleichterungsmoment war längst verflogen. Jetzt prasselten all die Momente auf mich ein, vor denen ich mich gefürchtet hatte.

Musste ich da durch? War das mein Entzug? Oder sollte ich einfach wieder zurückgehen? Noch war es nicht zu spät. Ich hatte mich nicht wirklich von Marc getrennt. Brauchte nur Zeit. Und vielleicht reichte diese eine Woche schon, um mir darüber klar zu werden, dass ich falschgelegen hatte. Eine romantische Spinnerei. Zu viele französische Filme. Ich war keine Schriftstellerin. Früher vielleicht, aber heute immer noch?

Ich vermisse dich.

Ich las die Worte auf meinem Handy, das vor mir auf der kleinen Anrichte neben der Spüle lag. Ich stand in der Küche und schmierte mir ein Brot mit Marmelade. Selbst gemachte Marmelade, die meine Eltern aus den Erdbeeren in ihrem Garten zauberten. Die beste Marmelade der Welt.

Ich hielt inne, mein Magen zog sich zusammen. Langsam ließ ich das Messer auf den Teller sinken und stützte mich mit beiden Händen an der Anrichte ab.

Lass uns reden.

Eine weitere Nachricht von Marc.

Ich wollte nicht reden. Wollte mich nicht beeinflussen lassen. Ich vermisste ihn auch. Das Schlimmste war, morgens aufzuwachen in der Hoffnung, alles nur geträumt zu haben und im selben Augenblick die schmerzliche Erkenntnis zu ertragen, die blitzartig einschlug. Sie war unerbittlich.

Doch ich wollte nicht zurück. Oder? Ich hatte regelrecht Angst vor mir selbst, dass ich wieder rückfällig wurde.

Ich brauche Zeit, schrieb ich.

Doch wie viel Zeit brauchte ich? Und, um was zu tun? Mich zu entscheiden, dass ich endgültig keine Zukunft mehr für uns sah? Zeit, um meinen Roman zu schreiben und danach zu gucken, ob unsere beiden Leben noch irgendwie zusammenpassten?

Ich hatte keine Ahnung.

Aber ich musste doch ausprobieren, was schon immer mein sehnlichster Wunsch war. Und dann würde es sich zeigen, was mit Marc und mir wäre. Aber er sollte nicht auf mich warten. Ich wollte ihm keine Hoffnung machen. Das wäre nicht fair. Er sollte frei sein. Genau wie ich frei sein wollte.

Mein Handy piepte erneut. *Wie viel Zeit?*

Meine Hände zitterten. Ich wollte ihm sagen, dass ich ihn immer noch liebte und vermisste, doch meine Finger flogen wie automatisch über die winzige Tastatur und tippten die Worte: *Warte nicht auf mich.*

Dann drückte ich schnell auf Senden, bevor ich es mir anders überlegte. Mein Herz raste, mein ganzer Körper vibrierte. Was hatte ich getan?

In dem Moment, in dem ich das realisierte, brachen alle Dämme. Wie ein unaufhaltsamer Schwall strömten die Tränen über meine Wangen. Ich sank auf den Küchenboden und schlug die Hände vors Gesicht. Ich hatte den letzten seidenen Faden durchgeschnitten, das letzte Hintertürchen geschlossen. Mein Herz tat mir unendlich weh, aber ich wollte kein Zurück mehr. Nur noch ein Vorwärts.

Mein Schluchzen erfüllte den ganzen Raum, doch niemand hörte mich und nahm mich in den Arm, um mir zu sagen, dass das die richtige Entscheidung gewesen war. Dass alles gut werden würde. Ich war allein. So, wie ich es gewollt hatte.

Eine gefühlte Ewigkeit hockte ich auf dem Boden, unfähig, irgendetwas zu tun. Noch nie hatte ich so eine alles ändernde Entscheidung allein getroffen. Hatte mich immer besprochen – mit meiner Mutter, mit Lotta. Ich fühlte mich von mir selbst überrumpelt. Trug ich doch die alleinige Verantwortung für mein Leben. Konnte ich mich auf mich verlassen?

Lotta. Sie war die Einzige, mit der ich in diesem Zustand sprechen konnte. Sprechen wollte. Lotta war noch immer meine beste Freundin, das hatte sich seit der Unizeit nicht geändert, auch wenn sie jetzt weit weg in Kanada lebte. Nach dem Studium hatte sie ein einjähriges Sabbatical angehängt und war mit ihrem damaligen Freund mit einem selbst ausgebauten Campervan von der Ost- bis an die Westküste gefahren. Ich hatte sie darum beneidet und wollte sie immer besuchen. Felix, ihr Freund, wäre sogar für zwei Wochen mit einem Kumpel in einer Blockhütte geblieben, sodass wir beide mit dem Van durch die kanadischen Wälder hätten fahren können. Alles war organisiert, doch dann kam mein neuer Job dazwischen.

Lotta blieb einfach in Kanada. Sie bekam einen Job als Marketingverantwortliche in einem großen Naturschutzreservat in der Nähe von Vancouver. Dort arbeitete sie immer noch. Sie brannte dafür, etwas wirklich Sinnvolles zu tun. Mit Felix war sie nicht mehr zusammen, dafür gab es jetzt Dave, einen Kanadier, der im gleichen Unternehmen arbeitete wie sie.

Ein-, zweimal im Jahr kam Lotta nach Deutschland, um ihre Familie zu besuchen. Auch wir sahen uns dann immer. Silvester vor einem Jahr hatten wir zusammen bei uns mit unseren Nachbarn gefeiert. Ich war froh, sie bei mir zu haben. Bei ihr konnte ich sein, wie ich war. Ich musste mich nicht verstellen, und ich musste ihr auch nichts beweisen.

Wir waren viel spazieren gegangen, hatten viel geredet in den paar Tagen. Sie war es auch, die mir den dezenten Hinweis gab, dass ich gar nicht mein Leben leben würde, von dem ich immer geträumt hatte. Sie war es, die mich wieder an meine Träume erinnerte. Wir machten gerade einen Spaziergang an der Spree. Auf dem Wasser hatte sich eine dünne Eisschicht gebildet und wir blieben stehen, um uns belustigt die Enten anzuschauen, deren Landeanflüge einer Rutschpartie glichen.

«Bist du eigentlich glücklich?»

Diese Frage kam so unerwartet, dass sie mich zunächst irritierte und ich nichts darauf antworten konnte.

«Äh ... klar? Warum fragst du?»

«Na ja, dein Leben scheint so perfekt, dass ich mich gefragt habe, wo die eigentliche Karla ist. Die, die *ich* kenne.»

Eine der Enten schlitterte gerade mit ziemlicher Wucht auf eine andere Ente und es gab ein großes Getöse. Ich kramte eine Papiertüte mit Brotresten vom Frühstück aus meiner Jackentasche und fing an, kleine Krümel in Richtung Eiswasser zu werfen. Im Nu kamen die Enten schnatternd auf uns zugewatschelt und stürzten sich gierig auf die unverhoffte Mahlzeit. Marc fand Entenfüttern kindisch.

«Ja, mein Leben ist perfekt, da sollte ich dankbar sein.» Energisch warf ich eine weitere Handvoll Brotkrümel hinter die kleine Absperrung am Ufer.

«Sicher kannst du dankbar sein. Das meine ich ja gar nicht. Aber alles ist so, so … so künstlich. Das passt gar nicht zu dir. Der ganze teure Kram, die ständigen Angeber-Partys und eure Freunde … Meine Güte, als ob es nichts Wichtigeres gäbe als Geld und Status und … und immer noch ein bisschen besser zu sein als alle anderen.» Ihre Stimme war laut geworden.

Erschrocken hielt ich in meiner Bewegung inne, die nächsten Krümel in die Entenmenge zu werfen, und drehte mich zu ihr um. Doch ich war unfähig, etwas zu sagen.

«Es tut mir leid, Karla.» Nun klang sie wieder etwas besänftigender. «Aber ich kenne dich, und so grundlegend verändert hast du dich nicht. Aber wenn du dich wohlfühlst, dann ist das okay. Ich hatte nur den Eindruck, dass es nicht so ist. Du bist nicht mit Freude dabei, das Glitzern in deinen Augen ist weg. Es wirkt eher, als wäre das alles eine Last für dich, die du nur aushältst, weil du nicht undankbar sein willst. Das wiederum ist typisch für dich.»

Ein Lächeln kam über ihre Lippen, während sie den letzten Satz sagte, und ich spürte, wie sich mein Rachen verengte. Ich schluckte ein paar Mal und holte tief Luft, ehe ich antworten konnte. Offenbar hatte sie einen wunden Punkt getroffen. In letzter Zeit hatte ich selbst schon darüber nachgedacht, ob ich glücklich war. Ich spürte, dass mir irgendetwas fehlte, wusste aber nicht was. Ich schob es auf die viele Arbeit und den Stress und versuchte, mich auf unsere nächste Reise zu konzentrieren. Die Seychellen. Dann wäre wieder alles gut. Ich brauchte nur Urlaub.

«Ja, vielleicht bin ich glücklich, vielleicht bin ich aber auch total unglücklich. Ehrlich gesagt ... ich weiß es nicht.» Hilflos hob ich meine Arme ein kleines Stück und ließ sie wieder fallen. Dann warf ich die letzten Brotkrümel auf die halbgefrorene Uferwiese und steckte die leere Tüte zurück in meine Jackentasche. Die Enten entfernten sich langsam wieder, sie hatten alle Krümel gefunden und verschlungen, das Geschnatter wurde leiser. Ich blickte aufs Wasser und versuchte die aufsteigenden Tränen wegzublinzeln. Objektiv gesehen gab es keinen Grund zu weinen. Mir ging es gut und ich wollte einfach nicht einsehen, dass mein Leben nicht so verlief, wie ich es mir erträumt hatte. Dafür hatte ich andere Dinge bekommen und ich sollte mich verdammt noch mal darüber freuen, anstatt in Selbstmitleid zu versinken.

«Hey, komm her.» Lotta schlang von hinten ihre Arme um mich und legte ihren Kopf auf meine Schulter. «Ich wollte dir nicht den Tag vermiesen, aber vielleicht habe ich ja ein bisschen recht?»

Ich gluckste kläglich. Sie kannte mich besser als jeder andere. Vor ihr brauchte ich die Fassade nicht aufrechtzuerhalten.

Und das war der Moment, als diese anfing zu bröckeln.

Ich schaute auf die Küchenuhr an der Wand, es war sechs Uhr abends, das hieß, in Vancouver neun Uhr morgens. Es war Wochenende, Lotta saß vermutlich gerade mit Dave am Frühstückstisch und plante mit ihm die nächste Wandertour. Wann immer es möglich war, fuhren sie raus, um nahe gelegene Parks und Wälder zu erkunden. *Hier gibt's jedes Mal was zu sehen. Stell dir vor, wir haben heute eine Biberfamilie beim Schwimmen im Fluss beobachtet*, schrieb sie dann. Oder: *Dave hat Wölfe entdeckt, Karla, Wölfe!! Das war so aufregend, besser als jede Netflix-Serie!* Regelmäßig schickte sie mir Fotos von ihren Mikro-Abenteuern. Und regelmäßig fragte ich mich, warum ich es noch nicht geschafft hatte, sie zu besuchen.

Ich saß noch immer auf dem Küchenboden, das Marmeladenbrot lag unangetastet über mir auf dem Teller neben der Spüle. Ich hievte mich auf einen der Küchenstühle, die um den Tisch am Fenster standen, und tippte Lottas Nummer ins Handy.

Es tutete unendliche vier Mal, bis sie dranging: «Karla, hey, wie schön, dass du anrufst! Dave und ich haben gerade von dir gesprochen. Beziehungsweise ich habe ihm gesagt, dass du uns dieses Jahr endlich besuchen wirst! Ein Nein wird nicht mehr akzeptiert!» Sie lachte und die Fröhlichkeit in ihrer Stimme schwappte etwas auf mich über. Wir hatten tatsächlich darüber gesprochen, dass, wenn «all das hier» erst mal vorüber war und mein Leben wieder etwas geordneter liefe, ich für einige Wochen nach Kanada kommen würde.

«Hey, Lotta, ja, das wäre wunderbar, und ich verspreche dir, dass es diesmal auch klappt.» Ganz so enthusiastisch klang meine Stimme jedoch nicht.

«Wie gehts dir denn, Süße?», fragte Lotta mitfühlend. «Konntest du schon ein bisschen zu dir kommen? Wie hat Marc es aufgefasst und wie sehen deine Pläne aus? Hast du schon nach Häusern in der Provence geschaut?»

Wie immer sprudelte alles aus ihr heraus, Lotta war eine eher ungeduldige Person und verbrachte bei Weitem nicht so Unmengen an Zeit mit Nachdenken wie ich. Mit Lotta fühlte sich das Leben so leicht an.

Über die neuesten Ereignisse wusste sie schon Bescheid. Ich hatte ihr eine Nachricht geschickt, auf die sie mit *Ich bin für dich da* geantwortet hatte.

«Ach, mir gehts okay … und auch wieder nicht. Gerade eigentlich nicht.» Ich machte eine Pause, um mich zu sammeln und nicht gleich wieder losheulen zu müssen. «Ich war erst erleichtert ... aber auch traurig. Ich ... ich vermisse Marc. Aber will nicht zurück. Ich fühle mich ... befreit, habe aber gleichzeitig Angst.» Wieder legte ich eine Pause ein. Meine verworrenen Gefühle konnte ich kaum beschreiben. «Ich sitze hier und mache einfach nichts. Alle meine Pläne, auf die ich mich so gefreut hatte, sind dahin. Ich habe keine Motivation und keine Energie. Kein einziges Wort für meinen Roman fällt mir ein. Und manchmal glaube ich, gerade den größten Fehler meines Lebens zu begehen. Und jetzt ... jetzt habe ich es endgültig versaut.»

Wieder stiegen mir Tränen in die Augen. Ich ließ sie laufen. Es war befreiend, das endlich alles loszuwerden. Diese Gedanken, die mich zu erdrücken schienen, laut auszusprechen.

Ich erzählte ihr von meiner Nachricht und dass es jetzt kein Zurück mehr gab. Aber dass das Vorwärtsgehen leider noch vollständig stockte.

«Ach, Karla, Süße, das ist doch ganz normal. Das steckt doch niemand einfach so weg. Du musst das jetzt erst mal verdauen. Und dann gehst du den nächsten Schritt. Aber lass dir Zeit und stress dich nicht.»

«Und was ist, wenn es schiefgeht?»

«Dann hast du es probiert, das hast du selbst gesagt.»

«Stimmt.» Ein kleines Kichern befreite sich aus meinem Hals.

«Seit ich dich kenne, redest du davon, Schriftstellerin zu sein. Du warst nur für ein paar Jahre abgelenkt, hast ein anderes Leben ausprobiert und jetzt gemerkt, dass du zurück möchtest. Zurück zu dir.»

«Und was ist, wenn ich das gar nicht mehr bin?»

«Dann hättest du nicht ständig diesen Traum im Kopf. Karla, du musst dein Leben leben und nicht das von anderen.»

«Ich weiß, aber ich wünschte, Marc wäre dabei.»

«Ihr wart lange zusammen, Karla, das ist doch klar. Aber wenn du ehrlich bist, du wärst nicht glücklich geworden.»

Lotta hatte so recht. Ich tat endlich das, wonach ich mich so lange gesehnt hatte. Im Moment ging es mir schlecht, ja, aber in ein paar Jahren würde ich vielleicht dankbar sein.

«Danke, Lotta», schluchzte ich, «dafür, dass du mich vermutlich als Einzige verstehst. Abgesehen von meiner Mutter. Aber sie hat die ganze Zeit nur Sorge, dass ich die Miete meiner nicht vorhandenen Wohnung nicht bezahlen kann.» Aus meinem Schluchzen wurde ein Glucksen.

«So sind Mütter. Zum Glück. Aber ich weiß, dass du ein richtig gutes Buch schreiben wirst. Ich glaube an dich. Und du musst das auch tun. Versprich mir das!»

«Ich verspreche es.»

Am nächsten Tag begab ich mich intensiv auf die Suche nach einem Häuschen in der Provence. Es gehörte zu meinem Traum und zumindest wollte ich es versuchen, auch wenn meine finanziellen Mittel wenig Anlass zur Hoffnung gaben. Außerdem lenkte es mich von Marc ab, und ich hatte eine Ausrede, nicht schreiben zu müssen. Doch die Recherche war zermürbend. Entweder waren die Häuser gepflegt, aber nicht bezahlbar oder bezahlbar, aber renovierungsbedürftig. Mir schwebten drei Zimmer vor – Wohnzimmer, Schlafzimmer, Arbeitszimmer –, eine eingebaute Küche, ein Bad, eine Terrasse, nicht direkt im Dorf, aber auch nicht zu weit weg davon, das Meer in der Nähe oder zumindest einen See. Wenn möglich alles bezugsfertig.

Vielleicht wollte ich zu viel.

Dreißig Häuser hatte ich mir bereits im Internet angesehen. Zu keinem fühlte ich mich hingezogen. Es war immer etwas. Also schob ich dieses Vorhaben zunächst wieder beiseite. Konzentrierte mich auf Dinge, die noch zu regeln waren.

Kümmerte mich um den Nachsendeauftrag und gab als Postadresse die meiner Eltern an. Dann schrieb ich Kati eine Nachricht, in der ich sie darum bat, mir mein ganzes Zeug aus der Wohnung zu schicken. Klamotten, Handtaschen, Schuhe, Schmuck. Den ganzen teuren Kram. Ich wollte ihn verkaufen, spenden, loswerden. Kati fragte nicht, ich erzählte nichts. Sie tat es einfach und dafür war ich ihr dankbar. Im letzten Paket, das schließlich bei meinen Eltern eintraf, lag ein Zettel dabei. Nur zwei Zeilen: *Du bist so mutig! Lass uns mal quatschen, wenn du dich neu eingerichtet hast.*

Neu eingerichtet. Wie als würde ich eine neue Wohnung einrichten. Nur dass es keine Wohnung war, sondern mein Leben. Mein neues Leben. Und jetzt war die Gelegenheit da, es neu zu gestalten.

Ich behielt nur das Nötigste und packte damit zwei große Reisetaschen, die ich bei meinen Eltern im Keller fand und die ich mit nach Frankreich nehmen würde. Meine Koffer wollte ich zurücklassen – zu sperrig.

Mein ganzes Leben in nur noch zwei Taschen. Wie leicht sich das anfühlte.

Den Rest verkaufte ich bei eBay, und was ich dort nicht loswurde, spendete ich an ein Sozialkaufhaus am Rande von Berlin. Ich hoffte, jemand würde sich über die Sachen freuen.

Von Marc hörte ich nichts mehr. Logisch, redete ich mir ein, doch ich konnte nur schwer damit umgehen. Meine Gefühle für ihn waren noch nicht zu Ende gefühlt. Jahrelang wusste man immer alles voneinander. Was der andere gerade machte, mit wem er sich traf, was ihn ärgerte, was ihn freute – wer das Brot für den Salat mitbrachte, den man abends zusammen essen wollte. Und plötzlich war man wie zwei Fremde, die nichts mehr gemeinsam hatten. Jetzt verband uns nur noch die Vergangenheit.

Das Foto von uns hatte ich unter mein Kopfkissen gelegt. Jeden Abend, bevor ich das Licht ausknipste, betrachtete ich es lange. Ich vermisste uns.

Um mich weiter von Marc und vom Schreiben abzulenken, machte ich jeden Tag ausgedehnte Spaziergänge. Ich lief durch die Kiefernwälder, deren würzigen Duft ich tief einatmete und der mich immer an meine Kindheit erinnerte. An die Sommer mit Bude bauen und Blaubeeren pflücken, bis die Hände ganz blaurot waren. Ich lief entlang der vielen Seen, deren Wasseroberflächen in der Sonne glitzerten. Wie schön es hier war, das hatte ich ganz vergessen.

Auf den weichen Waldböden blühte es in Gelb und Violett. Das erste Summen und Brummen war zu hören. Der Frühling brachte in mir jedes Mal das Gefühl hervor, dass eine neue Zeit anbrach. Doch der Unterschied war diesmal, dass es wirklich so war.

Ich hatte meinen Writer-Pulli angezogen und spazierte durchs Dorf. Das Wetter war wieder etwas kühler geworden und am Himmel zogen graue Wolken auf. In der Provence waren es mittlerweile schon um die zwanzig Grad, das zeigte mir die Wetter-App, die ich jeden Tag sehnsüchtig beobachtete. Ich musste unbedingt eine Unterkunft finden. Ein Haus, eine Wohnung – von mir aus auch nur ein Zimmer. Es war mir jetzt fast egal. Ich brauchte nichts, nur mich, Ruhe und einen Ort zum Schreiben. Und dass dieser Ort in der Provence sein sollte, hatte sich unverrückbar in meinem Kopf festgesetzt.

Ich schlenderte die Hauptstraße entlang, die durch das Dorf führte und die immer noch eine familiengeführte Bäckerei, einen Metzger, eine urige Eck-Kneipe und einen Tante-Emma-Laden zu bieten hatte. Manchmal schien es, als sei die Zeit hier stehen geblieben. Der kleine, aber immer gut sortierte Buchladen, in dem ich früher so oft gewesen war, befand sich auch hier in der Nähe. Warum nicht nach neuem Lesestoff stöbern? In Buchhandlungen konnte ich mich ewig aufhalten. Doch auch dafür war in den letzten Jahren kaum noch Zeit gewesen.

Von der Hauptstraße bog ich ab in eine schmale Nebenstraße und schon stand ich davor. Ich drückte die Tür auf und ein kleines Glöckchen kündigte leise bimmelnd mein Eintreten an. Ich schaute mich um, es sah noch genauso aus wie früher. Langsam ging ich durch die erste Regalreihe von insgesamt vier, die fast den gesamten Laden ausfüllten. Die Bücher waren nach Genre und zusätzlich alphabetisch sortiert. Die aktuellen Bestseller und Empfehlungen lagen vorn im Schaufenster aus. Die Sonne, die sich mittlerweile durch die Wolken gekämpft hatte, schien durch die Scheibe, tauchte alles in ein helles, freundliches Licht. In einer Ecke stand ein großer grüner Sessel. An der Wand darüber war eine kleine Leselampe angebracht.

Der Platz hinter der Ladentheke war leer. Vielleicht war Merle in ihrem Büro, das dahinter lag. Die Tür war nur angelehnt. Ich ging durch die zweite Reihe und strich mit den Fingern über die Buchrücken, die ordentlich mit der Kante des Regals abschlossen. Ich liebte die Atmosphäre, die von Büchern ausging. So viele Gedanken und Geschichten, versammelt an einem Ort. Am Regal mit den Romanen blieb ich stehen und betrachtete die Titel und Autoren. Hier und da zog ich eins heraus und blätterte vorsichtig darin herum. Vielleicht würde mein Buch eines Tages auch hier stehen.

«Hallo, Karla, schön, dich mal wieder zu sehen.»

Erschrocken fuhr ich herum. Merle war hinter mich getreten, ich hatte sie gar nicht bemerkt. Die kleine, zierliche Frau lächelte mich an, ihre vielen Lachfältchen kamen zum Vorschein. Sie musste Mitte sechzig sein. Etwas älter als meine Eltern.

«Oh, hallo, Merle, ich habe dich gar nicht gesehen. Ja, ich war gerade in der Nähe und dachte, ich schau mal kurz rein.»

«Wie läufts mit dem Schreiben?», fragte sie direkt. «Wann darf ich dein Buch in den Händen halten?» Sie schaute auf meinen Pulli und mir dann wieder in die Augen. «Wie schön, dass du den immer noch trägst.»

«Äh, ja ... also, ich habe vor, wieder mit dem Schreiben anzufangen, und der Pulli erinnert mich an die Zeit von damals ... als ich noch Schriftstellerin werden wollte.» Ich hüstelte nervös. Sie hatte meinen Traum nicht vergessen. Irgendwie fühlte ich mich ertappt.

«Man sollte seine Träume nie aufgeben. Aber manchmal muss auch erst der richtige Zeitpunkt kommen.» Sie schaute mich vielsagend an. Ich war verwirrt. «Deine Mutter kommt öfter mal her und wir plaudern ein wenig.»

Aha.

Als ich nichts erwiderte, fuhr sie fort. «Bist du gerade zu Besuch bei deinen Eltern? Sie sind doch unterwegs, nicht?»

«Ja, sie fahren gerade durch Norwegen, mit einem Camper. In knapp zwei Wochen sind sie zurück. Ich bin hier, um ... äh, um mal ein bisschen rauszukommen. Großstadt und so. Mich zieht's doch ab und zu wieder mehr in die Natur. Und ... na ja, da kann ich auch besser schreiben. So weg von allem, was mich ablenkt.» Ich blickte kurz auf den Boden, warum war mir das bloß so unangenehm? Es war doch nichts dabei zu schreiben. Außer, dass ich mein bisheriges Leben dafür aufgab.

«Verstehe», antwortete sie nur und schaute mich an, als wartete sie auf mehr.

«Ich ... ähm ... überlege, nach Frankreich zu gehen. In die Provence. In irgendein kleines Dorf. Also eigentlich will ich es unbedingt. Ich brauche einfach mal Ruhe, und ich glaube, ich würde mich dort wohlfühlen. Würde den ganzen Tag schreiben und ... und mir endlich meinen Traum erfüllen.»

Ich merkte, wie ich auf einmal glühte vor Aufregung und wild mit den Händen gestikulierte und redete weiter. «Eventuell bin ich etwas geprägt von den vielen Frankreich-Urlauben früher mit meinen Eltern und den französischen Filmen, die bei uns zu Hause in Dauerschleife liefen.» Ich lachte kurz auf bei der Erinnerung daran. «Aber es zieht mich einfach dort hin.»

Ich redete und redete, es war, als würde ich mich selbst von mir überzeugen wollen. Die Geschichte mit Marc und dass ich ein eigentlich fantastisches Leben aufgab, um das mich viele beneideten, erwähnte ich nicht. Ich hatte keine Lust auf Unverständnis. Und ich schämte mich. Dafür, dass ich so egoistisch und undankbar war.

Merle hörte mir aufmerksam zu und schaute mich die ganze Zeit mit großen Augen an. Wohl überrascht, welcher Wortschwall da aus mir herauskam.

«Deine Augen leuchten ja, Kind. Und deine Wangen glühen. Das ist die Karla von früher. Das kleine Mädchen, das immer in meinen Laden gestürmt kam und mir stolz ihre selbst geschriebenen Geschichten gezeigt hat.»

«Ja, ich erinnere mich. Vielleicht bin ich ja jetzt wieder da.» Unsicher schaute ich sie an. Verstand sie mich etwa?

«Das bist du, das bist du.»

Sie fragte nicht nach Marc, nicht nach meinem Job und ich war froh darum. Ich hätte sonst wieder zu heulen angefangen und wäre mir blöd vorgekommen. Mit vierunddreißig waren die meisten verheiratet, hatten Kinder bekommen und schmissen nicht alles hin und fingen noch mal neu an. Was sagte das über mich aus? Dass ich einige falsche Entscheidungen im Leben getroffen hatte? Dass ich unfähig war? Oder dass ich rechtzeitig bemerkt hatte, wie ich dabei war, meine Träume aufzugeben. Mutig genug war, mir das einzugestehen und zu handeln, bevor ich immer tiefer hineinsank in den

Sumpf der Bequemlichkeit. Und es mit jedem Jahr, das an mir vorbeizog, immer komplizierter werden würde, dort wieder herauszukommen.

«Weißt du denn schon, wo du wohnen wirst? In Frankreich, meine ich.»

«Nein, ich habe noch nichts gefunden. Zu teuer oder in einem zu schlechten Zustand. Es soll auch erst mal nur für ein Jahr sein. Vielleicht auch weniger. Mal sehen.»

Merle ging nach hinten zur Ladentheke und kramte in einer Schublade. «Vielleicht habe ich da was für dich ... ah, da ist er ja.» Sie zog einen länglichen Flyer heraus, auf dem ein kleiner, blassgelber Zettel mit einer handschriftlichen Notiz klebte. Ich ging zu ihr rüber, um es mir anzusehen.

«Das hier», sie deutete auf das kleine Steinhäuschen, das vorne auf dem Flyer abgebildet war, «ist das Haus einer guten Bekannten. Sie wohnt in der Provence, in La Motte-d'Aigues. Nicht weit von Cucuron entfernt, kennst du vielleicht.»

Und ob ich das kannte! Einer meiner absoluten Lieblingsorte! Mein Herz machte einen riesigen Luftsprung, das konnte doch jetzt nicht wahr sein!

«Claudia, meine Bekannte, führt dort eine kleine Buchhandlung, sehr erfolgreich sogar und auch mit deutschen Büchern. Die Gegend ist immer gut besucht und viele deutsche Touristen kommen dort vorbei. Aber etwas außerhalb hat sie dieses kleine Häuschen. Ihr Mann hatte es mal gekauft, er ist leider schon gestorben, und eine Zeit lang hat ein älteres, deutsches Pärchen darin gewohnt. Sie sind jetzt allerdings wieder nach Deutschland zurückgezogen. Sie wollten ihre Enkel um sich haben. Jedenfalls möchte sie es gerne vermieten. Ich glaube, sie nimmt nicht viel, du müsstest nur ein bisschen streichen und dich um ein paar kleinere Einrichtungsgegenstände kümmern, soweit ich weiß.»

Merle gab mir den Flyer. Auf den gelben Notizzettel hatte

sie die private Handynummer von Claudia geschrieben. Auf dem Flyer stand nur die des Maklers.

«Ruf sie einfach an, sie heißt Claudia Durand mit vollem Namen, ist aber Deutsche. Ihr Mann war Franzose. Ich sage ihr vorher Bescheid, dass du dich melden wirst. Wir kennen uns von früher, haben unsere Ausbildung in der gleichen Buchhandlung gemacht. Sie bat mich, den Flyer hier auszulegen, ich bin aber noch nicht dazu gekommen. Sie wollte es gerne wieder an Deutsche vermieten, und sie ist bestimmt froh, wenn jemand darin wohnt, den sie zumindest indirekt kennt.»

«Danke, das ist ... das ist toll, das hört sich fantastisch an! Danke!» Ich war völlig perplex, gerade noch schien mein Traum so weit entfernt und jetzt kam ich ihm ganz unverhofft näher. Und dann auch noch in der Nähe von Cucuron ... und einen See gab es dort ebenfalls, wenn ich mich richtig erinnerte ...

«Komm noch mal vorbei, bevor du fährst. Ich werde ein paar passende Bücher für dich heraussuchen.» Merle strahlte mich an. Diese herzensgute Frau hatte mich genau verstanden.

Ich trat raus auf die Straße und blickte in den Himmel, die Regenwolken waren verschwunden. Ein Traktor tuckerte vorbei, auf der anderen Straßenseite kamen lachend ein paar Kinder aus einem Eisladen gelaufen. Alles schien normal, nur für mich fühlte es sich fast surreal an. Die Energie floss zurück in meinen Körper. Ich war bereit für den nächsten Schritt.

MAI

Wie sich herausstellte, wollte Claudia ihr Häuschen recht schnell vermieten, wenn möglich zum fünfzehnten Mai, gerne eher. Ich hatte sie noch am gleichen Tag angerufen, nachdem ich nach Hause gesprintet war und erst mal einen kleinen Freudentanz aufgeführt hatte. Ich wollte dieses Häuschen. Und zwar unbedingt.

«Fantastique», rief sie immer wieder lachend in den Hörer. «Eine Schriftstellerin in meinem Haus, *fantastique*, das wird ein Bestseller!»

Ihre Euphorie beflügelte mich, doch gleichzeitig hielt ich es für eine völlig verrückte Vorstellung.

Sie beschrieb mir das Haus als nicht sonderlich groß, insgesamt siebzig Quadratmeter, verteilt auf zwei Etagen. Unten eine Küchenzeile und ein Wohnbereich mit Zugang zu einer kleinen Terrasse sowie einem Garten. Oben ein weiteres Zimmer und ein kleines Bad mit Dusche. Per E-Mail schickte sie mir noch ein paar Bilder, ich sollte es mir in Ruhe überlegen.

Ich saß im Wohnzimmer meiner Eltern auf dem Boden und klickte mich durch die Fotos. Die meisten offenbarten, dass die Zimmer einen Anstrich benötigten, an einigen Stellen waren dunkle Flecken an den Wänden. Und es fehlten ein paar kleinere Einrichtungsgegenstände. Aber alle Wasserleitungen waren erst vor wenigen Jahren ausgetauscht worden und die Elektrik funktionierte laut Claudia einwandfrei. WLAN war ebenfalls vorhanden. Claudia wollte es ab dem nächsten Frühjahr dauerhaft als Ferienhaus vermieten, und bis dahin durfte ich für eine kleine Miete darin wohnen. Das Haus war aus beigefarbenen Natursteinen gebaut, mit Holzläden an den Fenstern, wie es typisch für die Provence ist. Um den kleinen Garten sollte sich ein Gärtner kümmern.

Ich rechnete zusammen, was das alles kosten würde und ob ich damit für ein paar Monate hinkäme. Ich beschloss, dass es reichen musste. Die Bilder in meinem Kopf, wie ich mittellos wieder bei meinen Eltern einzog, schob ich beiseite.

Dieses Haus und dieser Ort waren genau das, was ich wollte. Alles in mir staute sich zusammen bei dem Gedanken daran und formte sich zu einer riesengroßen Welle, die mein altes Leben überspülen und Platz für ein neues schaffen wollte.

Ich rief Claudia an und sagte zu. Der nächste Schritt war getan. Mein altes Leben verblasste ein Stück weit.

«Du gehst nach Frankreich? Ach Liebes, bist du dir wirklich sicher? Wieso hast du denn nichts gesagt?»

Meine Mutter rief mich an, um sich zu erkundigen, wie es mir ging. Und ich eröffnete ihr mein Vorhaben, ein kleines Häuschen in La Motte-d'Aigues zu mieten. Meine Eltern befanden sich gerade in der Nähe von Stavanger und waren gerade dabei, sich ein Picknickplätzchen zu suchen, um sich den Sonnenuntergang anzuschauen. Diese kleinen oder auch größere Auszeiten hatten sie sich immer schon genommen, um zu *leben*. Sie waren nie an Karriere interessiert gewesen oder daran, Besitztümer anzuhäufen. Sie waren glücklich mit dem, was sie hatten. Und ich wollte immer genau so ein Leben leben wie sie. Doch irgendwann lockten die Karriere, das Geld, die Partys, die Statussymbole. Auch wenn ich schnell merkte, dass ich da nicht hingehörte, konnte ich trotzdem nicht aufhören. Marc liebte dieses Leben, es war das, was er sich immer erträumt hatte. Und da ich fest davon überzeugt gewesen war, dass wir füreinander bestimmt waren, dachte ich, dass das auch mein Leben ist. Ich merkte gar nicht, wie ich mich immer weiter von mir selbst entfernte.

Marc unterteilte unser Leben gern in Abschnitte und machte diese abhängig von unserem Status. «Wenn ich diesen Deal an Land ziehe, fliegen wir nach Hawaii. Wenn ich diese Beförderung bekomme, mache ich dir einen Antrag. Wenn du die komplette Leitung übernimmst, können wir schwanger werden.» – Wir waren auf Hawaii, die Beförderung hatte er letzten Monat bekommen und bevor ich die Leitung übernehmen durfte, hatte ich gekündigt. Die Reißleine gezogen.

Mein Herz krampfte sich zusammen, ich atmete tief ein und schob die aufblitzenden Erinnerungen an unsere Zukunftspläne weg. Ich hatte jetzt meine eigenen.

«Ich war mir nicht sicher, ob das überhaupt klappt, Mum.»

«Aber wir hätten dir doch bei der Suche helfen können, ich meine, die Idee ist wirklich wunderbar. Du hast Frankreich immer so gemocht. Weißt du noch, wie du nach unserem ersten Frankreich-Urlaub unbedingt Französisch lernen wolltest und von da an ständig Kinderbücher auf Französisch gelesen hast? Na ja, es versucht hast.»

Ja, ich erinnerte mich, doch lange hatte ich das nicht durchgehalten. Und wenn ich an mein Französisch dachte, war es eher so, dass trotz Schulfranzösisch nicht viel hängen geblieben war. Jedenfalls nicht, was das Sprechen betraf. Aber zumindest verstand ich einiges. Französischen Filmen sei Dank.

«Ja, ich weiß. Vielleicht wird es ja jetzt besser.»

«Wie lange willst du denn bleiben?»

«So ... ein knappes Jahr vielleicht?» Ich zählte innerlich bis drei, so lange würde die Pause dauern, bis meine Mutter sich von dieser Aussage erholt hätte und mit Gegenargumenten versuchen würde, mich von diesem Vorhaben abzuhalten. Auszeiten fand sie zwar wichtig, aber nicht, wenn man keinen Plan für *danach* hatte. Sicherheit stand ziemlich weit oben auf ihrer Werte-Liste.

«Ein Jahr? Aber ... wovon willst du denn leben? Du kannst doch auch hier etwas Neues beginnen. Du kannst bei uns wohnen und deinen Roman schreiben.»

Ich wusste, dass meine Mutter es nur gut meinte und sich unwahrscheinlich freuen würde, wenn ich vorübergehend wieder einzog. Für sie war es damals schwer gewesen, mich gehen zu lassen, als ich mit neunzehn meine Sachen gepackt hatte und nach Berlin in meine erste Studentenbude zog. Mit Matratze ohne Bettgestell und einer Dusche, die nur dann warmes Wasser ausspuckte, wenn man mindestens eine Stunde vorher den Wasserboiler angestellt hatte.

«Ich weiß doch, Mum, aber ich muss mal komplett raus. Andere Umgebung, anderer Alltag.» Anderes Leben, fügte ich in Gedanken hinzu. «Ich glaube, das wird mir guttun, und ich werde endlich wieder Zeit zum Schreiben haben. Ohne Ablenkung. Und mein Geld wird ... ungefähr reichen.» Das hoffte ich zumindest.

Obwohl Geld bei meinen Eltern nie eine wichtige Rolle gespielt hatte, war es doch so, dass meine Mutter immer Angst hatte, dass es irgendwann einfach alle war. Ich vermutete, dass das so tief in ihr steckte, weil sie als Kind eine ganze Zeit lang in ärmlichen Verhältnissen leben musste und meine Großeltern jeden Pfennig mehrmals umdrehten, bevor sie etwas ausgaben. Es gab eine Phase, da war nicht einmal Geld für Butter vorhanden. Meine Großeltern hatten im Krieg wie so viele andere alles verloren, und es dauerte lang, bis sie wieder ein eigenes Dach über dem Kopf, eine Arbeit und genug zu essen hatten. In dieser Zeit kam meine Mutter zur Welt.

Mein Vater war da entspannter. Er konnte gut mit Geld umgehen und war sich sicher, dass es immer eine Möglichkeit gäbe, wie er neues dazubekam. Er verließ sich dabei aber nicht nur auf sein Gehalt, das er als Projektleiter in einem mittelgroßen Unternehmen und später als Selbstständiger verdiente, sondern investierte schon früh in die richtigen Aktien. Meiner Mutter erzählte er nie etwas davon. Und nun waren beide seit zwei Jahren in Rente und er überraschte sie immer wieder aufs Neue mit wunderbaren Reisen, bei denen meine Mutter dachte, dass sie ab der Rente vorbei wären. Weil das Geld dafür nicht reichen würde.

«Okay ... Also wenn du das wirklich willst, dann wird es schon richtig sein.»

Ihre Stimme klang mehr als besorgt, aber was sollte sie schon tun, ich war fest entschlossen und würde mich nicht umstimmen lassen.

«Karla, wir werden dich besuchen kommen, glaub ja nicht, dass du uns für die nächsten Monate los bist», rief mein Vater im Hintergrund.

Ich musste lachen, mein Vater fand immer alles toll, was ich machte. Auch wenn er manche Dinge selbst anders angegangen wäre, hatte er großes Vertrauen in mich. «Du gehst deinen Weg, Karla, das weiß ich», sagte er immer. Während meine Mutter versuchte, mich vor möglichen Gefahren oder falschen Entscheidungen zu bewahren, und sie dabei manchmal etwas zu ängstlich war, was leider oft auf mich überging, ließ mein Vater mich machen. Einmal sagte er zu mir – da war ich gerade fünfzehn, in einer pubertären Trotzphase und der Meinung, dass ich keinen Schulabschluss brauchte, um Schriftstellerin zu werden –, dass er sich sicher sei, dass ich schon die richtige Entscheidung treffen würde. Ich solle auf meine innere Stimme hören. Er selbst hatte viele Entscheidungen in seinem Leben getroffen, weil andere das so wollten.

Erst, als er bei einem Autounfall, bei dem ihm jemand die Vorfahrt nahm und mit achtzig Sachen in seinen Wagen crashte, fast sein Leben verloren hätte, besann er sich. Weil er unmittelbar erlebt hatte, dass das Leben von heute auf morgen vorbei sein konnte. Damals war er achtundzwanzig Jahre alt und beschloss, nur noch das zu machen, wonach ihm der Sinn stand. Natürlich klappte das nicht immer, und jeden Tag nur das zu tun, worauf man Lust hat, grenzt ans Unmögliche. Aber darum ging es ihm gar nicht. Es ging darum, jeden Morgen aufzuwachen und sich auf den Tag zu freuen, in der Gewissheit, dass er das, was er tat, mit einer bewussten Entscheidung selbst so gewählt hatte. Und das bescherte ihm eine tiefe Zufriedenheit.

Ich entschied mich damals, die Schule zu beenden. Nicht, weil man mir gesagt hatte, dass ich das tun soll, sondern weil man mir die Entscheidung selbst überlassen hatte und mir das Vertrauen entgegenbrachte, schon das Richtige zu tun. Ich hatte schließlich festgestellt, dass ich den Schulabschluss nur deswegen verweigern wollte, um allen zu zeigen, dass ich rebellisch sein konnte. Und nicht, weil ich dachte, ich bräuchte ihn nicht. Ich wollte beweisen, dass ich jemand war, der eine eigene Meinung vertrat. Zur gleichen Zeit festigte sich mein Wunsch, Schriftstellerin zu werden, weil ich mich zum ersten Mal intensiver mit mir selbst beschäftigt hatte und merkte, dass das etwas war, was mich glücklich machte.

«Okay, Paps», rief ich zurück, damit er mich hören konnte, denn meine Mutter hatte immer noch ihr Ohr am Hörer, «kommt mich gerne besuchen, ich kann bestimmt Hilfe im Garten gebrauchen.» Doch ich wusste, dass mein Vater das sowieso schon eingeplant hatte.

Vier Tage, bevor meine Eltern von ihrer Reise zurückkamen, schmiss ich meine beiden Taschen ins Auto und startete in einen neuen Abschnitt meines Lebens. Ich wollte so schnell wie möglich los, bevor ich es mir anders überlegte. Bevor meine Mutter mich mit ihrer Fürsorge erdrücken konnte und ich mich für den Moment wohler fühlte, in der vertrauten Umgebung zu sein. Es durfte nicht wieder zu bequem werden, denn aus bequem kam man schwer wieder raus.

Ich hatte mich entschieden.

Andererseits hatte ich null Ahnung, was mich erwartete. Aber genau das machte es doch spannend, redete ich mir gut zu. Zum ersten Mal in meinem Leben hatte ich mir nichts zurechtgelegt. Aber genau das wollte ich. Endlich wieder meiner Intuition folgen. Ohne Ablenkung. Ohne äußere Einflüsse.

Mein Laptop lag neben mir auf dem Beifahrersitz, bereit für neue Wörter und Sätze. Vielleicht fiel mir auf der Fahrt etwas Gutes ein, das ich am nächsten Rastplatz sofort runtertippen konnte. Meine Idee für meinen Roman nahm Gestalt an. Immerhin hatte ich es schon geschafft, die grobe Handlung inklusive des Endes aufzuschreiben – wenn auch nur in Stichpunkten. Nur mit dem Beginn tat ich mich schwer. Der erste Satz wollte mir nicht einfallen, geschweige denn die darauffolgenden. Und so begann ich einfach irgendwo mittendrin, bei einer Szene, die mir urplötzlich eines Abends kurz vor dem Einschlafen einfiel. Hastig stand ich wieder auf, stürzte zum Laptop und tippte die Zeilen in Windeseile von den Fingern. – Nur mein Schreibkurslehrer wäre sicherlich enttäuscht von meiner Vorgehensweise.

Ich freute mich unbändig, endlich wieder in die Provence zu kommen. Wieso war ich so lange nicht dort gewesen? Diese Verbundenheit, die ich zu dieser Region besaß, begleitete mich schon, seit ich denken konnte. Als Kind war ich mit meinen Eltern jeden Sommer auf immer anderen Campingplätzen. Mal mitten im Herzen der Provence, im Luberon, in der Nähe des Verdon, ein Fluss mit glasklarem, smaragdgrünem Wasser und felsigen Schluchten, in denen sich in meiner Fantasie Piraten versteckten. Ich liebte die vielen kleinen Bergdörfer mit ihren niedlichen Kirchen, den gemütlich wirkenden Steinhäuschen, den Kopfsteinpflastern und schmalen Gässchen, in denen man so gut Verstecken spielen konnte. Ich liebte den Lavendelduft, die extra langen, knusprigen Baguettes, die meine Eltern mit Käse und Tomaten belegten und mit Olivenöl beträufelten und die viel besser schmeckten als bei uns zu Hause. Mal fuhren wir ans Meer, an die Côte d'Azur, wo es mir jedoch nicht ganz so gut gefiel. Im Sommer war es völlig überlaufen dort, am Strand fand man keinen Platz und die Hitze in den für mich damals viel zu großen Städten war so drückend, dass ich es ohne drei Eis am Tag kaum aushielt. Doch überall herrschte diese eine Atmosphäre, wie man sie nur in Frankreich hat. Diese Leichtigkeit, die in der Luft flimmerte, gepaart mit einer mühelosen Eleganz, die allen Franzosen angeboren schien. Und diese Leichtigkeit, die Erwachsenen nannten es «Savoir-vivre», färbte sich auch auf meine Eltern ab. Und so auch auf mich. In Frankreich fühlte ich mich immer, als würde ich schweben.

Als ich älter wurde, so im Teenie-Alter und auch noch bis weit in meine Zwanziger hinein, beneidete ich die Französinnen um ihren Kleidungsstil, der immer so «einfach mal eben aus dem Schrank gefischt und drübergezogen» wirkte und doch gleichzeitig diesen typisch französischen Chic besaß. Ich versuchte es ihnen gleich zu tun, aber genau daran scheiterte es – denn so wirkte es gezwungen und sah eher aus wie «sie hatte sich stets bemüht».

Als ich irgendwann nicht mehr mit meinen Eltern in den Urlaub fuhr, gab es ein paar Jahre eine Frankreich-Pause und ich zog es vor, andere Länder Europas zu bereisen. Doch tief in meinem Herzen blieb die Provence immer mein Sehnsuchtsort. Dann lernte ich Lotta kennen und wollte ihr unbedingt mein Frankreich zeigen. Einen Sommer lang. Wir fuhren zuerst nach Paris, verbrachten ganze Tage in kleinen Cafés mit Croissants, Café au Lait und Rosé. Schlenderten stundenlang durch Montmartre, aßen die besten Crêpes unseres Lebens, liefen den Eiffelturm zu Fuß hoch und schauten französische Filme im Freiluftkino. Dann packten wir unsere Sachen, tuckerten mit meinem Fiat Panda weiter in die Provence, mieteten uns für drei Wochen ein kleines Apartment in der Nähe von Ménerbes und ließen uns weiter treiben. Wir schliefen, bis wir von selbst aufwachten, gingen ins Bett, wenn wir müde waren, kauften fast täglich frische Lebensmittel vom Markt, bekochten uns gegenseitig, tranken eisgekühlten Rosé in Mengen und lagen manchmal einfach nur den ganzen Tag faul in der Sonne. Ich schrieb zwischendurch Texte, die mir dort nur so aus dem Gehirn plumpsten. Ab und an fuhren wir an einen See oder ans Meer, erfrischten unsere mittlerweile sonnengebräunten Körper und schauten stundenlang aufs Wasser hinaus. Abends, wenn die Temperaturen angenehmer wurden, besuchten wir die unzähligen kleinen Bergdörfer, setzten uns hoch oben auf alte Burgmauern, blickten ins Tal hinab und hatten das Gefühl, dass uns die ganze Welt zu Füßen lag. In diesem Sommer nahm ich mir vor, meine glatten braunen Haare, die ich sonst immer nur maximal auf Schulterlänge trug, wachsen zu lassen. Sie sollten den französischen Sommer speichern und mich im Winter an ihn erinnern. In diesem Sommer wusste ich, dass ich eines Tages selbst ein kleines Häuschen in der Provence haben würde, um dort all meine Bücher zu schreiben.

Seit diesem Sommer damals war ich nicht mehr in Frankreich gewesen. Das war acht Jahre her. Meine Haare trug ich längst wieder schulterlang. Und dass ich nun ausgerechnet in die Region fahren sollte, die für mich den meisten Zauber besaß, konnte kein Zufall sein. La Motte-d'Aigues lag nur wenige Kilometer von Cucuron entfernt, meinem Lieblingsort, seit ich «Ein gutes Jahr» mit Russell Crowe gesehen hatte. In jenem Sommer waren wir dagewesen, damit ich mich davon überzeugen konnte, dass es dort tatsächlich so romantisch-schön ist wie im Film.

Für meine Fahrt hatte ich zwei Übernachtungen eingeplant. Der erste Stopp lag zwischen Nürnberg und Stuttgart, der zweite schon in Frankreich, bei Montbéliard, kurz hinter den Vogesen. Claudia erwartete mich am zehnten Mai abends in ihrer Buchhandlung, um mir die Schlüssel zu übergeben. Die Schlüssel zu meinem neuen Leben.

Je weiter ich mich von meiner Heimat entfernte, desto ruhiger wurde ich. Mit jedem Meter schüttelte ich mein altes Leben ab und schaffte Platz für neue Bilder in meinem Kopf. Ich hatte alles richtig gemacht. Tief in mir drinnen wusste ich das. Und das reichte. Die ungewisse Zukunft, die vor mir lag, ignorierte ich. Ich wollte mir vertrauen, dass ich fähig war, etwas aufzugeben, was mir jahrelang Sicherheit und Halt gegeben, mich aber am Ende nicht glücklich gemacht hatte. Und etwas Neues aufzubauen, dass mir zumindest momentan weder Sicherheit noch Halt gab, aber mein Innerstes zum Glühen brachte.

Meine erste Übernachtung war kurz. Ich ging spät ins Bett, weil ich mich so in einen Roman vertieft hatte, den mir Merle kurz vor meiner Abfahrt mitgegeben hatte, dass ich völlig die Zeit vergaß. Drei Bücher hatte sie mir geschenkt, die mich einstimmen sollten auf die Zeit, die vor mir lag, und mich inspirieren sollten für mein eigenes Buch. Alle drei handelten von Frauen, die sich der Gesellschaft zu sehr angepasst hatten und ihr entweder entfliehen oder sie verändern wollten. Sie trugen Kämpfe aus mit sich und mit ihrer Umwelt. Sie scheiterten, sie liebten, sie gewannen, sie verloren, sie versteckten, sie schämten sich und kamen mit jedem Schritt, den sie setzten, ein Stück zurück zu sich selbst. Ich war fasziniert und gleichzeitig verunsicherte es mich. Außerdem fragte ich mich, wo ich stand und ob ich jemals so etwas Gutes schreiben könnte.

Meine zweite Übernachtung war besser. Schon bei der Fahrt über die Landesgrenze nach Frankreich blitzte das Gefühl von damals in mir auf. Dass mir die Welt offenstand und ich alles erreichen konnte, was ich nur wollte. Gegen neunzehn Uhr bezog ich mein Zimmer in der kleinen Pension am Rande von Montbéliard, nahm mir von der Hausbar ein Glas Rosé mit nach oben, setzte mich auf den Balkon und wartete darauf, dass sich die Blitze in warme Wellen verwandelten und sich in meinem Körper ausbreiteten. Ich sah der Sonne zu, wie sie den Tag beendete und langsam hinter den Vogesen verschwand.

La vie est belle, tippte ich eine Nachricht an Lotta und sendete sie ihr zusammen mit einem Bild, das meine ausgestreckten Beine mit den nackten Füßen auf dem Geländer und meinem Glas Wein in der Hand zeigte. Selfie in Bestform. Euphorisch schickte ich ihr noch ein paar lachende Smileys hinterher und hoffte, dass mein zurückgekehrter Enthusiasmus eine Weile anhielt.

Bis spät in die Nacht saß ich an meinem Laptop, schrieb das Mittendrin-Kapitel zu Ende und machte mir Notizen zu möglichen ersten Zeilen. Langsam kam es wieder.

Um kurz nach achtzehn Uhr parkte ich mein Auto gegenüber der Buchhandlung *Bonnes Idées* in der Rue Vachaud. Dass es in diesem Eintausenddreihundertsechzig-Seelen-Ort überhaupt eine Buchhandlung gab. Merle hatte mir erklärt, dass die kleinen authentischen Buchläden immer seltener wurden und Platz machen mussten für die großen Ketten, deren Sortiment sich stetig verbreiterte und deren Mitarbeiterkompetenzen sich im gleichen Maße verschlechterten. Wer kannte sich denn heute noch mit Klassikern aus? Mit echter Literatur. Doch je seltener diese kleinen Läden wurden, desto beliebter wurden sie auch. Und Claudia hatte es geschafft, ihren zu halten. *Bonnes Idées* war die einzige Buchhandlung weit und breit. Außerdem zog es viele Touristen in diese Region und nicht wenige stöberten gern bei Claudia, wo neben den aktuellen Bestsellern auch Sartre, Hugo und Voltaire zu finden waren.

Draußen über der Eingangstür prangten große, mit goldener Farbe bemalte Holzbuchstaben: BONNES IDÉES. Im Schaufenster mischten sich Klassiker mit aktuellen Büchern, ein großer Frühlingsblumenstrauß in einer blauen Glasvase stand rechts in der Ecke. Von der Decke hingen drei größere eingefasste Glühbirnen und ließen ihr gemütliches Licht auf die Bücher hinabstrahlen. Alles wirkte wie zufällig zusammengestellt, aber dennoch ließ es erahnen, dass sich jemand genau Gedanken über die Dekoration gemacht hatte. Es war so wie fast alles in Frankreich, die Überlegungen, die hinter den Details steckten, sah man nicht und dieses Bild vermittelte dem Betrachter eine zufällige Lässigkeit.

Unter dem Schaufenster reihten sich Terrakottatöpfe mit rosa, weiß und pink blühendem Oleander aneinander. Es wirkte einladend und genau so, wie ich die Provence in Erinnerung hatte. Mein Herz schlug schneller, hier würde ich also die nächsten Monate verbringen – wenn es gut lief.

An der Tür hing ein Schild mit *Fermé*. Ich stieß sie trotzdem vorsichtig auf, sie war nur angelehnt und ein kleines Glöckchen kündigte auch hier an, dass jemand eingetreten war. Das Innere von *Bonnes Idées* erinnerte mich an Merles Buchladen. Mehrere hohe Holzregale standen seitlich zum

Schaufenster. Ich ging durch die Reihen und betrachtete die Bücher. Sie waren hier nicht nach Genre, sondern nur alphabetisch sortiert. Wie schon im Schaufenster alles vermischt und doch geordnet. Viele französische Autoren und Autorinnen und einige deutsche. Die Buchrücken schlossen wie bei Merle akkurat mit dem Regalbrett ab. Ich sog den Duft von Papier ein und berührte das glatte Holz.

Hinter den Regalen ging rechts an der Wand eine Tür ab. *Bureau des pensées* stand dort auf einem Schild – Büro der Gedanken. Was für eine schöne Bezeichnung. Ich ging hinüber und wollte anklopfen, da öffnete sich die Tür und eine Frau trat heraus. Groß, schlank und in ihrem schwarzen langen Wickelkleid elegant wirkend. Ihre Haare kinnlang und in einem natürlichen, hellen Grauton. Claudia war eine echte Erscheinung und ging glatt als Französin durch.

«Ah, *bonjour*, du musst Karla sein, nicht wahr? *Bienvenue en France*, meine Liebe!» Sie lächelte, nahm meine beiden Hände in ihre und gab mir erst einen Hauch eines Begrüßungsküsschens auf die rechte, dann auf die linke und noch mal auf die rechte Wange. «Du bist bestimmt müde von der langen Fahrt. Wie wäre es mit einem Kaffee, draußen im Garten? Ich wollte den Laden sowieso gerade abschließen.»

«O ja, gerne, das wäre großartig, ich bin tatsächlich etwas müde. Aber auch so froh, endlich hier zu sein.» Wie auf Kommando überspülte mich eine bleierne Müdigkeit und alles schrie nach einem Bett und nach Schlaf.

Wir durchquerten ihr Büro, das hauptsächlich aus einem riesigen Schreibtisch und zwei hohen, weißen Bücherregalen bestand. An den freien Wänden lehnten überdimensionale Stapel aus Papier und Zeitschriften. Hinten am Fenster stand ein kleiner Tisch mit einer Kaffeemaschine.

Mein Blick blieb an dem Gemälde über dem Schreibtisch hängen. Es steckte in einem verschnörkelten, goldfarbenen

Rahmen und zeigte *Bonnes Idées* von außen. Die Farben verschwammen ineinander wie bei einem Aquarell, es war wunderschön. Fasziniert betrachtete ich es.

«Nach diesem Bild habe ich mir meinen Laden gestaltet», sagte Claudia, «mein Mann hat es gemalt, kurz bevor ich die Räumlichkeiten hier gemietet hatte. Ich erklärte ihm, wie es von außen aussehen sollte, und er malte es. Und genau so ist es dann auch geworden.»

Ich schaute zu ihr, sie lächelte schwach und eine leichte Traurigkeit huschte über ihr Gesicht. Von Merle wusste ich, dass ihr Mann vor ein paar Jahren ganz unvermittelt an einem Herzinfarkt gestorben war. Kinder hatten sie keine, ihr Buchladen war immer ihr gemeinsames Baby gewesen.

«Es ist wirklich wunderschön», sagte ich, «gibt es noch mehr Bilder?»

«Ja, ein paar. Die allermeisten hat er verkauft. Er war ein fantastischer Maler mit einem detailreichen Auge. Er malte meist Landschaften, die Provence mit ihren leichten Hügeln, Lavendelfeldern und kleinen Orten. Er versuchte, ihre Farben einzufangen. Ein bisschen wie Cézanne, sagte er immer. Es war seine Leidenschaft.»

Wow, ich war tief beeindruckt. Und es berührte mich. Ein kleiner Schauer lief mir über den Rücken.

«In dem Häuschen, wo du wohnen wirst, hängt auch noch ein Bild.» Sie lächelte. «Es wird dir gefallen.»

Sie schob die breite Glasschiebetür auf, die zum Garten führte, und wir traten raus. Eine kleine, verwilderte Wiese zeigte sich, mit einem alten Kirschbaum am Ende. Claudia bat mich, mich zu setzen. Ich nahm dankend an und ließ mich auf einen der Stühle sinken, die auf der Terrasse standen. Claudia verschwand wieder nach drinnen, um sich um den Kaffee zu kümmern. Ich betrachtete den Kirschbaum, durch dessen Zweige sich die Strahlen der schon etwas tiefer liegenden Sonne schoben, und atmete tief ein, versuchte, diesen Moment des Ankommens ein kleines bisschen festzuhalten.

Claudia kam zurück und die Luft füllte sich mit Kaffeeduft. Ich musste mir unbedingt eine kleine Maschine zulegen, sonst würde ich es die kommenden Monate kaum aushalten.

Wir besprachen die formalen Angelegenheiten, ich unterschrieb den Mietvertrag, der zunächst auf acht Monate angesetzt war, aber jederzeit beidseitig gekündigt werden konnte. Dem Vertrag angefügt war eine kleine Liste, auf der stand, um was ich mich in der Zeit kümmern sollte. Ich überflog sie nur kurz, wollte sie morgen in Ruhe lesen. Es war merkwürdig angenehm, mit einer fremden Frau, die Vermieterin meiner vorübergehenden Bleibe, weit weg von meinem Heimatort in ihrem Garten zu sitzen, Kaffee zu trinken und sich dabei so angekommen zu fühlen. Claudia war mir so schnell so sympathisch, dass es mir unangenehm war, mit ihr über Finanzielles und Verträge zu reden. So etwas hatte mir noch nie gelegen. Ich hatte eher immer das Gefühl, dass finanzielle Dinge nicht in eine Freundschaft passten. Auch nicht in eine Beziehung. Das machte es angespannt. Ich dachte an Marc, an die Anfänge unserer Beziehung. Geld war kein Thema, wir hatten nicht viel, aber vermissten es auch nicht. Wenn mal etwas übrig war, gönnten wir uns eine gute Flasche Wein oder kauften Kaffeebohnen in unserem Lieblingscafé um die Ecke, die dreimal so viel kosteten wie die aus dem Supermarkt. Wir teilten die Ausgaben, die wir hatten, nie wirklich auf, jeder gab das, was er konnte, und es passte immer. Mir gefiel das, es lag so eine Entspanntheit darin. Doch je mehr Jahre vergingen und je mehr wir und vor allem Marc verdienten, verschwand diese Entspanntheit und verwandelte sich in eine Hülle, die uns umschloss und anfing, uns die Luft zum Atmen zu nehmen. Die Ausgaben stiegen, unser Leben wurde teuer und Geld musste eingeteilt werden. Vor allem musste es vermehrt werden. Geld war wichtig geworden. Es war ein Thema. Ich wusste, dass es auch was mit dem Erwachsenwerden zu tun hatte. Mit dem Erwachsenwerden zwischen fünfundzwanzig und fünfunddreißig. Wenn die Zukunft näherrückt und einem mit dem dreißigsten Geburtstag unversehens bewusst wird, dass es nicht ewig so weitergehen kann. Dass man Verantwortung tragen muss. Für später sorgen muss. Sich einen Lebensstandard schaffen muss, der dem Alter gerecht wird, mit dem man sich abhebt vom vergangenen Studentendasein. Mit dem man zeigen kann, dass man jemand ist. Doch wer ist man denn? Diese Frage beantwortete einem niemand.

«Was schreibst du für ein Buch?», fragte Claudia und holte mich damit zurück in die Gegenwart.

«Es wird ein Roman», antwortete ich, «mein ... äh ... erster. Das Grundgerüst steht, nur so richtig zum Schreiben bin ich noch nicht gekommen. Das wollte ich hier tun. Deshalb bin ich hier.»

Ja, deshalb war ich hier. Es klang etwas unwirklich, wenn ich darüber sprach. Und jetzt war ich hier in der Provence, in einem winzigen Ort, von dem ich vorher nicht mal wusste, dass es ihn gab. Und noch immer wunderte ich mich, dass ich es überhaupt bis hierhin geschafft hatte.

«Das ist mutig, Karla. Wirklich. Ich bewundere dich dafür. Und wünsche dir natürlich von Herzen, dass es funktionieren wird. Aber weißt du, selbst, wenn es nicht klappt, dann hast du es probiert. Das ist es, was zählt.»

Es war schon fast dunkel, als Claudia die Tür zu meinem neuen Zuhause für die nächsten Monate aufschloss. Es lag etwas außerhalb vom Ort, nicht weit vom Ètang de la Bonde, einem Badesee. Das hatte ich schon recherchiert. Claudia war vorgefahren und ich hinterher. Von der Landstraße, die aus La

Motte herausführte, bogen wir nach wenigen Kilometern ab auf eine schmale Schotterstraße, die auf beiden Seiten von Platanen gesäumt war. Ich mochte diese Baumart, die so wuchtig und gleichzeitig doch grazil war.

Nach etwa einem Kilometer kam auf der rechten Seite Claudias Häuschen. Wir parkten an der Straße und gingen durch ein kleines Gartentor in den Vorgarten, der durch eine niedrige Hecke vom Gehweg abgetrennt war. Ein schmaler, kurzer Pfad führte zur Haustür, die mal türkis gewesen sein musste. Aber davon war nicht mehr viel übrig. Eins meiner Projekte: Türen und Fensterläden streichen.

Die rechte Seite des Hauses war niedriger als die linke, da sie nur aus dem Erdgeschoss bestand. Der linke Teil hatte noch eine weitere Etage mit dem zweiten Zimmer und dem Bad.

Ich liebte diese Spannung, das erste Mal in ein Zimmer, Haus oder eine Wohnung einzutreten. Etwas zum ersten Mal zu sehen war etwas Besonderes. Die Augen betrachteten es anders. Und in Millisekundenschnelle bildete sich ein Gefühl und man wusste, ob man sich wohlfühlte oder nicht.

Claudia ging voran und knipste das Licht an. Ein kurzer Flur, zwei Stufen, die nach unten führten. Auf der rechten Seite eine Küchenzeile, die fast bis nach hinten zum Ende des Raumes reichte. Darüber hingen offene, weiß gestrichene Regale, und ganz am Ende in der Ecke stand ein riesiger French-Door-Kühlschrank, der nicht ins Bild passte. Oben in der Decke waren mehrere Spots eingebaut, die ein angenehmes Licht abgaben. Links eröffnete sich ein großer Raum, der Wohnbereich mit einer Fensterfront und einer Glastür, die nach draußen in den Garten führte.

Ein breites, mit dunkelgrünem Stoff bezogenes Sofa nahm viel Platz ein und stand mittendrin. Es wirkte gemütlich. Dahinter, an der Wand, die zur Straße lag und zwei weitere

Fenster besaß, stand eine kleine Kommode aus hellem Holz. Ansonsten gab es keine Möbel. Von der Decke hing eine große Industrielampe und schien genau auf den Bereich vor dem Sofa. Eine Wendeltreppe führte in der hinteren linken Ecke nach oben.

Die Bilder dieses Raumes durchfluteten mich blitzschnell und ich liebte dieses Haus von der ersten Sekunde an.

«Tja, das ist dein kleines Reich», sagte Claudia lächelnd und breitete ihre Arme aus. «Es fehlen noch ein paar Möbel, die Vormieter haben einiges mitgenommen, und wie besprochen müsste an manchen Stellen gestrichen werden, aber ich denke, man kann sich wohlfühlen.»

«O ja, es ist ... es ist toll.» Ich fand keine Worte, ich war überwältigt und gleichzeitig unendlich müde.

«Der Kühlschrank ist ein bisschen groß und die Vormieter wollten ihn nicht mitnehmen. Aber so kannst du wenigstens genügend Rosé lagern. Glaub mir, hier gibt es den besten», fügte sie lachend hinzu.

Dass die Provence den besten Roséwein zu bieten hat, hatte ich in jenem Sommer mit Lotta schon festgestellt.

«Komm, ich zeig dir oben noch Schlaf- und Badezimmer und dann bist du mich erst mal los. Du schaust müde aus.»

Wir gingen die Treppe hoch, zuerst kam das Badezimmer mit den blauen Mosaikfliesen auf dem Boden und an den Wänden, die ich schon am Laptop bestaunt hatte. Daneben befand sich das Schlafzimmer, das ich gleichzeitig als Schreibzimmer nutzen wollte. Die Fenster lagen zum Garten. An der rechten Wand stand ein französisches Bett, Claudia hatte zum Glück schon eine neue Matratze besorgt. Für Oberbett und Bettwäsche war ich zuständig. Als Provisorium lag eine mintgrüne Baumwolldecke auf dem Bett. Sie sah kuschelig aus und ich merkte bei ihrem Anblick wieder, wie müde ich war.

«Für die ersten Nächte», sagte Claudia auf die Decke deutend.

Ich nickte. Mein Blick glitt weiter durch den Raum, vorne unter dem Fenster stand ein alter, wuchtiger Schreibtisch, links an der Wand ein Bauernschrank, groß genug für meine Klamotten. Und links neben dem Bett wäre auf jeden Fall noch Platz für ein kleines Bücherregal.

Ich war sprachlos und platt. Dieses kleine Häuschen war perfekt für mich. Es war mir egal, was ich hier noch alles machen oder besorgen musste. Der französische Charme, den ich so liebte, kam hier voll zum Ausdruck.

«So, ich lass dich jetzt allein. Im Kühlschrank findest du ein paar Sachen fürs Frühstück. Jeden Samstag ist Markt im Dorf, aber der kleine Vival-Markt ist auch nicht weit weg. Das Fahrrad steht im Garten. Und jetzt wünsche ich dir eine wundervolle erste Nacht. Meld dich, wenn du was brauchst.» Und damit war sie schon aus dem Zimmer, die Treppen hinunter und ein paar Sekunden später hörte ich die Haustür ins Schloss fallen.

Ich öffnete das Fenster, klappte die Fensterläden auf und schaute in die Dunkelheit, die sich draußen mittlerweile ausgebreitet hatte. Die kühle Nachtluft hüllte mich ein und ich musste erst einmal realisieren, dass ich wirklich hier war. Noch vor wenigen Tagen saß ich im Haus meiner Eltern und wusste nicht so recht, ob ich meine Entscheidung zu gehen bereuen oder feiern sollte. Und jetzt war ich hier, mitten in der Provence, so, wie ich es mir immer gewünscht hatte. Ich war glücklich für den Moment. Ich zog mein Handy aus der Hosentasche und schrieb meinen Eltern, dass ich gut angekommen war und mich morgen melden würde. Lotta schrieb ich: *Unser Sommer von damals, lass ihn uns wiederholen. Du musst kommen!*

Danach legte ich mich aufs Bett und schlief sofort ein.

Schon früh am Morgen weckten mich die Sonnenstrahlen, die das Zimmer taghell ausleuchteten. Ich hatte vergessen, das Fenster und die Läden wieder zu schließen. Verschlafen setzte ich mich auf und warf einen Blick auf mein Handy, es war erst sieben Uhr. Mich fröstelte es und ich wickelte die Decke, die ich nachts irgendwann über mich ausgebreitet hatte, fester um mich. Doch der Blick nach draußen versprach gutes Wetter. Nur ein paar zaghafte Wölkchen zeigten sich am Himmel. Ich rutschte nach hinten und lehnte mich noch etwas benommen an die verschnörkelten Metallstriemen am Kopfende. Hier war ich also. Vorfreude, Ungläubigkeit, Glück und Anspannung wechselten sich ab. Mein Kopf war seltsam leer, dabei wartete eine lange To-do-Liste auf mich. Doch ich hatte Zeit. Viel Zeit. Und ich wollte es langsam angehen. Kein Hetzen, keine Termine. Atmen. Zu mir kommen. Atmen. Schreiben. Atmen.

Die Decke um mich geschlungen, ging ich runter ins Erdgeschoss, öffnete die Fenster, klappte die Läden nach außen und schloss vorsichtig die doppeltürige Glasterrassentür auf, mit dem kleinen Schlüssel, der im Schloss in der Türklinke steckte. Noch einmal zwei Fensterläden aufstoßen und der Tag flutete das Zimmer und tauchte es in ein sommerliches Licht. Ich trat auf die Terrasse hinaus. Die Terrakottafliesen unter meinen nackten Füßen waren leicht warm, die französische Frühlingssonne tat ihr Bestes. Ich atmete tief ein und blickte mich um. Der Garten vor mir bestand hauptsächlich aus Wiese. Einige Wildblumen ließen ihre Köpfe weit aus dem Gras herausragen und betupften das Grün mit lila, gelb und pink. Weiter hinten standen zwei Kiefern und ein großer Kastanienbaum, im vorderen Bereich der Wiese hatte jemand eine kleine Beetfläche hergerichtet, die von großen runden Steinen umgeben war. Eine niedrige Steinmauer umgab den gesamten Garten, an manchen Stellen überwuchert von rosa und weiß blühenden Oleanderbüschen. Dahinter Felder und Wald, in der Ferne eine bewaldete Hügelkette. An der Mauer lehnte ein rotes Damenfahrrad mit einem Holzkorb am Lenker. An der Stelle teilte ein hölzernes Gartentörchen die Mauer. Von außen konnte man nur an manchen Stellen in den Garten hineinschauen, aber die nächsten Nachbarn lagen ein paar Hundert Meter entfernt.

Ich setzte mich auf die warmen Fliesen und beobachtete die Bienen und Schmetterlinge, die herumflogen und sich ab und an vorsichtig auf einer Blüte niederließen. Rechts an der Hauswand stand ein kleiner runder Tisch mit zwei Stühlen. Doch ich wollte auf dem Boden sitzen. Mich erden. Ich konnte noch immer nicht begreifen, was ich hier eigentlich tat.

Claudia hatte schon einen Gärtner für dieses Stück Paradies hier angeheuert, der sich um das Gröbste kümmerte. Ich sollte lediglich für die Pflanzen sorgen, die, auf ein Dutzend Terrakottatöpfe verteilt, auf der Terrasse standen. Pink, weiß, rot, lila. Eine Pflanze mit rosafarbenen Blüten schlängelte sich in mehreren Abzweigungen die Hausfassade empor.

Ich hatte vor, Kräuter anzupflanzen. Thymian, Rosmarin, Oregano. Und ich wollte mehr Lavendel. Eine Hängematte zwischen den Bäumen wäre nicht schlecht. Ich musste dringend eine Liste erstellen. In meinem Kopf begann sich ganz langsam ein Chaos zu entfachen. Ich wollte schon wieder alles auf einmal. Eins nach dem anderen. Diese innere Unruhe drängte mich. Sie drückte gegen meinen Bauch und hämmerte in meinem Kopf. Die Angst zu scheitern, zu erkennen, dass der Weg doch falsch war, war mir dicht auf den Fersen.

Kaffee, ich brauchte Kaffee. Ich stand auf und suchte in der Küche nach etwas, das Kaffee machen konnte. Erst mal einen Koffeinschub, dann auspacken, dann die Liste erstellen. Eins nach dem anderen. Mein Ankommen würde ein paar Tage dauern. Das war immer so.

Ich fand eine silberfarbene Cafetiere im oberen Regal neben dem Kühlschrank. Sie sah noch recht unbenutzt aus. Vielleicht hatte Claudia sie neu gekauft. Daneben lag ein Päckchen gemahlener Kaffee. Meine Rettung. Im Kühlschrank stand frische Milch in einer Glasflasche, eine kleine Schüssel mit Tomaten, ein Stück Käse in Wachspapier eingewickelt und eine Tupperdose mit einigen Scheiben Brot. In der Tür entdeckte ich eine Flasche Rosé mit einem schlichten und modernen Etikett. *Pour toutes les occasions* stand dort drauf. Feine, goldene Buchstaben. «Für jede Gelegenheit» übersetzte ich. Die Wörter kamen wieder.

Bis auf den Wein stellte ich alles andere auf ein Tablett, das ich ebenfalls im Regal fand, befüllte die Cafetiere mit Wasser und Kaffeepulver und stellte sie auf den Herd. Während ich darauf wartete, dass das Wasser kochte, betrachtete ich die Küche. Sie wirkte benutzt, aber gepflegt. Alles war sauber, vieles aus Holz selbst zusammengezimmert. Ich nahm mir vor, später eine Inventur zu machen, um herauszufinden, was alles zu besorgen war.

Ich schaute mich weiter im Wohnbereich um, hatte Claudia nicht gesagt, hier hinge ein Bild, das ihr Mann gemalt hatte? Ich ging rüber zur Couch, setzte mich und sank ein Stück ein. Da entdeckte ich neben der Kommode etwas auf dem Boden stehen. Ein gerahmtes Bild, das zur Wand gerichtet war und kleiner als das in Claudias Büro. Gestern Abend im Halbdunkeln hatte ich es wohl übersehen. Ich ging rüber, nahm es hoch und drehte es um. Es war genau die provenzalische Landschaft darauf zu sehen, die Claudia beschrieben hatte. Außerdem ein kleines Steinhäuschen mit mintfarbenen Fensterläden, einer Terrasse mit Tisch und Stühlen und jeder Menge Terrakottatöpfen auf dem Boden. Es musste dieses Häuschen sein. An dem Tisch saß eine Frau und las ein Buch. Sie wirkte jung, dunkles Haar, schmale Statur. Eine leichte

Gänsehaut überzog mich. Dieses Bild hatte ich seit Jahren im Kopf. Ich stellte es auf die Kommode, ab jetzt sollte es mich immer an meinen Traum erinnern. Diese Frau auf dem Bild wollte ich sein.

Da hörte ich das Wasser brodeln und lief wieder in die Küche, um mir mein Frühstück zu servieren, das ich im Garten genießen wollte. Mein erstes Frühstück auf der Terrasse mit den warmen Terrakottafliesen.

Ich setzte mich an den Tisch und nahm den ersten Schluck. Der Kaffee war fantastisch, ich musste Claudia unbedingt fragen, wo es den gab. Ich lehnte mich zurück und versuchte den Moment zu genießen. So wie jetzt konnte es immer sein.

Nach einer Stunde hatte ich meine wenigen Sachen, die ich aus Deutschland mitgenommen hatte, auf die Zimmer verteilt. Nach zwei weiteren Stunden hatte ich mein kleines Häuschen inspiziert und eine Liste erstellt mit den Dingen, die ich besorgen musste. Die nächsten zwei Wochen wollte ich mich voll auf mein neues Zuhause konzentrieren. Erst mal einrichten und Ordnung schaffen, bevor das Schreiben losgehen konnte.

Eins nach dem anderen.

Mir fiel Kati ein, bei der ich mich melden sollte, wenn ich mich eingerichtet hatte. Jetzt war es doch eine Einrichtung – für ein neues Zuhause und ein neues Leben.

Auf der Küchenarbeitsplatte lag ein Zettel mit Adressen von zwei Einrichtungshäusern, Alinéa und Fly. Dort sollte ich online bestellen, wenn ich nicht stundenlang im Auto sitzen wolle, war Claudias Empfehlung. Ich nahm es mir für den Nachmittag vor, doch zuerst einmal musste ich duschen und mich mit frischen Lebensmitteln versorgen. Heute war Samstag und damit Markt in La Motte.

Das kleine Gartentor stand offen und besaß kein Schloss, was auch wenig nützen würde, da man einfach drübersteigen konnte. Ich schob das Fahrrad raus auf den kleinen Weg, der neben dem Garten her zur Straße hin und in die andere Richtung zu den Feldern hinter dem Haus führte. Ich schwang mich mit meinem Rucksack auf dem Rücken auf den Sattel und versuchte, mich zu orientieren. Radelte langsam die Schotterstraße entlang, an zwei Häusern vorbei, die ruhig in der Mittagssonne lagen. Es war niemand zu sehen. Am Ende rechts auf die Hauptstraße, die ins Dorf führte.

Der Marktplatz war klein, dennoch schoben sich jede Menge Menschen dicht gedrängt von Stand zu Stand. Doch es war kein eiliges Drängen, eher eine schwingende Masse, bei der Zeit keine Rolle spielte.

Ich stellte mein Fahrrad an eine Hauswand und hoffte, dass es noch da wäre, wenn ich wiederkam. Doch dann fiel mir ein, dass ich ja nicht in Berlin war.

Es war warm, ich trug nur eine dünne Sommerhose, mein T-Shirt steckte unordentlich im Bund. Meine Haare hatte ich zu einem lockeren Pferdeschwanz zusammengebunden und auf meinem Kopf saß meine Sonnenbrille mit den großen runden Gläsern, die mein halbes Gesicht verdeckten, wenn ich sie aufsetzte. Ich mochte sie. Ein Geschenk von Marc zu meinem letzten Geburtstag. Ich konnte sie nicht weggeben, wollte noch ein kleines Stück von ihm bei mir tragen.

Ich näherte mich den Marktständen, nur wenige Leute konnte ich als Touristen ausmachen. Die Männer in langen Stoffhosen oder Jeans mit Hemd, die Ärmel bis zum Ellenbogen hochgekrempelt. Einige mit Schiebermütze auf dem Kopf. Die Frauen in bunten, leichten Kleidern. Da war sie wieder, diese zufällige Lässigkeit, in der sie schon am Morgen ihre Kleiderwahl getroffen hatten.

Ich schob mich von Stand zu Stand und atmete den Duft

von frischen Tomaten, Kräutern, Käse, Honig und getrocknetem Lavendel ein. Genau so hatte ich es mir vorgestellt. Genau so.

«Vous devez absolument goûter ce miel, Madame!»

Ich drehte mich um, ein älterer Herr hinter einem Honigstand lächelte mich an und hielt mir ein Stück Baguette hin, das mit Honig bestrichen war. Ich tat ihm den Gefallen und kostete. Der süße Geschmack mit dem Hauch einer Lavendelnote breitete sich augenblicklich in meinem Mund aus.

«Oh, trés bon, trés bon!», brachte ich zustande und entlarvte mich mit meinem deutschen Akzent als Nicht-Französin.

«Ah, Sie aus *Allemagne*. Sie auch guten 'onig 'aben, aber 'ier besser. Echter *miel de lavande*», sagte der Verkäufer, nahm eins der Honiggläser und schwenkte es bedeutungsvoll durch die Luft.

Ich kaufte ein großes Glas, sehr zu seiner Freude, und steckte es in meinen Rucksack. Dieser Honig sollte meinem Frühstück auf der Terrasse das i-Tüpfelchen verpassen.

Ich schlenderte weiter und probierte mich durch. Man durfte hier alles kosten, bevor man es kaufte. Mein Rucksack füllte sich mit süßlichen, kräftig roten Tomaten, Paprika, Auberginen, diversen Käsesorten mit heimischen Kräutern, cremigen Aufstrichen in kleinen runden Gläschen, saftigen Pfirsichen, Oliven und Olivenöl, Melonensirup und frisch gebackenem Baguette. Neben den ganzen Lebensmitteln gab es die typischen Lavendelstände mit unzähligen Seifen und lilafarbenen Duftsäckchen mit getrocknetem Lavendel, hübsch verpackt als Mitbringsel für zu Hause. Als nichts mehr in meinen Rucksack hineinpasste, setzte ich mich in ein schon gut gefülltes, kleines Café am Rande des Marktplatzes und bestellte einen *café crème* und ein Glas Mineralwasser.

Ein melodisches Stimmengemurmel in einer angenehmen Lautstärke umgab mich. Obwohl es voll war, wirkte alles entspannt. Die Franzosen beherrschten ihr *Savoir-vivre* nahezu perfekt. Ich beobachtete das Treiben vor mir und dachte an Marc. Daran, wie oft wir darüber gesprochen hatten, so einen Urlaub in Frankreich zu machen. Wie oft *ich* darüber gesprochen hatte. Er konnte mir immer alles erfüllen und kaufen, solange es in seinen Plan passte. Doch diesen Urlaub, den schob er immer wieder auf. Es kamen andere Urlaube, in großen Anlagen auf kleinen Inseln. Je weiter weg, desto besser. Wer brauchte schon Europa, wenn er die ganze Welt sehen konnte? Ich beschwerte mich nicht. Wieso auch? Wir schwelgten im Luxus. So ein Urlaub wie hier war ihm nicht gut genug. Er wollte nicht auf Märkten einkaufen, er wollte nicht kochen. Er wollte, dass andere das für uns taten. Er wollte nicht auf einfachen Stühlen sitzen. Er wollte flauschige Polster. Er hob ab. Und ich schwebte mit ihm über dem Boden. Ich wünschte, Marc wäre hier, wünschte, er könnte das hier mit mir erleben. Ich wünschte mir den alten Marc zurück.

Mein *café crème* kam, im Milchschaum schwamm ein Herz aus Kakaopulver. Ich tauchte den kleinen, silbernen Löffel hinein, und das Herz löste sich langsam auf. So wie meins. Ich wollte es festhalten, wollte, dass es funktionierte. Aber das tat es nicht. Nicht mehr.

Ich trank einen Schluck, die warme, hellbraune Flüssigkeit verteilte sich in meinem Mund. Zwischen Zunge und Gaumen schmeckte ich die perfekte Mischung aus Kaffee und Milch – mit dem Beigeschmack französischer Leichtigkeit. Und die brauchte ich dringend. Mein Leben war so schwer geworden. Zu viel Gepäck. Ich musste es loswerden und mich wieder leicht fühlen, bevor die Schwere mich vollständig erdrückt hätte. Frankreich sollte mir dabei helfen. Das Land der Leichtigkeit. Ja, das alles hier wollte ich. Und alles andere wollte ich nicht mehr. Auch wenn es wehtat.

Ich betrachtete die Liste an Dingen, die ich besorgen wollte. Für das Haus. Für mich. Für die, die nach mir hier wohnen würden. Ich saß im Garten, meine nackten Füße im Gras. Den kleinen Tisch und einen der Stühle hatte ich auf die Wiese in den Schatten des Kastanienbaums gestellt. Hier würde ich die nächsten Wochen, Monate schreiben. Bei Regen im Schlaf-Arbeitszimmer. Mit Blick nach draußen.

Ich konzentrierte mich wieder auf die Liste: Bettdecke, Kopfkissen, Bettwäsche, Handtücher, einen großen Spiegel, den ich neben dem Bauernschrank auf den Boden stellen konnte, ein kleines Bücherregal, einen Couchtisch, eine Steh-Leselampe und einen Teppichläufer für den Wohnbereich – die Bodenfliesen im Haus waren kühl. Ein Set Saft- und ein Set Weingläser, Kaffeebecher, Teller, Besteck – davon gab es nur jeweils zwei Stück –, zwei weitere Töpfe, eine Pfanne. Farbe für die Fensterläden, Farbe für Wohnzimmer, Küche und Schlafzimmer. Ein paar bunte Kissen. Gartenmöbel – einen etwas größeren Tisch und eine gemütliche Sitzbank. Einen großen Sonnenschirm und eine Hängematte. Ich würde es auf jeden Fall schön herrichten, mein neues Leben. Ohne Marc. Das erste Mal bestückte ich eine Wohnung allein. Musste mich mit niemandem einigen, keine Kompromisse eingehen. Kein Streit.

Kein Versöhnungssex. Keine gemeinsame Freude. Kein gemeinsames Anstoßen auf die neue Wohnung.

Keine gemeinsame Zukunft. Nur meine eigene.

Ich klappte meinen Laptop auf, ging auf die Seite eines der Einrichtungshäuser – Alinea – und bestellte die Küchenutensilien. Es fühlte sich gut an, meine neue Adresse in die Zeilen zu tippen. Alles andere bekam ich bei Fly. Ich entschied mich für einen zwei Meter langen Spiegel mit einem schmalen roséfarbenen Rand aus Metall, zwei vierstöckige Regale aus Holz, eine Stehlampe mit einem Lampenschirm in *vert fôret* und einen flachen, eckigen Tisch in *bleu ciel*. Dazu ein paar mintgrüne und ozeanblaue Kissen, einen bunten, länglichen Teppich sowie mint- und fliederfarbene Handtücher und Bettwäsche. Gartenmöbel bekam ich dort ebenfalls. Innerhalb der nächsten drei Tage sollte alles ankommen.

Jetzt brauchte ich nur noch Farbe. Dafür setzte ich mich ins Auto und fuhr ins zehn Kilometer entfernte Pertuis, wo es laut Internet einen großen Handel für Handwerker- und Malerbedarf gab. Die ganzen Anschaffungen rissen das erste kleine Loch in mein finanzielles Polster.

Am frühen Abend war ich zurück und schleppte meine Errungenschaften ins Haus. Die weiße Farbe ins Wohnzimmer und die Küche, Salbeigrün ins Schlaf- und Schreibzimmer. Mintgrün für die Fensterläden – die Farbe der Provence.

Das letzte Mal, als ich selbst gestrichen hatte, war ich neunzehn. Ich wollte den furchtbaren Rauchergeruch meines Vormieters aus dem WG-Zimmer vertreiben.

Morgen würde ich mit dem Streichen anfangen. Eins nach dem anderen.

Mir fiel die Flasche Rosé ein, die im Kühlschrank stand. Jetzt war eine gute Gelegenheit. Ich holte sie raus, öffnete sie mit dem Korkenzieher, den ich im Küchenschubfach gefunden hatte, und goss mir einen großen Schluck in das einzige Weinglas, das einsam im Regal stand. Dazu riss ich mir ein großes Stück Baguette ab, nahm eine Handvoll Tomaten und ein Stück würzig riechenden Käse. Ich trug alles raus auf die Terrasse, die Dämmerung setzte schon langsam ein. Beschwingt streifte ich meine Turnschuhe von den Füßen und spürte die immer noch leicht warmen Terrassenfliesen unter meinen Fußsohlen. Das hatte etwas Beruhigendes.

Ich probierte einen Schluck des kühlen Weins und war überrascht, wie gut er schmeckte. Kaum Säure, fruchtig. Er schmeckte nach Sommer, ohne süß zu sein. Claudia hatte einen guten Geschmack. Ich schaute mir das Etikett genauer an. *Château Dupont* bei Ansouis. Soweit ich wusste, lag das ganz in der Nähe, dann würde ich in den nächsten Tagen vorbeifahren und Nachschub holen. Ich wollte im Internet nachschauen und stand auf, um mein Handy zu suchen. Ich hatte es den ganzen Tag nicht dabeigehabt. Total vergessen. Es lag noch oben neben dem Bett auf dem Fußboden.

Zehn neue Nachrichten, fünf verpasste Anrufe. Meine Eltern! Ich hatte ganz vergessen, mich zu melden. Zwei Anrufe von Lotta waren dabei, genau wie drei Nachrichten. Eine weitere von Kati. Ich ging wieder runter und rief meine Mutter an.

«Karla, Kind, warum meldest du dich nicht?» Sie hatte bereits nach dem ersten Klingeln abgehoben, klang äußerst besorgt und gleichzeitig beruhigt.

«Entschuldige, Mum, hatte mein Handy den ganzen Tag nicht dabei. Musste hier erst mal ankommen. Ich war schon auf dem Markt und habe die ersten Besorgungen fürs Haus gemacht.»

«Ich hatte mir Sorgen gemacht und wollte schon Merle anrufen, damit sie mir die Nummer von Claudia geben kann ... Wie ist es denn, gefällt es dir? Kauf bloß nicht zu viel, du wirst es ja nicht behalten können und du musst dir dein Geld einteilen.»

Schon wieder das Geldthema.

«Nein, Mum, es sind nur Sachen, die ich hier wirklich brauche. Es ist toll hier. Ich liebe es. Wirklich. Die Größe ist perfekt und die Wände, weißt du, es ist ein richtiges Steinhaus. Und der Garten, er ist groß und ... wunderschön.» Ich schloss die Augen. Jetzt, wo ich es aussprach, kam es in meinem Kopf an.

Ich erzählte meiner Mutter von Claudia und ihrer Buchhandlung, vom Markt in La Motte, von meinen Einrichtungsideen – und merkte selbst, wie aufgekratzt glücklich ich deshalb war.

«Hauptsache, du fühlst dich wohl, Karla. Das ist wirklich die Hauptsache.»

Ich konnte die Sorge und die Liebe meiner Mutter spüren. Durchs Telefon hindurch. Das Wichtigste für sie war immer, dass es mir gut ging. Und wenn es das nicht tat, konnte sie es kaum ertragen. So wie Mütter eben sind. Aber meine war noch mal anders. Sie wollte nicht nur, dass es mir gut ging, sie wollte mich in Watte packen und jegliches Schlechte von mir fernhalten. Aber genau das war jetzt gerade zu viel für mich. Ich wollte mir beweisen, dass ich mich selbst um mich kümmern konnte. Ich wollte diesen mühsamen Weg gehen, den ich mir immer schon zurechtgelegt, aber bei dem ich dann doch die richtige Abzweigung verpasst hatte. Stattdessen bin ich dem Strom gefolgt, bin die Hauptstraße gegangen, die alle gegangen sind.

Karriere. Haus. Kind. Irgendwann.

Immer höher kommen. Immer weiter. Sicher war sicher.

«Wir wollen dich gern besuchen, Karla. Ein bisschen im Garten helfen, und wir waren auch schon so lange nicht mehr in Frankreich. Vielleicht Ende Juni für ein paar Tage? Wir könnten uns eine Unterkunft in der Nähe suchen.»

«Nein, Mum, ihr wohnt natürlich bei mir. Ich kann unten auf der Couch schlafen und ihr oben im Schlafzimmer. Ich stehe sowieso früh auf, um zu schreiben.»

«Aber nur, wenn es dir auch wirklich passt», rief mein Vater wieder im Hintergrund.

«Ja, kommt. Ich freue mich auf euch!» Und das war ernst gemeint. Ich freute mich, meinen Eltern zeigen zu können, wo ich jetzt wohnte. Wenn auch nur vorübergehend. Ich freute mich, ein paar Tage nicht allein zu sein. Und ich freute mich, ein Stück Kindheitserinnerungen aufleben zu lassen. An unsere Urlaube in Frankreich. An die Unbeschwertheit.

Schließlich las ich Lottas Nachrichten.

Karla, Süße, was hältst du davon, wenn ich dich besuchen komme? Du hast mir echt Lust gemacht! Ich habe im Juli drei Wochen frei. Ist das nicht großartig? Und Dave hat hier zu tun. Meld dich!

Und ob das großartig war! Lotta und ich drei Wochen hier in der Provence. Dieser Sommer war jetzt schon ein Highlight.

Magnifique, schrieb ich zurück. *Kann es kaum erwarten!*

Die letzte Nachricht war von Kati.

Hey, Karla, ich dachte, ich schreibe dir einfach mal. Sind denn alle Pakete angekommen und konntest du was verkaufen? Wie gehts dir und wo bist du jetzt? Wäre cool, wenn wir mal quatschen könnten. Hast dich ja einfach davongeschlichen ... Meld dich mal. Liebe Grüße auch von Jakob.

Irgendetwas in mir wollte, dass sie mir von Marc erzählte. Ob sie mit ihm über mich gesprochen hatte, wie es ihm ging. Was er ihr und den anderen erzählt hat. Ob er überhaupt was erzählt hat. Ich war kein Teil mehr von seinem Leben, und obwohl ich das so wollte, machte es mich traurig.

Ich schrieb nicht zurück. Wusste nicht, was. Ich hätte gerne mit ihr gesprochen, hatte aber keine Ahnung, wie ich es ihr erklären sollte. Wir hatten immer nur ein recht oberflächliches Verhältnis gehabt. Wahre Probleme gab es nicht. Und wenn, dann wurden sie in Konsum ertränkt. Und trotzdem war da etwas unter dieser Oberfläche. Ich hatte immer das Gefühl, dass es da doch irgendetwas gab, das uns verband. Viel wusste ich nicht über Kati, nur, dass sie aus einer nicht gerade wohlhabenden Familie kam, zwei jüngere Brüder hatte und ihre Eltern die meiste Zeit von Sozialhilfe lebten. Kati hasste ihre Vergangenheit. Sie erwähnte es einmal beiläufig zwischen ein paar Gläsern Wein. Umso mehr achtete sie darauf, dass alle mitbekamen, dass sie zur «oberen Liga» gehörte.

Sie arbeitete als Controllerin in einem großen Konzern und war auch selten vor einundzwanzig Uhr zu Hause. «Von Spaß kann keine Rede sein, von Kohle schon», sagte sie einmal zu mir, als ich sie gefragt hatte, ob sie ihren Job eigentlich gern machte. Im vergangenen Jahr hatten sie und Jakob geheiratet, ein angesehener Anwalt für Familien- und Erbrecht. Auf ihren Partys, die sie mehrmals im Jahr gern und ausgelassen feierten, gab es echten Champagner und kleine Kanapees, die als Flying-Buffet serviert wurden und von denen ich nie satt wurde. Doch als ich einmal zufällig ihre wunderschönen Illustrationen sah, die aus ihrem übergroßen, in Leder gebundenen Notizbuch fielen, als sie es hastig wegräumen wollte, fing ich an, sie zu mögen. Offenbar hatte sie noch eine andere Seite – eine kreative und scheinbar auch eine verletzliche. Irgendwann später sprach ich sie darauf an, doch sie winkte ab. Als Illustratorin verdiene man doch nichts.

Die nächste Woche verbrachte ich mit Streichen.
Streichen. Essen. Schlafen. Streichen.
Das Haus verließ ich nur fürs Einkaufen.
Zwischendurch wurden meine Bestellungen geliefert und ich stapelte die Kartons hinter dem Sofa. Dann strich ich weiter.
Claudia kam vorbei und brachte mir mehr von dem guten Kaffee. Ein kleines Einweihungsgeschenk.
«*Oh, trés beau, Karla!*», rief sie und klatschte in die Hände. «Wie viel schöner es jetzt hier schon aussieht!» Und es war ihr ein persönliches Anliegen, dass das Bild, das ihr Mann gemalt hatte, wieder an der Wand hing. Sie brachte Hammer und Nägel mit und wir hängten es gemeinsam über der Kommode im Wohnzimmer auf. Jeden Tag betrachtete ich es und jeden Tag erinnerte es mich an meinen Traum. Und so langsam fühlte ich mich hier etwas wie in einem Zuhause. Mit

jedem Pinselstrich ging mein Leben voran. Ich las die Romane, die Merle mir gegeben hatte, und stellte sie in mein neues Bücherregal. Ich pflanzte französische Kräuter in dem Beet im Garten und briet mir abends frisches Marktgemüse in der neuen Pfanne. Ich schickte Lotta und meinen Eltern Fotos von meinen Fortschritten. *Ma nouvelle vie!*, schrieb ich dazu und sendete lachende Smileys mit Sternen in den Augen hinterher.

Noch hatte ich Ablenkung, noch schaffte ich es, nicht weiter an Marc zu denken, geschweige denn ihm zu schreiben, um ihm zu sagen, wo ich jetzt war und wie mein Traum sich langsam verwirklichte. Ich wollte ihm so viel erzählen. Und auch wieder nicht. Es zerrte an mir, dass wir einfach so auseinandergegangen waren. Es zerrte, dass er so wenig getan hatte, damit ich blieb. Er hatte mich die letzten Jahre immer mit sich gezogen. Manchmal kam ich kaum hinterher. Aber jetzt hatte sich die Richtung geändert.

In den letzten Monaten war ich immer seltener dabei gewesen. Ich hatte keine Lust mehr auf die immer gleichen Partys, die immer gleichen Gespräche, den immer gleichen Luxus. Es langweilte mich. Es frustrierte mich. Ich fand mich selbst oberflächlich und irgendwann unausstehlich. Da war nichts Spannendes mehr. Alles war so glatt und seicht und windstill. Doch ich wollte Wellen, Wind und Berge. Ich wollte das Leben spüren. Ich fing wieder an, mehr zu lesen. Hatte es jahrelang ausgesetzt. Da war keine Zeit. Jetzt nahm ich sie mir. Das Lesen setzte meine Fantasie in Gang. Immer mal wieder schrieb ich ein paar Sätze auf, die mir so einfielen. Für ein Buch. Irgendwann.

Dann kam der Streit. Marc wollte mich mal wieder mitziehen. Sein Chef, «der von ganz oben», wie er ihn immer nannte, kannte meinen Chef von ganz oben. Ein Geschäftsessen, ein bisschen plaudern, zeigen, was man draufhatte.

Vorfühlen für seine Beförderung und für meine. Die erst mal in der Tasche und wir wären bereit für den nächsten Schritt. Kinder. Ich wollte Kinder, aber keine Beförderung. Das sagte ich ihm und er ging allein zum Essen. Als er wiederkam, diskutierten wir die ganze Nacht. Was aus uns geworden war. Was werden könnte. Was ich eigentlich wollte. Was er wollte.

«Das ist nur eine Phase, Karla.» Das war Marcs Lieblingsspruch. «Denk doch mal nach! Du kannst doch jetzt nicht alles hinschmeißen, nur weil du plötzlich deine Schreiblust wiederentdeckt hast. Das kannst du doch nebenbei machen. Mach es von mir aus in der Elternzeit, da hast du doch genug Zeit für so was.»

Wann war das passiert? Wann hatte ihm das Geld so das Gehirn vernebelt? Wie ein Fremder war er auf einmal.

Ich war wütend. So wütend, dass die Wörter, die sich in meinem Hals ansammelten, einen Stau verursachten. Jedes wollte das Erste sein. Keines kam raus. Wann hatte unsere Liebe aufgehört? War sie noch da?

Als Nächstes kam der Schmerz. Das Bewusstsein darüber, dass wir vielleicht keine gemeinsame Zukunft hatten. Langsam schlich es sich von hinten an mich heran.

Es folgten weitere Nächte mit weiteren Diskussionen. Leiser. Aber je leiser es wurde, desto ernster wurde es. Dann kam die Stille. Und dann zog ich aus.

Ich kratzte die letzte Farbe aus dem Farbtopf und betrachtete mein Werk. Die Fensterläden sahen wieder aus wie neu. Das Mintgrün passte perfekt zur beigefarbenen Hauswand. Die Abendsonne spiegelte sich im Fensterglas und tauchte alles in ein warmes orangerotes Licht. Ich legte den Pinsel zur Seite, ich war fertig. Fertig mit dem Streichen. Fertig mit unserer Beziehung. Acht Jahre hatte ich einfach so beendet. Ich wusste, dass Marc mir die Schuld gab. Ich war die, die gehen wollte. Nicht er. Er wollte, dass ich blieb, aber wollte nichts dafür tun. Aber ich war ihm nichts schuldig. Sein Leben, so wie er es jetzt führte, war ihm wichtiger als ich. Deshalb ließ er mich gehen. Doch an manchen Tagen tat diese Gewissheit so weh, dass es mir fast die Luft abschnürte.

Es wurde Zeit, an meinem Roman weiterzuschreiben. Ich hatte alles erledigt, mich eingerichtet, war angekommen. Jetzt wollte ich den Traum vom Schriftstellerinnendasein in einem Häuschen in der Provence auch leben. Ich hatte alles geschafft und es fühlte sich immer noch merkwürdig an. Wohl niemand hätte mir zugetraut, dass ich diese Schritte wirklich gehe. Noch nicht mal ich selbst. Alles aufzugeben, was man sich jahrelang aufgebaut hat, war einfach unvorstellbar. Und doch war es möglich. Das Schwierigste ist immer, die Entscheidung zu treffen. Den leisen Verdacht, dass dahinter die Welt zu Ende sein könnte, zu entkräften. Was, wenn es nicht so ist, und sich ein Leben voller ungeahnter Möglichkeiten auftut? Man würde laufen und laufen und nicht herunterfallen. Denn immer, wenn man meint, den Horizont, das Ende, erreicht zu haben, käme ein neuer.

Was, wenn es gut wird?

Ich richtete mir meinen Schreibplatz auf der Terrasse ein und spannte den Sonnenschirm auf – die Temperaturen stiegen tagsüber schon bis auf zwanzig Grad. Doch eine Sache wollte ich noch erledigen, bevor ich wieder loslegte.

Das Weingut *Château Dupont* lag nur etwa fünfzehn Autominuten in südlicher Richtung. Ich bog in die mit Zypressen gesäumte Zufahrt ein, das breite Metalltor am Ende stand offen und ich fuhr langsam über den Schotterweg auf das große Steinhaus zu. Rund um das Anwesen eröffneten sich die Weinfelder.

Das *Château Dupont* war eins der kleineren Weingüter, Claudia hatte mir erzählt, dass der Sohn des Winzers das Gut zum größten Teil übernommen hatte und sich lieber um weniger Felder kümmern wollte, doch dafür alles nachhaltig bewirtschaftete. Einen Teil der Felder, die nicht unmittelbar um das Gut lagen, hatte er deshalb verkauft. Claudia holte ihren gesamten Wein von diesem Gut. Außerdem sprach man hier Deutsch, was mich überhaupt erst ermutigte, persönlich hinzufahren.

Auf dem kleinen Parkplatz vor dem Haus standen drei Autos, doch sonst war niemand zu sehen. Ich stellte mich auf einen der letzten freien Plätze und stieg aus. Ein kleiner, wie ein Cocker Spaniel aussehender Hund lief schwanzwedelnd auf mich zu und bellte ein paar Mal. Zögerlich ging ich weiter, vor bellenden Hunden hatte ich Respekt. Doch da verschwand er auch schon wieder.

Das Haus hatte vorne einen trapezförmigen Anbau mit einer großen eingefassten doppeltürigen Glasfront. Die Tür stand offen und ich trat ein. Der Anbau war als Verkostungsraum eingerichtet worden. Im vorderen Bereich standen einige Stehtische aus massivem Holz und ein paar alte Weinfässer, die ebenfalls als Tische fungierten. Auf jedem Tisch stand eine leere Weinflasche mit frischen Wiesenblumen darin. An den Wänden hingen große, gerahmte Schwarz-Weiß-Fotografien mit lachenden Menschen als Porträt- oder Gruppenaufnahme aus verschiedenen Generationen. Ich mochte es auf Anhieb.

Hinter den Tischen auf der rechten Seite befand sich ein langer Tresen mit einem großen Weinkühlschrank dahinter und einem Regal mit Weingläsern, das bis zur Decke reichte. Die oberen Regalflächen füllten unzählige leere Weinflaschen mit signierten Etiketten. Daneben führte eine geschlossene Tür vermutlich ins hintere Haus oder in ein Büro. Auf der linken Seite des Raumes waren fein säuberlich jede Menge Holzkisten gestapelt. Solche, die für den Weintransport verwendet wurden.

«Bonjour Mademoiselle, comment puis-je vous aider?»

Etwas erschrocken drehte ich mich um, in der Glastür stand ein Mann und trocknete sich die Hände an einem Handtuch ab und legte es sich anschließend lässig über die Schulter. Die Sonnenstrahlen, die hinter ihm in den Raum fielen, warfen einen Schatten auf sein Gesicht, doch ich konnte erkennen, dass er ungefähr in meinem Alter sein musste. Ich blinzelte gegen die Sonne, die jetzt ausgerechnet genau durch die Lücke lugte, die sich zwischen seinem Kopf und dem Türrahmen befand. Kurz überlegte ich, meine riesige Sonnenbrille aufzusetzen, die ich mir wieder ins Haar gesteckt hatte.

«Ähm, pardon ... äh, parlez vous allemand?» Ein Satz, den ich mir vorher schon zurechtgelegt hatte. Zusammen mit: *Parlez vous anglais?*

«Ah, non Mademoiselle, je suis désolé.» Er machte einen Schritt weiter in den Raum hinein und lehnte sich gegen eins der Weinfässer. Jetzt konnte ich sein Gesicht erkennen und unsere Blicke trafen sich.

Er hatte dunkles Haar, das etwas strubbelig abstand. Ein unordentlicher Dreitagebart umrahmte sein Gesicht. Er war groß, größer als ich mit meinen eins einundsiebzig, und trug eine ausgeblichene Jeans und ein verwaschenes T-Shirt. Seine Arme sahen trainiert aus. Wie bei jemandem, der sich viel draußen bewegte und mit anpackte.

Ich hatte extra eine weiße Bluse angezogen, weil ich dachte, dass man das auf einem Weingut so trug, und fühlte mich etwas overdressed.

«Oh», brachte ich nur heraus und versuchte es weiter mit: *«Anglais?»*

Ich glaubte, ein winziges Mundwinkelzucken bei ihm zu erkennen. *«Je suis trés désolé, Mademoiselle, mais peut-être pouvez-vous essayer le francais?»*

Ob ich es nicht auf Französisch versuchen könnte, immerhin verstand ich ihn einigermaßen. Ich fing an zu schwitzen, verdammt, Claudia hatte mir doch gesagt, man könne hier Deutsch. Wenigstens Englisch hätte ich gedacht. Ich musste unbedingt mein Französisch auffrischen, sonst kam ich hier keine fünf Meter weit.

«Le vin rosé ... äh ... ‹Pour toutes les occasions› ... il est trés bon et ... äh ... je veux acheter», stammelte ich. Mittlerweile hatten sich unangenehme nasse Flecken unter meinen Achseln gebildet. Ich presste meine Arme enger an mich. Aber das musste er jetzt verstehen. Dass «kaufen» *acheter* hieß, hatte ich mir vorher zur Sicherheit noch mal von meiner Übersetzungs-App bestätigen lassen.

«Ah, le rosé!» Ein Grinsen breitete sich in seinem Gesicht aus und in seinen Augen blitzte es fast unmerklich. Machte er sich lustig? Was für ein Blödmann. Auf einmal war es mir peinlich, auf einem Weingut in der Provence zu fragen, ob man mit mir Deutsch sprechen könnte. Am liebsten wäre ich einfach wieder gefahren. Andererseits, er kannte mich nicht. Konnte mir also auch egal sein.

«Peut-être c'est une occasion en ce moment?» Er schaute mich fragend an, doch als ich nichts erwiderte, ging er rüber zum Kühlschrank und holte eine Flasche Rosé heraus, stellte zwei Weingläser auf den Tresen und schenkte ein. Offenbar war das jetzt eine Gelegenheit – eine *occasion*.

Er reichte mir ein Glas und fing an, seins ein wenig zu schwenken, dann hielt er es sich an die Nase und roch daran. Dieses Wein-Probieren hatte ich immer lächerlich gefunden, ein dämliches Männergehabe, um zu zeigen, dass sie Ahnung von Wein hatten. Und warum überhaupt wurde im Restaurant immer dem Mann der erste Schluck ins Glas geschenkt, damit er probieren konnte?

Doch hier wirkte es nicht lächerlich. Es war kein «Guck mal, was ich draufhabe». Es wirkte völlig normal.

Interessiert beobachtete ich ihn, er schien in seinem Element zu sein. Dann hob er sein Glas in die Höhe, schaute mich an und sagte: «*Santé.*»

«*Santé*», erwiderte ich, entspannte mich ein wenig und probierte ebenfalls einen Schluck. Der Wein schmeckte immer noch nach Sommer.

«*Au fait, je suis Olivier*», versuchte er unsere stockende Konversation weiter fortzuführen, nachdem er sein Glas wieder abgesetzt hatte.

Jetzt wurden also die Namen ausgetauscht. Das sollte ich hinbekommen. «*Je suis Karla*», antwortete ich, «*et je ne parle pas bien le francais*», fügte ich schnell hinzu, bevor er noch weitersprach.

«*Pas de problème. Nous nous comprendrons*», antwortete er grinsend und prostete mir erneut zu.

Ich trank einen weiteren Schluck und versuchte mir angestrengt zusammenzureimen, was «Ich würde gerne sechs Flaschen mitnehmen» auf Französisch hieß. Ich zog mein Handy aus der Tasche und gab es in meine Übersetzer-App ein. War mir egal, wie Olivier das nun fand.

Als ich wieder aufschaute, sah ich, wie er mich amüsiert beobachtete. Seine Mundwinkel zuckten schon wieder leicht und sein Blick wirkte belustigt. Was dachte der sich eigentlich?

«*Je voudrais prendre six bouteilles*», sagte ich mit fester Stimme, trank den letzten Probierschluck, lächelte und schulterte meinen Rucksack, um ihm zu verstehen zu geben, dass ich gehen wollte.

«*Trés bon, Karla. Je tu donne un carton.*»

Er ging nach hinten, durch die Tür, wo sich wahrscheinlich das Lager befand, und kam wenige Sekunden später wieder heraus mit einem Weinkarton in der Hand. *«Huit Euros la bouteille et quarante-huit Euros le total.»* Er stellte den Karton auf einen der Stehtische und ich gab ihm meine Kreditkarte zum Bezahlen.

«Et voilà, merci Karla.» Mit einem strahlenden Lächeln, das gar nicht mehr nach Belustigung aussah, gab er mir meine Karte zurück. Etwas irritiert steckte ich sie ein, nahm den Karton und ging Richtung Ausgang.

«Merci et au revoir», rief ich ihm beim Rausgehen zu und lief zu meinem Auto. Geschafft. Das nächste Mal würde ich einfach online bestellen.

«Vielleicht bis bald, Karla. Der Sommer ist noch lang», hörte ich Olivier hinter mir rufen.

Das konnte ja wohl nicht wahr sein!

Aufgebracht drehte ich mich um, Olivier stand an der Tür gelehnt, die Arme vor sich verschränkt und grinste.

Überfordert davon, wie ich darauf reagieren sollte, lief ich einfach weiter zum Auto, stellte den Karton auf den Beifahrersitz, stieg ein und knallte die Tür zu. Kurz zögerte ich, nach einer schlagfertigen Antwort suchend, doch es fiel mir nichts ein. Also startete ich den Motor und fuhr vom Parkplatz, ohne ihn noch mal eines Blickes zu würdigen.

JUNI

Der Sommer war endgültig in der Provence angekommen. Schon morgens waren es angenehme achtzehn Grad, die sich im Laufe des Tages auf fünfundzwanzig einpendelten. Auch die Zikaden erwachten langsam und begannen mit ihren Gesängen. Es wurde mein morgendliches Ritual, mir mit der Cafetiere einen Kaffee zu machen und barfuß über die schon warmen Terrassenfliesen zu laufen, eine Runde im Garten zu drehen, das weiche Gras unter meinen Füßen zu spüren und zum Schluss mein Kräuterbeet zu begutachten. Die Samen, die ich eingepflanzt hatte, fingen an zu sprießen und gaben schon jetzt einen leicht würzigen Duft ab.

Maurice, der Gärtner, den Claudia engagiert hatte, kam jetzt öfter, um die Wiese zu bewässern. Meistens schon in den frühen Morgenstunden, wenn ich noch schlief. Eines Morgens erwischte ich ihn noch und bat ihn, mir zu helfen, meine Hängematte im Garten aufzuhängen. Der Abstand zwischen den beiden Kiefern war perfekt dafür.

Zweimal die Woche fuhr ich mit dem Fahrrad nach La Motte rein. Einmal zum Markt und einmal, um Claudia in ihrer Buchhandlung zu besuchen und, falls sie gerade Zeit hatte, mit ihr einen Kaffee zu trinken. Ich mochte es, ihr zuzuhören. Sie kannte sich im Buchmarkt aus, erzählte Geschichten von Autoren, die sich mit der Zeit einen Namen gemacht hatten, weil sie dranblieben und regelmäßig neue Bücher rausbrachten. Sie strahlte dabei eine tiefe Zufriedenheit aus, um die ich sie bewunderte und insgeheim beneidete. Sie wirkte ausgeglichen, auch wenn es sicher nicht immer leicht war, die kleine Buchhandlung am Laufen zu halten. Doch seit einigen Wochen strömten die Touristen in das kleine Dorf und Claudia hatte gut zu tun. Außerdem versorgte sie mich mit interessanten Büchern, die ich dann in meiner Hängematte las. Manchmal streifte ich durchs Haus und zwickte mich dabei in den Arm. Dann legte ich mich kopfüber aufs Sofa, setzte mich auf die Treppe oder hockte mich in die Küche auf den Boden. Ich wollte alle Perspektiven einnehmen, um ausschließen zu können, dass es in irgendeiner davon nicht wunderschön war. Die Wände rochen immer noch nach frischer Farbe. Mein Leben war nun mintfarben, weiß und salbeigrün.

Claudia war für mich zudem die perfekte Ansprechpartnerin, wenn es um meinen Roman ging. Sie hatte in ihrem Leben schon unendlich viel gelesen und hatte manche Einblicke in die Verlagswelt bekommen. Sie gab mir Tipps, wie ich mein Buch besser strukturieren könnte, und tatsächlich nahm es immer mehr Form an. Ich schrieb über zwei Frauen, die seit ihrer Kindheit miteinander befreundet waren, nach dem Studium verschiedene Wege einschlugen und sich so aus den Augen verloren. Irgendwann treffen sie sich durch Zufall wieder und beneiden die jeweils andere um ihr scheinbar perfektes Leben, das jedoch anders ist, als sie es sich früher als Teenagerinnen ausgemalt hatten. Nach und nach stellt sich heraus, dass beide Leben gar nicht so perfekt sind, und sie fangen an, sich zu erinnern, wer sie einmal sein wollten.

Obwohl ich gut vorankam, fehlte mir dennoch die Tiefe, und ich drang einfach nicht zu meinen Charakteren durch. Ich rechnete mir aus, wie lange mein Geld reichen würde und setzte mich jeden Tag neu unter Druck, möglichst schnell voranzukommen. Ich fühlte mich zweigeteilt. Erleichtert, weil ich den Schritt gewagt hatte, loszulassen und meinem Traum nachzugehen, und gleichzeitig glücklich, weil ich dieses Häuschen liebte. Weil mir niemand die Energie rauben konnte. Weil ich nichts tun musste, worauf ich keine Lust hatte. Weil ich mich auf mich besinnen konnte, ohne Ablenkung.

Frustriert und zweifelnd, weil ich von meinem Roman nicht überzeugt war. Weil ich Angst hatte, dass meine Blase zerplatzte. Weil ich mein Leben, das doch perfekt gewesen war, durcheinandergebracht und alles hingeschmissen hatte und ich manchmal nicht wusste, wofür. Weil ich an Marc dachte, den ich vermisste. Den Marc, den ich früher einmal gekannt hatte. Und weil ich mich manchmal wie eine Versagerin fühlte, die jetzt mit vierunddreißig Jahren erst festgestellt hat, dass sie doch gerne ein anderes Leben hätte, weil sie ihr altes nicht mehr mochte. Weil die romantische Vorstellung in meinem Kopf existierte, dass Marc und ich das perfekte Paar wären.

Ich vermisste dieses Bild von uns.

Warum war ich nicht früher gegangen? Vielleicht wäre der Schmerz dann nicht so groß gewesen. Was wäre, wenn … Wie viele Gelegenheiten hatte es vielleicht schon gegeben, die ich nicht gesehen hatte? Wir haben so viele ungelebte Leben und doch nur dieses einzige, um alles sein zu können, was wir wollen. Aber können wir das denn?

Doch diese Gedanken führten nur in Sackgassen.

Ich fühlte mich wie auf einer langen Zugfahrt, ein bestimmtes Ziel am Ende. Ein Fensterplatz in der ersten Klasse. Doch dann stand ich auf und zog die Notbremse, weil ich all das, was da draußen an mir vorbeirauschte, nicht richtig sehen konnte. Eine lieblose Aneinanderreihung von Ereignissen.

Der Zug stand kurz still, ich stieg aus, orientierungslos. Versuchte, meinem Herzen zu folgen. Und manchmal zerriss mich das alles fast.

Mein Handy klingelte in meinem Rucksack. Ich schlug die Augen auf und musste blinzeln. Die Sonne schien mir direkt ins Gesicht, obwohl ich mir extra einen Schattenplatz ausgesucht hatte. Doch der war jetzt keiner mehr. Kurz nach Mittag war ich mit dem Fahrrad zum Étang de la Bonde gefahren. Der Badesee in meiner Nähe. Ich brauchte dringend eine Erfrischung. Der Vormittag war nicht sonderlich produktiv gewesen. Ich kam nicht weiter und tippte lustlos ein paar Zeilen in mein Dokument, um sie dann wieder zu löschen. Ich musste den Kopf frei bekommen und außerdem kamen meine Eltern morgen zu Besuch. Ich wollte ihnen wenigstens den See zeigen können. Viel mehr hatte ich von meiner Umgebung bisher nicht mitbekommen. Selbst in Cucuron war ich noch nicht gewesen. Aber den Zauber des ersten Wiedersehens mit diesem wunderbaren Ort wollte ich mit Lotta teilen. Mein Radius bewegte sich demnach hauptsächlich zwischen hier und La Motte. Manchmal fuhr ich mit dem Fahrrad den Umweg über Ansouis, um bei *Albert* Mandelcroissants zu kaufen. Das *Château Dupont* könnte man dazuzählen, doch bei dem Gedanken an die Begegnung mit Olivier bekam ich immer noch schweißige Achseln. Hatte er es durch seine Aktion tatsächlich geschafft, dass ich immer, wenn ich einen Schluck von diesem leider verdammt köstlichen Rosé trank, daran denken musste. Das veranlasste mich immerhin, mir eine Sprachlern-App auf mein Handy zu laden und täglich drei neue französische Wörter dazuzulernen.

Ich setzte mich auf und kramte nach meinem Handy, das mittlerweile schon mindestens das sechste Klingeln von sich gab. Ein hartnäckiger Anrufer. Lotta konnte es nicht sein, wir waren dazu übergegangen, uns fast täglich Sprachnachrichten zu schicken. Und erst heute Morgen hatte sie mir noch eine Nachricht geschickt, weil sie auf Instagram irgendwelche «*adorable* Orte» bei mir in der Nähe entdeckt hatte, wo wir unbedingt hinmussten. Mit meinen Eltern hatte ich alles abgestimmt und sonst rief mich niemand an. Vorsichtig beschlich mich die Hoffnung, dass es Marc sein könnte. Doch eigentlich wollte ich diese Hoffnung gar nicht haben.

Es war Kati. Ihr Name blinkte groß auf meinem Display. Ich hatte mich nicht bei ihr gemeldet, obwohl sie mir mit meinen Sachen geholfen hatte und obwohl ich ihr noch ein Gespräch schuldig war. Ich hatte mich schließlich «einfach davongeschlichen».

«Ja?», fragte ich vorsichtig, wohlwissend, wer dran war. Und dann «Hi, Kati», weil ich mir doch blöd dabei vorkam.

«Hi, Karla, wie schön, dass ich dich erreiche ... ich hoffe, ich störe nicht?»

«Nein, nein, ich liege hier gerade am See, du störst nicht.» Im gleichen Moment kam ich mir noch blöder vor, «ich liege hier gerade am See», das hörte sich nach völliger Entspanntheit und Gleichgültigkeit an.

«Ach schön, bist du bei deinen Eltern in ... wie hieß noch mal der Ort, wo sie wohnen? Ach, wir müssen auch mal wieder einfach nur einen netten Nachmittag am See verbringen. Der Sommer ist ja schon fast da.» Sie lachte verlegen und ich hatte keine Ahnung, wie das Wetter in Berlin gerade war.

«Der Ort, wo meine Eltern wohnen, heißt Wernsdorf und ... nein, ich, äh ... ich bin in Frankreich, in der Provence, um genau zu sein. Ich nehme mir eine Auszeit.»

«Ah, dahin hat es dich also verschlagen. Und ich dachte, wir könnten vielleicht mal einen Kaffee trinken gehen oder so. Aber das geht dann ja eher nicht.»

Eine leichte Enttäuschung lag in ihrer Stimme und auf einmal tat es mir leid, dass ich einfach so abgehauen war. Kati war zwar nicht unbedingt eine gute Freundin, aber wir hatten immerhin viele Abende zusammen verbracht.

«Nein, tut mir leid, aber wir können ja jetzt quatschen», bot ich an, um ihr etwas entgegenzukommen. «Ich habe Zeit.» Jetzt war ich es, die verlegen lachte.

«Okay, gerne, das hatte ich auch ein bisschen gehofft, also dass wir jetzt schon mal reden können. Wie geht es dir denn und warum bist du überhaupt in Frankreich?»

Ich erzählte ihr so knapp wie möglich, dass ich hier endlich meinen Roman schreiben wollte. Dass ich grundsätzlich nur noch schreiben wollte und ich das Leben in Berlin leid war. Dass ich immer schon genau das tun wollte und ich das jetzt einfach machen musste, weil ich Angst hatte, es sonst niemals zu tun. Ich verschwieg ihr, wie satt ich Geld, Job, Besitz und Champagnerempfänge hatte. Diese ganze Oberflächlichkeit, die mich so leer machte. Dass Marc das aber nicht verstand und zwar an uns festhalten, aber nichts an unserem Leben ändern wollte. Dass ich es satthatte, wie wichtig ihm all das Gelaber und Getue geworden war. Dass ich gedacht hatte, dass Marc eigentlich gar nicht so war. Aber vielleicht wusste ich gar nicht mehr, wer Marc überhaupt war.

Ich erzählte ihr das alles nicht, weil ich sie nicht verletzen wollte. Sie tickte doch genauso.

«Das hört sich so schön an, Karla, wirklich. Du hattest das ja immer mal erwähnt zwischendurch, dass du gerne Schriftstellerin wärst. Und ich finde, das passt auch zu dir. Du ... du bist so ... tiefgründig manchmal und findest immer die richtigen Worte, und na ja ... also ... wenn ich ehrlich bin, hat dein Job und das ganze Drumherum gar nicht so richtig zu dir gepasst.»

Oh, ich war beeindruckt. Kati schien mehr wahrgenommen zu haben, als ich gedacht hatte.

«Danke, Kati. Ja, ich habe es irgendwann einfach nicht mehr ausgehalten. Und, na ja, man wird ja auch nicht jünger.»

Kati kicherte und wurde dann wieder ernst: «Du bist echt mutig, Karla.»

Pause. Keiner von uns wollte es ansprechen. Keiner von uns wusste, ob der andere es überhaupt ansprechen wollte.

«Habt ... ihr euch getrennt? Also, ich meine so richtig?», wagte Kati sich vor. «Ich habe nur kurz mit Marc gesprochen, als ich deine Sachen aus der Wohnung geholt habe, aber er war nicht sonderlich gesprächig. Nun ja, ich habe auch nicht viel gesagt.»

Erneute Pause. Sie war erdrückend. Vorsichtig sog ich die warme Luft ein. Die Sonne brannte auf meiner Haut.

«Jakob und er waren die Tage zusammen was trinken», erzählte Kati weiter. «Eigentlich treffen sie sich mindestens einmal die Woche, seit du weg bist. Und er hat mir im Vertrauen gesagt ... du musst schwören, dass du es ihm nicht sagst ... also, Marc ist sich wohl nicht sicher. Also ... wie das bei euch so aussieht. Ich meine, kommst du irgendwann wieder zurück?»

Mein Hals schnürte sich zusammen. Vielleicht hatte ich gerade deshalb versucht, das Gespräch mit Kati hinauszuzögern. Um diesem unerträglichen Gefühl endgültig zu entkommen. Ich erhob mich kurz von meiner Decke und zog sie wieder weiter in den Schatten hinein. Neben mir liefen drei Kinder lachend zum Wasser und zogen eine knallpinke Luftmatratze hinter sich her. Zum Nachmittag hin war es immer voller geworden am See. Vorwiegend Einheimische. Die Sommerferien in Deutschland hatten noch nicht begonnen.

«Ich denke ... wir haben uns einfach in unterschiedliche Richtungen entwickelt», erwiderte ich. Das war keine zufriedenstellende Antwort, aber eine andere hatte ich nicht.

Wieder Pause. Konzentriert beobachtete ich die pinke Luftmatratze. Sie schwamm nun auf dem Wasser und wurde von den drei Kindern belagert.

«Letztens haben wir bei Daniel und Isabelle auf der Terrasse gegrillt. Das erste Mal in diesem Jahr. Daniel wollte auf seinen neuen Deal mit X-Motion anstoßen und Isabelle hat für jeden Gast kleine Geschenktütchen bereitgestellt. Stell dir vor, da waren echte Polaroidkameras drin, sogar mit Film! Daniel hat sie von seinem Kunden geschenkt bekommen. Werbegeschenke.»

«Aha», sagte ich nur und war froh, dass Kati das Thema wechselte. Auch wenn es mich insgeheim interessierte, wie es Marc ging. Daniel arbeitete in der gleichen Unternehmensberatung wie Marc und ich wusste, dass er schon ewig hinter X-Motion her war. Ein großes Unternehmen im Bereich Film und Fotografie. Sie hatten dreißig Filialen in Deutschland und wollten sich von Grund auf neu strukturieren. Marc hatte mir davon erzählt.

«Wer war denn alles da?» Wollte ich das wirklich wissen? Aber das störende Gefühl, nicht mehr Teil von etwas zu sein, zu dem man jahrelang dazugehört hatte, war stärker.

«Die Üblichen.» Kati lachte. «Und sogar Michael mit Frau.»

Michael war der Chef von Marc und Daniel, nicht der oberste, aber schon weit oben. Und bisher nie auf einer von Isabelles und Daniels Partys gewesen. Daniel schien demnach das nächste Level erreicht zu haben. Ich fragte mich, wie Marc das auffasste. Die beiden waren keine direkten Konkurrenten, Marc hatte einen ganz anderen Bereich unter sich, Softwarelösungen für Projektmanagement, aber inoffiziell battelten sie sich. Daniel versuchte immer, Marc zu übertrumpfen. Ich mochte ihn nicht.

Isabelle hielt Daniel den Rücken frei, damit er seine Karriere vorantreiben konnte, obwohl sie selbst Pläne hatte, in die Managementetage aufzusteigen. Sie arbeitete bei einem großen Zeitschriftenverlag und betreute fünf Magazine. Trotzdem wollten sie unbedingt Kinder. Ich hatte aber eher das Gefühl, weil sie glaubten, dass man das von ihnen erwartete. Natürlich war Isabelle diejenige, die dafür zu Hause bleiben sollte. Da gab es gar keine Diskussion.

«Daniel ist natürlich den ganzen Abend um Michael herumscharwenzelt und Isabelle hat wie immer die perfekte Gastgeberin gespielt.»

Klar. Ich hatte nichts anderes erwartet und war in diesem Moment doch froh, nicht dabei gewesen zu sein.

«Ach, und die neue Nachbarin war auch da.»

Es gab eine neue Nachbarin? Sofort wurde mir etwas flau im Magen.

«Wer hat es denn geschafft, die letzte freie Wohnung zu bekommen?», versuchte ich ebenso beiläufig zu fragen. Die Wohnungen waren beliebt und um die letzte, im zweiten Obergeschoss des dritten Gebäudes mit Blick aufs Wasser, gab es viele Verhandlungen, was den Preis immer weiter nach oben getrieben hatte.

«Franziska, oder auch Franzi, wie sie sich selbst nennt. So um die dreißig, schätze ich. Sie ist ganz nett. Ist Geschäftsführerin so eines neuen Modelabels. Kannte ich noch nicht, hab den Namen auch schon wieder vergessen. Aber sie sind sogar auf der Fashion Week in New York gewesen und im Sommer auch in Berlin.»

Jetzt schwang Begeisterung in Katis Stimme mit. Das leicht flaue Gefühl in meinem Magen entwickelte sich zu einem klebrigen Klumpen. Anfang dreißig, Geschäftsführerin,

Modelabel, New York. Das waren absolute Signalwörter für mich.

«Ah ja, nicht schlecht», antwortete ich möglichst gelassen. Ich beobachtete weiter die Kinder, die sich jetzt gegenseitig nass spritzten und die Luftmatratze dabei als Schutz nutzten.

«Sie und Marc haben sich fast den ganzen Abend unterhalten. Ich meine, waren ja auch beide die einzigen Singles.»

Klar, das war natürlich ein triftiger Grund. Ich fragte mich, ob Kati mir wehtun wollte oder ob sie es einfach nur als ihre Pflicht betrachtete, mich zu informieren.

«Aber ich habe eher das Gefühl, dass Marc darunter leidet, dass du weg bist. Er wirkt irgendwie blass und nicht so fröhlich wie sonst», schloss sie ihren Bericht.

Pause, die vierte.

Was sollte ich darauf antworten? Mich riss es schon wieder hin und her. Eifersucht – Mitleid – Sehnsucht – Eifersucht.

Als ich weiterhin nichts erwiderte, fuhr Kati fort: «Ich wollte dir das nur erzählen. Ich finde es so schade. Du hast gefehlt. Aber ich verstehe dich auch. Weißt du, manchmal habe ich mir auch schon überlegt, wie es wäre, etwas ganz anderes zu machen. Zu illustrieren zum Beispiel. Na ja, du hast ja mal ein paar meiner Zeichnungen gesehen und … ich denke, ich könnte da vielleicht was draus machen. Du hast mich irgendwie dazu inspiriert, darüber nachzudenken. Also, ich will Jakob nicht verlassen, das meine ich nicht. Aber … ich müsste ja von vorne anfangen … wir hätten weniger Geld. Und ich will auf gar keinen Fall finanziell abhängig von ihm sein. Ist halt nicht so einfach.»

Nein, das war es nie. Einfach. Aber es war einfach, alles beim Alten zu belassen. Doch ich war erstaunt, wie Kati sich plötzlich öffnete. Mein Schritt hatte wohl nicht nur meine eigene Welt in ein Gefühlschaos versetzt.

«Du musst ja nicht gleich alles aufgeben, Kati. Aber vielleicht kannst du deine Illustrationen mal bei einem Verlag einreichen. Oder bei Agenturen. Ich kann mir auch nicht vorstellen, dass das schlecht bezahlt wird.» Allerdings würde sie vermutlich trotzdem deutlich weniger verdienen als im Moment.

«Ja, vielleicht mach ich das. Ein Versuch wäre es wert.»

«Unbedingt, Kati.»

«Und wie geht es jetzt bei dir weiter? Wirst du dich schon mal nach Verlagen umschauen?»

«Erst mal muss ich mein Buch fertig schreiben, aber ich plane, im September auf Verlagssuche zu gehen. Das ist zumindest mein Ziel.» Und das waren keine drei Monate mehr. Schon wieder pochte dieser immense Druck in meinen Kopf. Schreiben. Schreiben. Schreiben. Einatmen. Ausatmen. Ich hatte Zeit. Eins nach dem anderen. Ich würde es schaffen.

«Dein Buch wird toll, Karla. Da bin ich mir sicher.»

Wenn sogar Kati an mich glaubte, wieso tat ich es dann nicht?

Ich hatte alles vorbereitet. Mein Bett war frisch bezogen, ich würde unten auf dem Sofa schlafen. Da ich meinen Arbeitsplatz momentan in den Garten verlegt hatte, bräuchte ich das Zimmer oben nicht, um zu schreiben. Der Kühlschrank war gefüllt mit frischen Sachen vom Markt und im Ofen stand ein Gemüseauflauf mit den ersten Kräutern aus meinem Garten. Überall hatte ich kleine Säckchen mit getrocknetem Lavendel verteilt. Der holzig-blumige Duft zog sich durch das ganze Haus.

Meine Eltern wollten gegen achtzehn Uhr da sein. Pünktlich fünf Minuten vorher hörte ich ein Auto vor dem Haus parken. Ich eilte zur Tür, um ihnen beim Tragen zu helfen, und wenige Sekunden später lagen wir uns in den Armen. Es war schön, jemand Vertrautes um sich zu haben.

Meine Eltern hatten jeder nur einen kleinen Trolley dabei, sie hatten schon vor Jahren angefangen, minimalistisch zu reisen, dafür hievte mein Vater einen riesigen Korb mit Lebensmitteln aus dem Kofferraum. «Deine Mutter hatte Angst, dass du verhungerst», sagte er und zwinkerte mir zu.

«Wo habt ihr das denn alles noch herbekommen?», fragte ich lachend. «Und wer soll das alles essen?»

Meine Mutter wollte schon etwas zu ihrer Verteidigung erwidern, doch ich gab ihr schnell einen Kuss auf die Wange und drückte sie. Verhungern würde ich zwar nicht, aber gegen einen gefüllten Vorratsschrank hatte ich nichts einzuwenden.

Im Haus machte ich eine kleine Führung, ließ meine staunenden Eltern alles begutachten und kümmerte mich dann um den Auflauf, der langsam aus dem Ofen geholt werden musste. Den Tisch hatte ich draußen gedeckt. Ich öffnete eine Flasche Rosé und schenkte großzügig ein, nicht ohne wieder an meinen Fauxpas mit Olivier denken zu müssen.

«Oh, Karla, du hast es aber wirklich wunderschön hier!» Meine Mutter trat auf die Terrasse und wirkte ehrlich erleichtert. Keine Ahnung, was sie erwartet hatte. Ich schaute sie an, sie trug ein leichtes Blusenkleid, dunkelblau mit weißen Punkten. Ihre graublonden Haare schimmerten in der Abendsonne. Sie sah gut aus, nur etwas müde aufgrund der langen Fahrt.

«Zieh deine Schuhe aus, Mum, die Fliesen sind schön warm.»

Mein Vater kam auch heraus und beide zogen sich auf meine Empfehlung hin ihre Schuhe aus und liefen erst über die warmen Fliesen und dann über die Wiese. Es war ein lustiges und schönes Bild zugleich. Mein Vater war groß und schlaksig von der Statur her. Er trug eine helle Leinenhose, die er an den Knöcheln umgekrempelt hatte. Begeistert liefen sie eine Runde durch den Garten, probierten die Hängematte aus und bewunderten mein kleines Kräuterbeet. Es war deutlich zu spüren, wie froh sie waren, dass es mir hier offensichtlich gut ging.

«Ich wusste ja, dass du es dir schön machen wirst, mein Schatz, aber so schön.» Mein Vater strahlte, legte einen Arm um meine Mutter und wir stießen an. Auf mein neues Leben. Auf einmal fühlte es sich real an.

Am nächsten Morgen stand ich schon früh auf. Ich wusste, dass meine Mutter mich am liebsten selbst mit den Mahlzeiten versorgen wollte, und ich genoss das, wenn ich bei ihnen zu Hause zu Besuch war. Aber hier wollte ich mich darum kümmern. Ich räumte das sporadische Bett vom Sofa, öffnete die Fenster und schob ein Baguette in den Ofen. Dann befüllte ich die Cafetiere mit Kaffeepulver und stellte Teller, Besteck, Käse, Tomaten und den Lavendelhonig draußen auf den Tisch. Der Duft nach frischem Kaffee und warmem Brot lockte meine Eltern nach unten. Bevor meine Mutter irgendetwas tun konnte, beförderte ich sie an den Frühstückstisch.

«Wie habt ihr geschlafen?», fragte ich, nachdem wir alle den ersten Schluck Kaffee genossen hatten, und beobachtete, wie mein Vater genüsslich in eine Scheibe Baguette mit Honig biss.

«Sehr gut ... Hm, der ist köstlich, Karla, den müssen wir uns unbedingt für zu Hause mitnehmen. Probier mal, Annette.» Mein Vater reichte meiner Mutter sein Brot und in dem Moment fragte ich mich, wie sie es geschafft hatten, so lange glücklich verheiratet zu sein.

«Ganz wunderbar», murmelte meine Mutter mit halbvollem Mund. «Ja, den Honig nehmen wir mit. Wo gibt es den denn?»

«In La Motte auf dem Markt, heute ist Samstag, da könnt ihr euch gerne mal umschauen. Ich werde so lange hierbleiben und schreiben. Und heute Nachmittag könnten wir was zusammen unternehmen.»

«Wie kommst du denn voran mit deinem Roman?» Meine Mutter versuchte, diese Frage so normal wie möglich klingen zu lassen, doch ich hörte trotzdem die Sorge heraus, dass mein ganzes Unterfangen vielleicht zu riskant war in ihren Augen. Gestern Abend hatte sie das Thema vermieden, aber jetzt musste es wohl raus.

«Ach, es läuft ganz okay, die Story ist gut, aber es wirkt alles noch etwas oberflächlich. Ich habe es noch nicht geschafft, mehr Tiefe reinzubringen. Und so richtig im Fluss bin ich auch nicht. Aber es wird besser.»

Ich hatte gehofft, dass, wenn ich in Frankreich war, sich der Schreibflow schon einstellen würde. Aber das tat er nur sehr zögerlich. Ich steckte noch zu tief in meiner eigenen Geschichte, als dass ich in eine andere hätte eintauchen können.

«Ach, Karla, ich wünsche mir so sehr, dass dein Traum sich erfüllt. Hast du es denn schon mal jemandem zum Lesen gegeben?», fragte meine Mutter weiter.

«Nein, noch nicht.» Ich starrte in meine Kaffeetasse und mir fiel ein, dass ich neuen Kaffee besorgen musste. Testlesen, das war so ein Punkt. Solange ich selbst zweifelte, konnte ich es niemandem geben, der diese Zweifel am Ende noch bestätigte.

«Ich könnte es lesen», bot meine Mutter an. In ihrer Stimme schwang Hoffnung mit und ich wusste, dass sie an mich glaubte. Aber ein letzter leiser Zweifel steckte auch in ihrem Kopf. Das spürte ich. Sie wäre es langsamer angegangen. Hätte nicht alles aufgegeben. Hätte den Job behalten, die Stunden reduziert und sich eine kleine Wohnung am Rand von Berlin gesucht. Vielleicht wäre das die vernünftigere Entscheidung gewesen. Vielleicht hätte ich mir dann selbst weniger Druck gemacht. Vielleicht.

«Ja, du hast recht, es sollte jemand lesen. Und weißt du was? Ich bin froh, dass du die Erste sein wirst.»

«Das mach ich sehr gern, Liebes.» Eine kleine Erleichterung zeigte sich auf ihrem Gesicht.

«Ich glaube, du darfst dir nicht zu viel Druck machen, Karla», schaltete sich jetzt mein Vater ein. «Du hast dein Leben von heute auf morgen umgekrempelt. Da musst du dich erst mal einfinden.»

Mein Vater, immer der deutlich Entspanntere. Vielleicht passten meine Eltern deshalb so gut zusammen. Sie ergänzten sich gegenseitig. Was der eine zu wenig hatte, füllte der andere auf und umgekehrt. Hatten Marc und ich uns ergänzt? Hatte er etwas aufgefüllt, das mir fehlte?

Die Tage mit meinen Eltern waren leicht und strukturiert, was mir einen gewissen Halt gab. Vormittags schrieb ich, mein Vater werkelte im Garten herum, rupfte hier und da etwas Unkraut heraus, unterhielt sich mit Händen und Füßen mit Maurice, wenn er da war, erklärte mir in meinen Kaffeepausen, wie ich die Terrassenpflanzen am besten pflegen sollte und befreite mein Kräuterbeet von kleinen Schnecken. Meine Mutter las meine Rohversion von gut hundertfünfzig Seiten oder radelte mit dem Fahrrad nach La Motte rein, um irgendetwas zu besorgen, was mir ihrer Meinung nach noch fehlte. Untersetzer aus Kork, einen Schwung Gästehandtücher, eine große, blaue Vase und eine bunte Bast-Fußmatte für die Terrasse. Meinen Writer-Pulli, für den es schon lange zu warm war, hängte sie auf einen Bügel an die Treppe, sodass ich ihn immer sehen konnte und er mich genau wie das Bild an meinen Traum erinnerte. Außerdem hatte ich mittlerweile zwei weitere große Lavendelhoniggläser im Schrank sowie gutes Olivenöl und Biospülmittel mit Lavendelduft für extra weiche Hände.

Nachmittags unternahmen wir meist etwas zusammen. Ich zeigte meinen Eltern den See, wir fuhren nach Vaucluse und machten Spaziergänge durch die teilweise schon blühenden

Lavendelfelder. Gegen Abend besuchten wir eins der vielen kleinen Dörfer in der Umgebung und suchten uns ein Restaurant oder tranken nur irgendwo ein Glas Wein. Es tat mir gut, mal rauszukommen, nicht immer nur bei mir im Garten zu sitzen und an mir und meinem Roman zu zweifeln. Jetzt war ich schon in Frankreich und es mussten erst meine Eltern kommen, damit ich das Leben hier auch lebte. Mein Kopf wurde freier und es fiel mir jeden Tag etwas leichter zu schreiben. Das einzige Thema, das wir bisher vermieden hatten, war Marc.

Es war der vorletzte Abend, bevor meine Eltern ihre Tour durch Frankreich fortsetzen wollten. Ich spülte die Teller vom Abendessen ab, ich hatte zur Abwechslung mal wieder gekocht. Und als meine Mutter sich zu mir gesellte, um mir mit dem Abtrocknen zu helfen, rückte sie endlich mit der Sprache raus.

«Habt ihr eigentlich noch mal miteinander gesprochen? Du und Marc?», tastete sie sich heran.

«Nein, nicht wirklich. Wir hatten noch mal geschrieben, als ich noch bei euch war, aber ... na ja, ich habe ihm zu verstehen gegeben, dass ich eine Auszeit brauche und er nicht auf mich warten soll. Ich wollte erst mal einen Abschluss. Um für mich zu sein ... Hat er sich denn bei euch mal gemeldet?» Irgendwie hoffte ich das. Ich fand es merkwürdig, jahrelang Teil einer Familie zu sein und dann nichts mehr voneinander zu wissen. Andererseits hatte ich mich bei seinen Eltern auch nicht gemeldet. Aber unser Verhältnis war nie besonders gut gewesen. Wir sahen Marcs Eltern äußerst selten, sie lebten in der Nähe von Hamburg, wo Marc auch aufgewachsen war. Sie mochten Berlin nicht besonders. Und wenn wir sie mal besuchten, was höchstens einmal im Jahr vorkam, buchten wir uns ein Hotel in ihrer Nähe. Marcs Verhältnis zu seinen Eltern war eher kühl gewesen. Ich hatte aber nie ganz verstanden, warum.

«Nein, hat er nicht ... ich habe ihn wirklich gemocht, Karla, aber ich habe schon auch gesehen, dass ihr euch voneinander entfernt habt. Karriere, immer höher kommen, noch mehr Geld verdienen, das bist du nicht. Am Anfang ist es verlockend und es eröffnet einem ja auch viel. Aber irgendwann, vor allem, wenn man so jemand ist wie du, die sich immer viele Gedanken um alles Mögliche macht, dann merkt man, dass es einem für das gute Gefühl nichts bringt.»

Ich starrte auf die kleinen Schaumbläschen im Spülwasser, sie schimmerten leicht lilafarben und zerplatzten eine nach der anderen. «Manchmal frage ich mich, ob wir es nicht doch hätten schaffen können.»

«Du hast es versucht, Karla. Aber du kannst Menschen nicht zu ihrem Glück zwingen. Und meistens kannst du sie auch nicht verändern.»

Ja, Marc war immer fixiert auf sein nächstes Ziel und ließ sich nicht davon abbringen. Am Anfang waren die Ziele noch nicht so wichtig und wir genossen zusammen die vielen schönen Kleinigkeiten, die uns da noch auffielen. Der Kaffeeduft morgens in der Küche, die Sonnenstrahlen, die durchs Fenster genau auf unseren Küchentisch fielen. Die teure Pizza mit Feigen und Ziegenkäse, die wir uns selten gönnten, aber wenn, dann gebührend zelebrierten. Das erste Grün an den Bäumen. Doch je höher wir kamen, desto wichtiger wurden die Ziele und umso weniger sahen wir das alles. Das Leben nahm rasant an Geschwindigkeit zu. Marc war noch längst nicht am Ziel.

«Es hatte immer so gut gepasst ... aber jetzt eben nicht mehr.» Ich zog den Stöpsel, um das schmutzige Wasser raus- und neues reinzulassen, und lauschte dem gurgelnden Geräusch.

«Ich habe dein Manuskript zu Ende gelesen. Und auch wenn du jetzt denkst, dass ich ja nur deine Mutter bin ... es gefällt mir wirklich gut. Nein, sehr gut. Die Geschichte der beiden Frauen, sie ist so ... real. Das könnte jeder von uns sein. Man kann sich damit identifizieren. Wirklich, Karla, und es ist ja nicht so, dass ich noch nie ein Buch gelesen habe. Ein bisschen kenne mich schon aus. Ich würde aber gern noch mehr über ihr früheres Leben erfahren und noch mehr in ihre Gedanken eintauchen wollen. Aber es ist wirklich gut.»

Ich drehte den Wasserhahn zu, die neuen Schaumbläschen auf der Oberfläche glitzerten und versprühten wieder einen frischen Lavendelduft. Ich tauchte die Weingläser hinein, schwenkte sie ein paar Mal hin und her und stellte sie neben die Spüle.

«Danke, Mum. Ja, ich denke, du bist nicht objektiv, kannst es gar nicht sein. Aber eine Meinung tut gut, auch wenn sie von meiner Mutter ist.» Ich lachte und drückte ihr einen Kuss auf die Wange. Was mich wirklich erleichterte, war die Tatsache, dass sie den letzten kleinen Zweifel in der hintersten Ecke jetzt vielleicht doch noch beiseitelegen konnte.

«Ich glaub doch an dich, Karla. Ja, du machst es auf deine Weise und ich hätte es anders gemacht, aber im Grunde weiß ich, dass du es schaffen wirst.»

«Ich war ja selbst ein wenig erschrocken über meinen Mutausbruch und habe manchmal das Gefühl, nicht hinterherzukommen. Aber dann fühle ich doch wieder, dass es genau so richtig war.»

«Vielleicht hätte ich dich früher ermutigen sollen, deinen Traum zu leben. Du hast schon als Achtjährige kleine Geschichten geschrieben. Dein Vater und ich waren immer ganz begeistert. Und ich weiß noch, wie du selbst mit vierzehn noch auf den Baum in unserem Garten geklettert bist, um deine Gedanken zu sortieren. So hast du es immer genannt. Und dann hast du dort gesessen und stundenlang geschrieben.»

«Ja, ich erinnere mich.»

«Du solltest immer frei entscheiden, was du machen möchtest. Aber vielleicht hätten wir dich einfach mehr daran erinnern sollen, was deine Leidenschaft ist. Aber als du dann angefangen hast, Geld zu verdienen, da habe ich eben auch gedacht, dass es schon gut so ist. Und man es als Schriftstellerin ja schon schwerer hat ...»

Meine Mutter wirkte geknickt. Machte sie sich etwa Vorwürfe?

«Nein, Mum, es ist doch nicht deine Schuld. Ich wollte es doch so. Und ich bereue es ja auch nicht. Es war doch alles gut ... bis jetzt eben. Okay, zwei, drei Jahre früher so eine Entscheidung zu treffen, wäre schon schön gewesen. Ich will ja auch mal irgendwann Kinder haben ...» *Wenn du erst mal deine Beförderung hast, werden wir schwanger, Karla, das ist der Plan.* Ich hörte Marcs Stimme in meinem Kopf. Vielleicht wäre ich jetzt schon schwanger. Vielleicht, vielleicht. Langsam machte mich dieses Wort wahnsinnig.

«Ach, Liebes, ich bin so stolz auf dich.» Meine Mutter legte das Trockentuch weg und nahm mich in den Arm. «Und du bist doch immer noch jung, heute bekommen die Frauen doch alle erst mit Ende dreißig ihr erstes Kind.»

Nur wollte ich eine junge Mutter sein. Aber ich war es schon hundertmal durchgegangen, es hätte keinen früheren Zeitpunkt für meinen Entschluss zu gehen geben können – ich war erst jetzt bereit dazu gewesen.

Am letzten Abend gesellte ich mich zu meinem Vater, der gerade im Garten stand und Abschied von ihm zu nehmen schien. Ein kleines bisschen hatte er sich in den Garten verliebt. Meine Mutter war oben und packte ihre Sachen zusammen. Morgen am frühen Nachmittag wollten sie weiterziehen. Ans Meer, an die Côte d'Azur.

«Weißt du, Karla», begann er, als ich neben ihm stand, offenbar hatte er sich schon ein paar Worte zurechtgelegt, «deine Mutter und ich, wir hatten auch einige Tiefen in unserer Beziehung. Und viele Höhen.» Er lächelte und seine vielen Lachfältchen um die Augen strahlten so eine Wärme aus dabei. «Aber wir hatten immer das gleiche Ziel vor Augen und haben nie versucht, den anderen von etwas zu überzeugen, bei dem wir wussten, dass er es im Grunde seines Herzens nicht möchte. Klar, ab und an muss man jemanden auch mal zu seinem Glück zwingen, sonst hätte deine Mutter wahrscheinlich nur einen Bruchteil von dem gesehen, was sie heute von der Welt kennt.» Jetzt lachte er herzhaft und ich musste grinsen, wenn ich daran dachte, wie ängstlich meine Mutter jedes Mal in eine Reise startete und wie glücklich sie dann wiederkam.

«Aber das Grundsätzliche, wie man sein gemeinsames Leben gestaltet, den Großteil seiner Zeit, den man dort verbringt, wo man sich zu Hause fühlt, und wie man seinen Alltag meistert, das muss passen. Da waren wir uns immer einig, deine Mutter und ich. Und manchmal, da passt es eine ganze Weile und dann ganz unverhofft gar nicht mehr. Man entwickelt sich weiter und das ist auch gut so, aber manchmal eben in unterschiedliche Richtungen. Und dann muss man aufpassen, den Absprung zu schaffen, damit man nicht unglücklich wird. Und das erfordert Mut. Und du hast es rechtzeitig erkannt und den Mut gehabt, Karla. Aber das Schwierigste kommt erst danach: loslassen und neu anfangen. Deine Mutter und ich hatten Glück, bei uns hat es immer gepasst. Aber die Möglichkeiten heute sind so vielfältig. Es gibt so viele Richtungen, in die man sich entwickeln, so viele unverhoffte Gelegenheiten, die man nutzen kann. Was es für Beziehungen, aber auch für die Antwort auf die Frage, welches Leben man eigentlich leben möchte, schwerer macht. Deshalb gibt es heute wohl auch so viele unglückliche Menschen, die in unglücklichen Beziehungen feststecken. In der heutigen Zeit ist es vielleicht sogar besser, wenn man sich erst zu einem späteren Zeitpunkt kennenlernt. Weil man dann schon viele Möglichkeiten ausprobiert hat und eher weiß, was und wohin man will. Das ist meine Theorie, Karla.»

Mittlerweile saßen wir nebeneinander auf der Wiese und schauten in die langsam untergehende Sonne, die den Himmel orangerot färbte. Ich hatte nie viele ernste Gespräche mit meinem Vater geführt, aber wenn er sich mal etwas überlegte, wie er mich trösten oder mir Mut machen konnte, dann hatte das immer Hand und Fuß. Er gab mir immer das Gefühl, die richtige Entscheidung zu treffen oder getroffen zu haben. Meine Mutter gab mir die Sicherheit und er die Freiheit. Früher als Teenager, wenn ich mich von den Sorgen um mich von meiner Mutter erdrückt gefühlt hatte, ging ich zu meinem Vater. Wir machten dann Spaziergänge, schwammen im Sommer im See und fuhren im Winter mit dem Schlitten den kleinen Hang am Dorfeingang hinunter. Oder ich half ihm im Garten. Wir redeten nicht viel, außer manchmal eben, aber danach war ich wieder in Balance.

«Danke, Paps.» Mehr konnte ich nicht sagen, ein Kloß schnürte mir die Kehle zu. Die Tränen kamen und ich ließ sie laufen.

Da kam meine Mutter in den Garten mit drei Weingläsern und der vorletzten Flasche Rosé. Sie fragte nicht, setzte sich zu uns und schenkte ein. Ich fühlte mich wie früher als Kind, wenn ich mir wehgetan hatte und wir uns erst mal in den Garten setzten, um mich zu verarzten, und meine Mutter mich mit frisch gepresstem Apfelsaft versorgte.

«Ach, Karla», sagte mein Vater, «ich wollte dich noch fragen, wo ich diesen Rosé herbekomme. Der schmeckt ja wirklich hervorragend.»

Ich hatte genau eine Stunde Zeit, um ein paar Kisten Rosé zu kaufen, zurückzufahren und meine Eltern in Ruhe zu verabschieden. Sie wollten pünktlich los, ihr Vermieter der neuen Unterkunft hatte nur bis achtzehn Uhr Zeit, die Schlüssel zu übergeben. Ich hatte es extra knapp bemessen, um einen Grund zu haben, möglichst schnell wieder abzuhauen. Für mich wollte ich auch gleich was mitnehmen, Lotta kam ja bald. Ich fuhr allein, meinen Vater mitzunehmen, hätte zu sehr nach «Jetzt bringt die Kleine ihren Vater zur Verstärkung mit» ausgesehen. Ich fühlte mich wie vierzehn. Und ich benahm mich wie vierzehn.

Diesmal parkten mehr Autos auf dem Hof und einige Leute standen vor dem Anbau und unterhielten sich. Ich ging an ihnen vorbei und bekam nur ein paar französische Wortfetzen mit, die ich nicht genau verstand. Die große Glastür stand weit offen und ich betrat den Verkostungsraum. Diesmal hatte ich mich legerer angezogen, ausgeblichene Jeans, die ich um das letzte Achtel abgeschnitten hatte, und ein weißes Shirt. An den Stehtischen stand ein junges Pärchen auf der linken und eine Familie mit zwei kleinen Kindern auf der rechten Seite. Die Kinder, ein Mädchen und ein Junge, rannten quiekend um die Tische herum und spielten Fangen. Das Pärchen wurde von einer älteren Frau in einem langen Leinenrock und T-Shirt bedient. Ihre dunklen Haare waren von feinen, grauen Strähnen durchzogen. Sie wirkte elegant. Die Familie hatte mehrere Gläser und einige Flaschen Weißwein vor sich stehen, die sie alle durchprobierten. Olivier war nicht zu sehen. Eine Mischung aus Erleichterung und winziger Enttäuschung schlängelte sich durch meine Blutbahnen.

Die Frau sah mich, lächelte und gab mir durch ein Winken zu verstehen, dass ich reinkommen solle und sie gleich bei mir wäre. Ich stellte mich in die Nähe der Familie und beobachtete die beiden Kinder, die sich nun um eine kleine Katze kümmerten, die hereingekommen war und sich ausgiebig von ihnen streicheln ließ.

«*Maman, Maman, je veux un chat!*», rief das Mädchen ihrer Mutter zu. Ich war erstaunt, was ich doch alles verstand, doch dass sie eine Katze haben wollte, ließ sich leicht zusammenreimen. Und wahrscheinlich würde sie auch eine bekommen. Provence und Katzen – das gehörte irgendwie zusammen. In keinem Ort konnte man durch die Gassen gehen, ohne nicht mindestens fünf bis sechs Katzen zu begegnen.

Innerlich übte ich schon mal meinen Satz für die Bestellung. Olivier mochte ja Deutsch sprechen, aber bei der Frau wusste ich es nicht.

«*Bonjour Mademoiselle, comment puis-je vous aider?*» Da war sie schon und im gleichen Moment hatte ich ein kleines Déjà-vu.

«Äh ... *je voudrais ... acheter le rosé*», stotterte ich.

«Oh, Sie aus Allemagne. Iisch ön bissen Dötsch schpreschen. Francais schwer, abö Dötsch auch.» Sie lachte und strahlte mich an. Was für eine herzliche Frau. Außerdem fand ich schon immer, dass allein der französische Akzent äußerst sympathisch machte.

«Ah, da kömmt Olivier, er kann pörfekt Dötsch. *Olivier, viens ici, s'il te plaît*», rief sie quer durch den Raum und mir rutschte augenblicklich das Herz in die Hose.

«Karla, schön disch zu sehen.» Er grinste und kam rüber. Sein Akzent war deutlich schwächer, kaum hörbar.

«Oh, ihr kennt eusch?», fragte die Frau erstaunt.

Ich vermutete, sie war seine Mutter, die Ähnlichkeit bei Augen und Nase war zu stark.

«*Oui*, Karla hat vor ein paar Wochen Rosé hier gekauft», sagte er lächelnd und ich betete, dass ich nicht rot anlief.

«*Babette, nous avons décidé*», rief der Vater der beiden Kinder herüber und sie entschuldigte sich und ging zu ihm.

«Tut mir leid wegen letztens», sagte Olivier nun zu mir gewandt. «Ich hoffe, du bist nicht mehr sauer. Ich wollte dich nur etwas ärgern ...»

«Und das Klischee erfüllen?», unterbrach ich ihn.

«Klischee?»

«Na, dass alle Franzosen darauf bestehen, Französisch zu sprechen, obwohl sie auch Englisch können», gab ich etwas zu schnippisch zurück.

«Aber du hast nach Deutsch gefragt. Weißt du, die Deutschen denken, dass man überall auf der Welt Deutsch spricht. Sie versuchen es nicht einmal in der Sprache des Landes, in dem sie sich gerade befinden.»

Nun, da hatte er recht. Wobei man das so pauschal auch wieder nicht sagen konnte. Aber ich war ja mit meinem «alle Franzosen» auch nicht gerade vorurteilsfrei unterwegs.

«Ich hatte gehört, dass hier Deutsch gesprochen wird, deshalb habe ich danach gefragt. Und nein, ich gehöre nicht zu diesen Deutschen. Ich verstehe ganz gut, aber sprechen ist noch schwierig ... aber ich bin dabei, es zu lernen.»

«Okay, okay», sagte er lachend und hob beschwichtigend seine Hände. «Waffenstillstand, *d'accord*?»

«*D'accord.*»

«Darauf sollten wir anstoßen.» Er zwinkerte mir zu.

«Oh, eine neue *occasion*?»

«Du lernst schnell.»

«Ich weiß.» Jetzt kam ich in Fahrt. Meine anfängliche Verlegenheit war wie weggeblasen.

Olivier holte zwei Gläser und öffnete eine frische und eisgekühlte Flasche.

«*Santé!* Auf den Waffenstillstand.»

«*Santé!*»

Wir stießen an und tranken jeder einen Schluck. Dieser Wein war so verdammt gut.

«Woher kannst du eigentlich so gut Deutsch?», fragte ich.

«Ich habe in Deutschland studiert und dort im Studentenwohnheim gewohnt. Ich war der einzige Franzose. Und meine Oma ist eine Deutsche. Sie lebt zwar schon lange in Frankreich, hier bei uns, aber die deutsche Sprache hat sie nie verlernt. Ich bin so gut wie zweisprachig aufgewachsen. Und woher weißt du, dass wir hier deine Sprache sprechen?»

«Von Claudia. Sie hat die Buchhandlung in La Motte, *Bonnes Idées*. Ich wohne in ihrem Haus etwas außerhalb, das sie vermietet, und sie hatte mir zur Begrüßung eine Flasche von eurem Rosé in den Kühlschrank gestellt.»

«Ah, die Karla bist du also. Ich kenne Claudia. Sie kauft hier regelmäßig Wein und ist mit meiner Mutter befreundet.» Er zeigte Richtung Babette, die sich angeregt mit den Eltern der beiden Kinder unterhielt. Das kleine Mädchen hatte die Katze mittlerweile auf dem Arm und es sah nicht so aus, als würde sie sie je wieder hergeben wollen. «Sie hat mir erzählt, dass sie eine Mieterin gefunden hat, die das Haus ein bisschen herrichtet und ein paar Monate bleiben will.»

In dem Moment klingelte mein Handy in meiner Hosentasche. Oh, meine Eltern, ich hatte völlig die Zeit vergessen.

«*Excusez-moi*», sagte ich grinsend und ging dran. «Hi, Paps, ja, ich bin gleich da, ich muss nur noch bezahlen ... ja, bis gleich.»

«Deine Eltern sind hier?», fragte Olivier.

«Ja, sie haben mich für ein paar Tage besucht und jetzt reisen sie weiter. Sie machen eine Frankreich-Tour. Und ich wollte ihnen noch ein bisschen Wein ins Gepäck stecken. Für mich übrigens bitte auch noch zwei Kisten. Nächste Woche kommt meine beste Freundin zu Besuch.»

«Du bekommst viel Besuch ... Wenn ihr noch Geheimtipps braucht, meldet euch. Ich lege dir eine Karte mit in die Kiste.»

«Danke, vielleicht machen wir das.» Etwas verlegen trank ich mein Glas leer.

Zu Hause hatten meine Eltern schon alles ins Auto gepackt und waren bereit für die Weiterfahrt. Ich stellte ihnen die Kiste Wein in den Kofferraum und umarmte sie lange zum Abschied.

«Lass es dir gut gehen, Karla, und melde dich zwischendurch», sagte meine Mutter.

«Mach ich, Mum. Und ihr habt jetzt erst mal eine tolle Reise!»

«Genieß die Zeit hier», sagte mein Vater und dann fuhren sie los. Ich winkte ihnen hinterher, bis sie am Ende der Straße abbogen, trug die beiden anderen Kisten ins Haus und verstaute alles im Kühlschrank. Platz genug hatte ich ja darin. Dann öffnete ich die Terrassentür, zog die Schuhe aus und lief über die warmen Fliesen. Ich betrachtete den Garten, in dem ich die letzten Tage oft mit meinen Eltern gesessen hatte. Er wirkte jetzt anders auf mich, vertrauter. Sie hatten mir ein Stück unbeschwerte Kindheit dagelassen.

JULI

Meine innere Unruhe hatte sich etwas gelegt, ich war mehr angekommen und diese Entspannung wirkte sich auch auf das Schreiben aus. Die Wörter sprangen förmlich auf das elektronische Papier. Wenn es ab jetzt weiter so gut lief, konnte ich in zwei Monaten fertig sein und mich dann an die Überarbeitung und Verfeinerung der einzelnen Szenen machen. Und ich konnte mein Exposé für die Literaturagenturen und Verlage erstellen. Das wiederum verursachte in mir noch ein unangenehmes Magengrummeln.

Ich behielt die Routine bei, vormittags zu schreiben und nachmittags etwas zu unternehmen oder mich einfach faul in die Hängematte zu legen und zu lesen. Ich hatte mir neuen Stoff bei Claudia besorgt und ihr außerdem die ersten fünfzig Seiten meines Manuskripts gegeben. Wenn jemand Ahnung hatte, dann sie. Nachdem es meiner Mutter so gut gefallen hatte, war ich etwas mutiger geworden. Doch nun lag es seit zwei Tagen bei Claudia im Büro und ich hatte Angst, dass sie es tatsächlich las.

In zwei Tagen kam endlich Lotta und sie bestand darauf, ebenfalls mein gesamtes bisheriges Manuskript zu lesen. Vor Lottas Meinung hatte ich keine Angst. Ihr Feedback wäre ehrlich und sie würde es mir schonend beibringen, wenn es nicht so gut ausfiel.

Wir hatten uns so lange nicht gesehen. Das letzte Mal war an besagtem Silvester gewesen. Und jetzt, achtzehn Monate später, war alles anders. Je näher ihr Ankunftstag rückte, desto ungeduldiger wurde ich.

Ich saß im Garten und wollte gerade reingehen, um mir einen Kaffee zu machen, da piepte mein Handy, das neben mir auf dem Stuhl lag. Kati. Wir schrieben uns jetzt ab und an und sie schickte mir Fotos von ihren neuesten Illustrationen. Sie zeichnete vornehmlich Frauen in verschiedenen Situationen und Positionen. Tanzend im Regen, liegend am Strand, sitzend auf einem Felsen am Meer oder stehend mit einem überdimensionalen Koffer in der Hand. Ich merkte, wie sie völlig darin aufging, und versuchte, sie zu ermutigen, mehr daraus zu machen. Doch Kati würde niemals ihren Job an den Nagel hängen und von vorn anfangen. Obwohl Jakob genug für eine zehnköpfige Familie verdiente. Er gehörte zu den leisen Männern. Die, die was draufhatten, es aber nicht an die große Glocke hängten. Er wollte immer schon Anwalt werden. Aus dem ganzen Schnickschnack, den Kati so liebte, machte er sich nichts, und ließ sie machen, wenn sie mal wieder ein völlig überteuertes Catering bestellte. Aber sie könnte es nicht ertragen, abhängig von ihm zu sein, und hielt krampfhaft an ihrem ungeliebten Job fest. Sie könnte es vernünftiger angehen als ich und ihre Stunden kürzen, schlug ich ihr vor, als wir mal wieder ein paar Nachrichten hin- und herschickten. Das könne sie in ihrer Position nicht bringen, hatte sie geantwortet. Sie hatte sogar Angst, schwanger zu werden, obwohl sie gern Kinder hätte. Weil sie dann als «Mutter» abgestempelt werden und ihr Ansehen und ihre Position verlieren würde. Und ihr Ansehen brauchte sie wie die Luft zum Atmen. *Wer bin ich noch, wenn ich meinen Job und mein Geld nicht mehr habe?*, schrieb sie mir einmal. Darauf hatte ich keine Antwort, das musste sie schon selbst herausfinden.

Trotzdem mochte ich sie immer mehr. Es machte mich ein bisschen stolz, dass sie sich so vertrauensvoll an mich wendete und ich sie offenbar inspirierte. Es war schon komisch, die ganze Zeit waren wir uns räumlich nah gewesen, aber ansonsten weit voneinander entfernt. Und jetzt war es genau umgekehrt.

Hey, Karla, es gibt News! Ich habe meine Illus einer Bekannten von Jakobs Arbeitskollegen gezeigt. Sie arbeitet in einer großen Agentur und die suchen immer mal wieder Illustratoren für die Frauenzeitschrift, die sie betreuen. Na ja, sie sind begeistert und hätten sogar einen Auftrag für mich. Allerdings würde das bedeuten, dass ich Nachtschichten einlegen muss. Ich überlege noch. Sie zahlen eigentlich nicht schlecht.

Wow, ich las ihre Nachricht ein zweites Mal. Ich freute mich ehrlich für sie.

Warum überlegst du da noch??!, schrieb ich zurück. *Nimm dir Urlaub oder melde dich krank, aber MACH das! Was sagt Jakob?*

Findet's gut. Und er ist die nächsten zwei Wochen sowieso geschäftlich unterwegs. Das heißt, ich hätte Zeit ...

Ja, probier es unbedingt aus! Ich freu mich für dich!

Danke! Weißt du, es ist merkwürdig, jetzt, wo ich mich mehr auf das Illustrieren konzentriere, kommt diese Möglichkeit.

Ja, so war das im Leben. Wenn man den ersten Schritt wagte, konnte sich auf einmal alles verändern.

Wie läufts mit deinem Roman?

Gut, so langsam komme ich in den Flow. Ich denke, im September werde ich wirklich die ersten Verlage anschreiben.

Toll! Ich drücke die Daumen! Karla, ich wollte dir noch was erzählen ...

Oh. Ich wartete, bis die nächste Nachricht eintraf. Etwas drückte auf meinen Magen.

Vor zwei Tagen habe ich Marc bei Franziska auf dem Balkon

sitzen sehen. Sie wohnt ja im zweiten OG, ich kann direkt draufgucken von uns aus.

Oh. Mir wurde etwas übel von dem Magendruck.

Ich wusste nicht, ob ich dir das überhaupt schreiben soll. Es war ja nichts. Sie haben ein Glas Wein getrunken. Es war Sonntagnachmittag. Und später habe ich gesehen, wie er joggen gegangen ist. Aber wenn ich es nicht erwähnt hätte, hätte ich mich schlecht gefühlt. Ich freu mich doch so über unseren Austausch!

Aber was nach dem Wein und vor dem Joggen passiert war, das wusste sie nicht. Mir wurde schlecht.

Einatmen. Ausatmen.

Er kann machen, was er will. Ich habe *ihn* verlassen. Man kämpft nur für das, was man liebt, hämmerte es in meinem Kopf.

Wenn du magst, können wir kurz telefonieren, schrieb sie weiter, als ich nicht reagierte.

Nein, ich wollte nicht telefonieren. Ich wollte gar nichts wissen. Ich wollte, dass Lotta endlich da war.

Wie sieht sie denn so aus?, schrieb ich. Das hatte ich jetzt nicht wirklich gefragt. Ich wollte gar nicht wissen, wie sie aussah. Doch meine Finger hatten die Kontrolle übernommen.

Es wird nichts sein, Karla. Marc ist nicht so ein Typ.

Was für ein Typ? Der direkt mit der Nächstbesten ins Bett stieg? Immerhin hatte ich ihn in seinem Ego gekränkt. Das konnten die wenigsten Männer ab.

Okay, sie ist hübsch, schrieb sie weiter, *lange, rote, lockige Haare. Sommersprossen. Gute Figur. Nett. Zumindest auf der Party bei Isabelle. Aber doch gar nicht sein Typ.*

Und vielleicht gerade deshalb interessant. Alles in mir wollte nach draußen. Ich wollte raus aus mir, um dieses lähmende Gefühl nicht ertragen zu müssen. Marc und Franziska.

Einatmen. Ausatmen. Es ging mich nichts an.

Verdammt! Und ob es mich etwas anging!

Einatmen. Ausatmen.

Ich muss jetzt Schluss machen, Kati. Danke, dass du es mir gesagt hast.

Okay. Es tut mir leid. Soll ich dich weiter informieren?

Jaaaa!

Nein, ich will es lieber nicht wissen.

Okay. Melde dich, wie es mit deinem Buch läuft.

Mach ich.

Er hat dich nicht verdient, Karla.

Nein, hatte er nicht.

Eine heftige Sehnsucht packte mich und riss mich fort. Irgendwohin, wo ich nicht sein wollte.

Den restlichen und den nächsten Tag verbrachte ich im Bett. Ein einziger Satz, nur wenige Wörter und meine Welt geriet schon wieder ins Wanken. Ganz schön wackelig noch mein neues Leben.

Am übernächsten Tag kam Lotta. Endlich. Sie war von Vancouver nach Paris geflogen. Von Paris nach Nizza und von Nizza mit dem Zug über Toulon und Marseille nach Aix-en-Provence gefahren, von wo ich sie am frühen Abend mit dem Auto abholte. Sie hatte all die begehrten Schauplätze und französischen Hot Spots ausgelassen, um volle drei Wochen mit mir in meinem *petit village* zu verbringen.

Laut rauschend fuhr der Zug ein und quietschte leicht während des Bremsvorgangs. Ich saß auf einer Bank in der Mitte des Bahnsteigs und schaute abwechselnd nach links und rechts. Da! Dahinten stieg sie aus dem Zug. Ich sprang auf und lief ihr entgegen. Jetzt würde alles gut werden. Lotta war da. Ein älterer Herr half ihr, ihre Reisetasche aus dem Zug zu heben. Da war ich schon bei ihr und schlang von hinten meine Arme um sie.

«Karla!» Lotta kreischte und drehte sich um.

Wir umarmten uns stürmisch und hüpften dabei ein paar Meter über den Bahnsteig.

«Du siehst toll aus!», sagte ich, während ich mich kurz von ihr löste, um sie zu betrachten. Ihr Blumenkleid flatterte leicht im Wind und ihre langen dunklen Locken wirkten wilder als sonst. Trotz der langen Anreise sah sie tiefenentspannt aus. Sie strahlte förmlich.

«Karla, ich habe dich so vermisst», sagte sie und umarmte mich noch mal. Diesmal fester. «Das machen wir nie wieder, dass wir uns so lange nicht sehen! Lass dich anschauen, hey, du lässt deine Haare wieder wachsen. Und die Sommerbräune hast du auch schon erreicht. Und was ist das hier? Sommersprossen?» Sie lachte und stupste mir auf die Nase.

Ich wollte nicht an Sommersprossen denken.

Wir hakten uns unter, liefen zum Auto und ich nahm ihre Reisetasche, um sie in den Kofferraum zu legen. Sie war erstaunlich leicht.

«Du bleibst doch drei Wochen, oder? Du hast ja kaum was dabei.»

«Natürlich bleibe ich drei Wochen, Süße! Aber hier ist es doch warm, um nicht zu sagen heiß. Da braucht man doch nicht viel.»

Das stimmte. Mittlerweile war Hochsommer und die Temperaturen schossen täglich auf über dreißig Grad.

«Ich bin so froh, hier zu sein.» Sie drückte mich noch einmal fest an sich.

Die anderthalbstündige Fahrt zurück nach La Motte quatschten wir unaufhörlich und schmiedeten eifrig Pläne für die nächsten drei Wochen. Auch wenn wir das in den Tagen zuvor schon unablässig getan hatten. Und natürlich wollten wir an die Orte fahren, wo wir früher schon gewesen waren. Ich hatte mir das bisher alles aufgehoben, weil ich mit

Lotta zusammen in Erinnerungen schwelgen wollte. Erinnerungen an eine Zeit, die gar nicht so weit weg lag, mir aber trotzdem wie eine Ewigkeit her vorkam.

«Karla! Das ist ja fantastisch hier!» Lotta klatschte begeistert in die Hände, während ich sie durchs Haus und schließlich in den Garten führte. Ich hatte ihr zwar schon jede Menge Fotos geschickt, aber hier zu sein war doch noch mal anders.

«Das hast du alles eingerichtet und gestrichen? Nicht, dass ich dir das nicht zugetraut hätte.» Sie grinste und setzte sich auf einen der Terrassenstühle. Hinter ihr leuchtete der Himmel in einem glühenden Orange. Sie streckte die Beine von sich und sank tiefer in den Stuhl. Sie sah jetzt etwas erschöpft aus, kein Wunder bei der langen Anreise. In Kanada war es jetzt zwölf Uhr mittags. Ihr fehlte eine ganze Nacht.

«Ich bring dir ein Wasser, Lotta, du siehst echt müde aus», sagte ich, ging in die Küche und füllte einen großen Glaskrug mit Wasser, Eiswürfeln und Limetten. Der Glaskrug war eine weitere Anschaffung meiner Mutter, damit ich nicht für jedes Glas Wasser erneut in die Küche rennen musste.

«Ja, ich bin echt platt», sagte Lotta, als ich zurückkam. «Wieso wohnen wir eigentlich so weit voneinander weg?» Sie trank das ganze Glas in einem Zug leer.

«Gute Frage. Vielleicht weil du einfach nach Kanada abgehauen bist?», antwortete ich lachend. «Wie gehts eigentlich Dave? Und warum lässt er dich drei Wochen allein reisen?»

«Ihm gehts gut. Ich soll dich auch unbedingt grüßen und ich soll es auf keinen Fall vergessen.»

«Okay, ich werde ihm später schreiben, dass du es nicht vergessen hast.»

«Er hat dieses Jahr ein Sommercamp, das er betreut», erzählte Lotta weiter, «drei Wochen lang führt er jeden Tag

Kinder und Jugendliche durch das Naturschutzgebiet und erklärt ihnen, wie wichtig der Wald für uns Menschen ist.»

«Das ist so eine schöne und wertvolle Arbeit. Hast du die Kampagne dafür gemacht?»

«Jep, und es haben sich total viele angemeldet. Die Jungs und Mädels vom Teilnehmermanagement hatten ganz schön was zu tun.»

Lotta hatte für mich das perfekte Leben. Sie lebte in einem Land, das sie liebte, in der Natur, die sie liebte, mit einem Mann, den sie liebte und der *sie* liebte, und hatte dazu einen Job, den sie liebte und ihr außerdem einige Freiheiten bot. Ich freute mich so für sie. Früher war ich immer die Vernünftige gewesen von uns, sie die Wilde. Sie ließ keine Party aus und hatte keinen Plan für ihr Leben. Es hatte sich immer alles ergeben, weil sie meistens ihrer Intuition gefolgt war. Ich hingegen hatte alles geplant und jetzt alles über den Haufen geworfen.

«Weißt du was?», sagte ich, «darauf stoßen wir jetzt noch an, bevor wir ins Bett gehen. Auf uns, auf das Leben und dass ganze drei Wochen vor uns liegen. Ich habe extra jede Menge Rosé für uns gekauft. Der Beste, du wirst schon sehen.» Verheißungsvoll zog ich die Augenbrauen hoch und lief dann schnell in die Küche, um zwei Gläser und eine Flasche Rosé aus dem Kühlschrank zu holen. Darauf hatte ich mich schon die ganze Zeit gefreut, mit Lotta abends gemütlich bei einer Flasche Wein zu sitzen und über das Leben zu sinnieren. So wie früher.

Als ich zurück auf die Terrasse kam, saß sie kerzengerade auf dem Stuhl und blickte mich mit einer Mischung aus Verunsicherung und Freude an. «Karla, ich muss dir noch eine wichtige Neuigkeit verraten.»

Es war erst sechs Uhr morgens und ich hellwach. Mein Hals war trocken und ein unwahrscheinlicher Durst brannte auf meiner Zunge. Kein Wunder, denn ich hatte die Flasche Rosé am gestrigen Abend allein getrunken. Mühsam erhob ich mich vom Sofa, schleppte mich in die Küche und hielt gierig meinen Mund unter den aufgedrehten Wasserhahn. Das Bett oben hatte ich Lotta überlassen und schlief wieder unten auf der Couch. Sie sollte es so bequem wie möglich haben.

Lottas erschrockenem Blick nach, nachdem sie es mir gesagt hatte, mussten meine Gesichtszüge völlig entgleist sein. Ich wusste im ersten Moment nicht, was ich darauf antworten sollte. Alle Gefühle, die ein Mensch nur haben konnte, sausten völlig unkontrolliert und gleichzeitig durch meinen Körper. Freude, ja, ich freute mich unglaublich für sie. Und ich würde Patentante werden, auch wenn ich zehntausend Kilometer weit weg wohnte. Gleichzeitig war ich sauer, weil sie es mir erst jetzt gesagt hatte. Erst jetzt! Sie war bereits im fünften Monat. Das erklärte auch die leichte Reisetasche und ihr Leuchten, das ihre ganze Erscheinung umgab und das mir sofort, als ich sie am Bahnsteig sah, aufgefallen war. Sie wusste es schon seit Anfang April. Kurz nachdem ich ausgezogen war. Ich sei so durcheinander gewesen und hätte genug mit mir selbst zu tun gehabt, sagte sie. Sie wollte es mir außerdem lieber persönlich sagen. Nicht am Telefon.

Und ich war unendlich traurig. Weil ich doch selbst eine gut funktionierende Beziehung wollte und einen Job, den ich liebte. Und einen schwangeren Bauch, vor dem ich den ganzen Tag schützend meine Hand halten konnte. Aber ich hatte es ja so gewollt. Dass ich jetzt wieder ganz am Anfang stand.

Ich heulte aus allen drei Gründen. Und kam mir gleichzeitig so blöd dabei vor. Ich hätte tanzend durch den Garten laufen sollen. Laut singend. Meine beste Freundin war schwanger! Stattdessen heulte ich. Und trank Rosé. Und zwischendurch lachte ich. Und Lotta umarmte mich bestimmt hundertmal. Sie verstand es. Jedes meiner Gefühle. Und dann erzählte ich ihr von der roten Franziska mit den Sommersprossen. Und von Kati. Und von meinen Eltern, die hier gewesen waren, und dass es mir so gut ging, ich aber trotzdem ständig an allem zweifelte. Und ich erzählte ihr von Olivier. Der den besten Rosé machte und den sie jetzt gar nicht probieren konnte.

Und irgendwann war die Flasche leer und Lotta fielen die Augen zu. Und dann sind wir ins Bett gegangen und ich sagte ihr noch, wie sehr ich mich ganz wirklich für sie freute. Und sie sagte: «Das weiß ich doch, Karla.»

Ich löschte meinen Durst, das Wasser gluckerte in meinem Bauch. Meine Güte, was war ich für eine Idiotin. Ich hatte meine Beziehung beendet, in der ich nicht mehr glücklich war, mein Umfeld verlassen, das mich nur noch nervte, meine Sachen gepackt, mein Traumhäuschen in der Provence gefunden, das ich einigermaßen bezahlen konnte, hatte keinen stressigen Job mehr, konnte endlich schreiben, schreiben, schreiben, was immer besser gelang, und hatte noch den ganzen Sommer vor mir und auch den Herbst. Und jetzt war Lotta hier und vor uns lagen drei sensationelle Wochen. Fokus, Karla. Fokus. Fokus. Fokus. Genau das war jetzt mein Fokus.

Ein bisschen dachte ich dabei auch an Olivier, aber eigentlich wollte ich das nicht.

Es war jetzt fast halb sieben, noch mal hinlegen lohnte sich nicht mehr. Also holte ich meinen Laptop und fing an zu schreiben. Ich hatte eine neue Idee. Meine beiden Charaktere sollten nicht nur unterschiedliche Leben haben, sondern sie lebten das Leben der jeweils anderen. Das Leben, das die andere gerne gehabt hätte. Nur mit kleinen Abweichungen zwischen Vorstellung und Realität. Eine hatte Kinder, beide ungeplant, denn eigentlich wollte sie nie welche und war nun völlig überfordert. Wünschte sich sehnlichst ihre Ruhe. Die andere hätte gern Kinder, immer schon gerne gehabt, konnte aber keine bekommen. Ihre Ehe ging langsam daran kaputt. Ja, ja, ja. So war es besser. Ich dachte dabei an Lotta und mich, auch wenn es bei uns ganz anders war. Lotta wollte kein anderes Leben. Und ich war dabei, mir meins neu zu gestalten.

Ich tippte und tippte, änderte Szenen, einige schrieb ich ganz neu. Hämmerte die Buchstaben auf die Tastatur ohne Rücksicht auf Fehler, ich hatte nur Sorge, meine plötzlichen Einfälle wieder zu vergessen. Nach vier Stunden hatte ich mein gesamtes, mittlerweile fast zweihundertseitiges Manuskript überarbeitet und schickte auch Claudia die ersten fünfzig Seiten der neuen Fassung. Jetzt konnte es weitergehen. Jetzt fühlte es sich gut an. Mein Rücken schmerzte vom krummen Sitzen auf dem Sofa, meine Augen brannten. Ich klappte den Laptop zu, ließ mich nach hinten fallen und augenblicklich fielen mir die Augen zu.

Es war schon weit nach Mittag, als mich der Kaffeeduft weckte, der über mir schwebte. Wie hatte Lotta es geschafft, so geräuschlos in der Küche zu werkeln?

Verschlafen setzte ich mich auf und streckte mich vorsichtig, mein Rücken tat mir immer noch weh.

«Hey, Schlafmütze.» Lotta stand in der Küche und schnippelte Äpfel, Pfirsiche und Bananen in eine Schüssel. Oh, Obst. Mein Mund verlangte schon wieder nach Wasser und etwas Fruchtigem.

«Selber Schlafmütze. Du hast ja noch deinen Pyjama an.»

«Du hast so fest geschlafen, ich habe dich dreimal angesprochen, aber da war nichts zu machen.»

«Ja, ich war früh wach und dann kam mir eine Idee für meinen Roman und ich habe das alles runtergeschrieben ... Aber wie gehts dir denn mit deinem Jetlag?»

«Na den habe ich jetzt hoffentlich überstanden nach fünfzehn Stunden Schlaf. Viel wichtiger ist, was hattest du für eine Eingebung und wann kann ich deine Ergüsse endlich lesen?» Sie stellte zwei dampfende Kaffeebecher und zwei Müslischalen, die sie mit Haferflocken und Obstbergen gefüllt hatte, auf das kleine, blaue Tablett, das meine Mutter mir in ihrem Kaufrausch ebenfalls noch gekauft hatte, und ging barfuß nach draußen.

«Es ist übrigens total schön, barfuß über diese Fliesen zu laufen», rief sie.

«Ja, ich weiß. Das Barfußlaufen werde ich im Winter am meisten vermissen», rief ich zurück. Ich stand auf und ging ihr hinterher. Es war bereits vierzehn Uhr und heiß.

«Na, jetzt ist aber erst mal noch Sommer und ich bin gerade erst angekommen.»

«Zum Glück.»

«Übrigens, mein erster Kaffee nach Monaten, habe ich jetzt wieder Lust drauf.»

«Na dann, stoßen wir halt mit Kaffee an», gab ich lächelnd zurück und hob den Becher. «*Santé!*»

«*Santé!* Auf deinen Bestseller, Karla! Ich hoffe, du widmest ihn deinem zukünftigen Patenkind.»

«Hey, Karla», rief Lotta plötzlich, obwohl ich direkt neben ihr lag. Wir waren zum See gefahren und lagen schon den ganzen Nachmittag faul auf der Wiese unter einer schattigen Buche. Ich las ein Buch und Lotta mein Manuskript.

«Sie haben auch alkoholfreien Wein. Keinen Rosé, aber weißen.»

«Hä, was?» Irritiert schaute ich auf, in meinem Manuskript kam kein Wein vor.

«Na, dein Olivier …»

«Er *ist* nicht *mein* Olivier!»

«Okay, das Weingut, das deinen geliebten Rosé verkauft, hat auch alkoholfreien Weißwein im Angebot. Wie wär's, wenn wir hinfahren und welchen für mich besorgen? Dann könnten wir auch gleich nach den Tipps fragen, die Olivier dir noch geben wollte.»

Lotta schaute mich euphorisch mit großen Augen an. Ich kannte diesen Blick. Wenn sie den draufhatte, konnte niemand sie von ihrer Idee abbringen. Nur wegen dieses Blicks bin ich mit ihr früher auf Partys gegangen, auf die ich gar nicht wollte, war mehrmals nachts nackt im See baden und habe irgendwelche Zauberkekse probiert, von denen ich einen Lachflash bekam und am nächsten Morgen dröhnende Kopfschmerzen. Andererseits hätte ich ohne sie nicht so viel Spaß in meiner Studienzeit gehabt.

«Hm», grummelte ich, ich hatte wenig Lust, schon wieder dorthin zu fahren. «Ich weiß nicht, dann erscheine ich dort schon zum dritten Mal innerhalb von zwei Monaten. Entweder er denkt dann, ich habe ein Alkoholproblem oder er denkt, ich komme wegen ihm. Aber er soll weder das eine noch das andere denken.» Meine Güte, verhielt ich mich kindisch.

«Ach, Quatsch! Erstens fragen wir nach alkoholfreiem Wein und zweitens denke ich, dass du zu viel denkst. Lenk dein Denken mal lieber auf deinen Roman, der ist nämlich gut. Richtig gut, Karla!» Sie klappte den Laptop zu und rüttelte aufgeregt an meiner Schulter.

«Findest du wirklich?» Ich setzte mich auf und beäugte Lotta kritisch. Im Prinzip war sie doch genauso wenig objektiv wie meine Mutter.

«Ja, finde ich wirklich. Die ersten fünfzig Seiten haben mich jetzt schon gepackt.»

«Ehrlich?» Ich schöpfte Hoffnung und war gerührt. Vielleicht konnte ich es ja doch noch, das Schreiben. «Aber objektiv bist du nicht», fügte ich noch hinzu.

«Nein, stimmt. Aber deine beste Freundin. Und als die würde ich es dir auch sagen, wenn ich es schrecklich fände.» Sie grinste. «Also, was ist jetzt, fahren wir?»

«Hm, morgen, heute ist es schon zu spät.» Ich warf einen Blick auf mein Handy, das mir glücklicherweise siebzehn Uhr anzeigte. Und es war Sonntag.

«Okay, morgen. Nach dem Frühstück», drängelte sie weiter. Und wenn Lotta sich etwas in den Kopf gesetzt hatte, dann wurde das gemacht.

Zum dritten Mal fuhr ich jetzt also auf den kleinen Parkplatz vor dem Gebäude, zwar mit Lotta, aber trotzdem war es mir unangenehm, schon wieder hier aufzutauchen. Ja, Olivier war ganz nett und ja, er sah gut aus. Ehrlicherweise ziemlich gut sogar. Aber von Männern wollte ich gerade überhaupt nichts wissen. Mein Roman war jetzt das Wichtigste. Und die Zeit mit Lotta.

Wir stiegen aus und diesmal kam wieder der kleine, wie ein Cocker Spaniel aussehende Hund freudig schwanzwedelnd um die Ecke gelaufen. Er lief direkt auf Lotta zu, die «Oh, ein Basset Artésian Normand» rief und sich direkt hinhockte, um ihn zu streicheln. Mit Hunden kannte Lotta sich aus und sie fühlten sich andersrum zu ihr hingezogen, selbst die bissig aussehenden. Ich bewahrte weiterhin einen respektvollen Abstand. Als Kind war ich einmal fast von einem Hund gebissen worden, weil er sich so erschreckt hatte. Ich hatte mich im Dorf hinter einem alten Brunnen versteckt und nicht gesehen, dass ein junger Labrador auf der anderen Seite des Brunnens angeleint war. Als meine Mutter aus der Bäckerei kam, die direkt daneben lag und vor der ich kurz warten sollte, sprang ich hervor, um sie zu erschrecken. Leider hatte ich nicht nur sie erschreckt. Aber ich war zum Glück reflexartig zurückgesprungen, er hatte mich nicht richtig erwischt. Und außer einem kleinen Bluterguss und einer Prägung fürs Leben war nichts weiter passiert.

«Komisch, es sieht geschlossen aus», stellte ich etwas enttäuscht fest, als ich sah, dass die große Glastür zu war. Es stand kein weiteres Auto auf dem Parkplatz und zu sehen war auch niemand.

«Vielleicht haben sie montags zu ... im Internet stand allerdings nichts deswegen», sagte Lotta.

«Komisch, das Eingangstor ist auf, aber vielleicht ist das auch immer auf.»

Ich suchte die Fensterscheiben nach Hinweisen zu den Öffnungszeiten ab und fand sie schließlich eingerahmt in einem kleinen Glaskasten, der etwas versteckt unter einigen Weinreben hing. *Dimanche et Lunedi fermé* stand dort. Na, immerhin hätte es sich gestern auch nicht gelohnt, hierherzufahren.

«Das ist ja blöd», sagte Lotta. Sie war zu mir gekommen, der Hund trabte ihr treu hinterher. «Aber wir können ja mal ums Haus laufen, vielleicht sehen wir jemanden oder wir klingeln einfach», schlug sie vor.

«Auf keinen Fall!», entgegnete ich panisch. Das wäre ja noch viel peinlicher, wenn wir hier einfach auf dem Privatgrundstück herumliefen und uns womöglich noch jemand dabei entdeckte. Allein bei dem Gedanken daran versank ich schon zur Hälfte im Boden.

«Ach, schade», sagte Lotta, «aber na gut, dann kommen wir eben morgen wieder. Dann musst du heute Abend nur wieder allein Wein trinken.» Sie schaute mich halb mitleidig, halb amüsiert an.

Lotta war immer noch wie früher, sie hatte ihre «Liebe-das-Leben»-Einstellung und ihre spontanen «Jetzt-lass-unsdoch-mal-was-erleben»-Momente nie abgelegt. Selbst jetzt nicht, mit einem schwangeren Bauch, der sich schon zaghaft unter ihrem bunten Sommerkleid abzeichnete. Als bei allen anderen irgendwann das Leben dazwischenkam, lebte Lotta weiter frei nach dem Motto «Das Leben ist immer *für* mich». Sie war ein Mensch, bei dem alles immer zum richtigen Zeitpunkt kam. Und wenn nicht, machte sie den Zeitpunkt einfach passend. Ich fragte mich, wann bei allen anderen das Leben so kompliziert geworden war. Wann war der Moment gewesen, in dem aus dem entspannten «Mir-liegt-die-Welt-zu-Füßen»-Jungsein ein gestresster Erwachsener wurde?

«Nee, heute kein Alkohol, mein Absturz vor drei Tagen hängt mir immer noch in den Knochen», antwortete ich. Ich konnte mich nicht erinnern, jemals eine Flasche alleine getrunken zu haben.

Plötzlich fing der Hund an zu bellen und rannte über den Parkplatz Richtung Einfahrt, wo ein grauer Peugeot Pick-up einfuhr. Der Fahrer parkte neben meinem Auto und stieg aus. Olivier.

Wir schauten dem Hund nach, der jetzt freudig an Olivier hochsprang und sich von ihm kraulen ließ. Dann bellte er erneut und kam zurück auf uns zu. Jetzt wollte ich vollständig im Boden versinken. Ich fühlte mich wie eine Einbrecherin, obwohl wir lediglich vor dem Gebäude standen. Wir waren zwar ein Stück von der Eingangsfront entfernt, allerdings in der Richtung, in der es zum privaten, hinteren Hausbereich ging, was es schon ein bisschen so aussehen ließ, als würden wir dort rumschnüffeln. Aber das Schild mit den Öffnungszeiten hätte man schließlich auch direkt vorne an die Eingangstür hängen können.

Olivier winkte uns zu, griff sich seinen Rucksack vom Beifahrersitz und kam uns entgegen. Irgendwo in irgendeiner Ecke meines Körpers, die ich nicht genau ausmachen konnte, gab es etwas, das auf- und absprang.

«Hey, Karla, schön dich zu sehen», sagte er mit echter Freude in seinen Augen, «und deinen Besuch hast du auch mitgebracht. *Enchantè* – freut mich sehr!»

«Danke, mich auch, ich bin Lotta», sagte Lotta und ich hoffte inständig, dass sie nicht noch das obligatorische «und ich habe schon viel von dir gehört» hinzufügte. Tat sie nicht. Danke, Lotta.

«Wir hatten auf eurer Internetseite entdeckt, dass ihr auch alkoholfreien Wein anbietet, deswegen sind wir hier», sagte ich entschuldigend.

Er zog fragend eine Augenbraue hoch. «Alkoholfrei? Schon genug von der *occasion*?»

Ich versuchte ein Lächeln, doch bevor ich etwas erwidern konnte, ergriff Lotta das Wort. «Nein, nein, Karla ist ganz begeistert von eurem Rosé und jetzt ein wenig enttäuscht, weil sie ihn allein trinken muss. Bei mir gehts nämlich gerade nicht.» Während sie das sagte, legte sie eine Hand auf ihren Bauch und strahlte, wie nur eine Schwangere das hinbekommt. «Deswegen hatte ich die Idee, einfach alkoholfreien Wein zu kaufen. Der wäre also nur für mich.»

«Ich verstehe», sagte Olivier und lachte. Abwechselnd schaute er mich, dann Lotta und dann wieder mich an. Ich schaute schnell weg, bevor ich noch rot wurde. Was war bitte schön bloß los? Es nervte mich, dass er mich so nervös machte.

«Ja, wir haben geschlossen heute», sprach er weiter, «aber für euch mache ich natürlich eine Ausnahme», und wieder blieb sein Blick auf mir ruhen. Ich war kurz davor, wahnsinnig zu werden, ich musste hier schnellstmöglich weg.

«Kommt mit, ich schließe auf und ihr bekommt eine private Weinprobe. Wir haben auch Traubensaft.»

Lotta klatschte laut in die Hände, eine Angewohnheit, wenn sie begeistert von etwas war und die sie nie abgelegt hatte, und stieß einen Juhu-Schrei aus. Der Hund, der bisher brav neben ihr gesessen hatte, bellte aufgeregt.

«Das ist übrigens Lilou, eine Dame», sagte Olivier und bückte sich, um sie zu streicheln. «Ganz zutraulich und tut keiner Fliege was zuleide.»

«Aber wir wollen dich nicht stören, du hast sicher zu tun», sagte ich schnell. Das war der Unterschied zwischen Lotta und mir, ich hatte bei allem Bedenken und immer Sorge, dass ich jemanden stören könnte.

«*Non, pas du tout!* Ihr stört überhaupt nicht, ich komme gerade von ‹La Dame Jeanne› in Cucuron. Sie werden ab sofort unseren Wein auf der Karte stehen haben, und zwar alle Sorten, die wir haben. Und darauf stoßen wir an.» Er grinste siegesbewusst und schloss die Glastür auf, und ich trat zum dritten Mal ein. «Wieder eine *occasion*», murmelte ich.

Im Laufe des Nachmittags entspannte ich mich zusehends, was nicht am Alkohol lag, sondern an Oliviers Art. Er war zugewandt, tiefgründig und ehrlich. Ich war ein bisschen beeindruckt, nach unserer ersten holprigen Begegnung hatte ich das nicht erwartet. Er erzählte, dass er gerade versuchte, seinen Wein in den umliegenden Restaurants unterzubringen, was nicht einfach sei, da es so viele Weingüter in der Provence gebe, die das gleiche Ziel hätten. Wir lauschten seinen Geschichten über die unterschiedlichen Menschen in den unterschiedlichen Restaurants. Man spürte, dass er in seinem Element war, und auch sein französischer Akzent kam beim Erzählen wieder stärker durch.

Wir erfuhren von seiner deutschen Oma, die im Elsass aufgewachsen war, und durch die er hauptsächlich so gut Deutsch sprach. Sein Verhältnis zu ihr war eng. Seine Eltern hatten, als er klein war, täglich sehr viel mit dem Weingut zu tun gehabt und wenig Zeit für ihn, doch seine Oma war immer da und erzählte ihm Geschichten, kochte sein Lieblingsessen und zeigte ihm später ihre Heimat. Sein Opa war früh gestorben, ihn hatte er kaum mehr kennengelernt. Er war Einzelkind wie ich. Nachdem seine Eltern sich ein paar Jahre nach seiner Geburt fast getrennt hatten, weil ihnen alles zu viel wurde, entschlossen sie sich, kein zweites Kind mehr zu bekommen. Die Oma kam nach Frankreich und half aus. Und blieb. Seine Eltern fanden wieder zusammen und das Weingut entwickelte sich. Olivier war nach dem Abitur zunächst nach Südafrika gegangen und hatte auf verschiedenen Weingütern mitgeholfen. Wo ihn niemand kannte und wo er das Gefühl hatte, sich freier entfalten zu können. Drei Jahre blieb er dort, bis er mit zweiundzwanzig sein Oenologie-Studium in Bordeaux begann und davon zwei Jahre als Auslandssemester an der Hochschule in Geisenheim verbrachte. Mit achtundzwanzig war er fertig und mit dreißig stieg er offiziell mit in das Weingut seiner Eltern ein. Das war vor fünf Jahren.

Während er erzählte, begegneten sich manchmal unsere Blicke und ich schaute jedes Mal schnell woanders hin, bevor es eine Sekunde zu lang werden könnte. Es waren diese Art Blicke, bei denen man genau wusste, dass da etwas war. Wie zwei Magnete, die sich anzogen und kurz vorm Aufeinanderklacken wieder auseinandergezerrt wurden. Ich wollte das nicht zulassen, ich musste erst mal mit mir selbst klarkommen.

Ich vermied es, über mich zu reden. Ich konnte es nicht. Olivier wusste nur, dass ich eine Auszeit in der Provence verbringen wollte, um endlich meine Romanidee auf Papier zu bringen, die schon ein paar Jahre auf ein paar Blättern in meiner Kiste im Kleiderschrank versauerte. Ich sagte nichts von Marc. Nur wenig von meinem Leben in Berlin in den letzten paar Jahren. Und Olivier war so feinfühlig, nicht nachzuhaken.

Dafür redete Lotta über ihre Zeit in Kanada, über Dave, über das Baby, das in knapp fünf Monaten kommen würde, und über ihre Arbeit, die ihr so viel Spaß machte und ihr einen Sinn gab. Ich war ihr dankbar dafür. Und sie wusste, dass ich lieber zuhörte, als über mich zu reden. Die ganze Zeit streichelte sie unbewusst ihren Bauch und ich dachte daran, dass sie eine so wunderbare Mutter sein würde. Wir hatten nie ernsthaft über Kinder gesprochen. Da war immer nur so ein «Ja, Kinder, klar, gehört ja dazu». Die Frage, ob wir überhaupt eins wollten, hatten wir uns nie richtig gestellt. Doch ich war immer davon ausgegangen, dass es so sein würde. Zumindest bei mir.

«Karla, das könntest du doch tun!», rief Lotta ganz angetan.

Ich war in Gedanken immer noch beim Kinderkriegen und hatte die letzten Sätze von Olivier nicht mehr richtig mitbekommen. «Äh, was kann ich tun?», fragte ich und schaute von einem zum anderen.

«Na, bei der Weinlese helfen», sagte Lotta. «Ich bin dann leider schon wieder in Kanada, sonst wäre ich auf jeden Fall dabei gewesen ... na ja, zumindest, um zu delegieren.» Sie grinste und trank noch einen Schluck, sie hatte sich für Traubensaft entschieden.

«Also wenn du Zeit und Lust hast», klinkte Olivier sich ein, «würde ich mich freuen. Wir fangen Ende August an.»

«Klar, warum nicht», gab ich zurück. Ich hatte zwar keine Ahnung, auf was ich mich da einließ, aber Nein sagen wollte ich auch nicht. «Wenn ich euren Wein schon trinke, muss ich ja schließlich auch wissen, wie er hergestellt wird. *Une autre occasion. Santé!*» Ich grinste und war zufrieden mit meiner Antwort.

«Hi, Mum», sagte ich leise und setzte vorsichtig einen Fuß vor den anderen, um nicht aus Versehen auf die üppigen Lavendelsträucher zu treten. In langen Reihen lagen sie vor mir.

Auf den schmalen Feldwegen dazwischen musste man fast balancieren. Lotta und ich waren Oliviers Tipp gefolgt, eine Lavendelfeldtour zu machen, und befanden uns gerade mittendrin. Er hatte uns verschiedene Wege genannt, die nicht im Reiseführer standen und wo die Lavendelfelder besonders prachtvoll aussahen. Die Blüten versprühten ihren blumigen Duft, der mich angenehm einhüllte. Überall summte es und die riesige, lilafarbene Fläche bewegte sich leicht im Takt des französischen Sommers.

Ich gab Lotta, die zwei Reihen links von mir stand und eifrig Fotos knipste, ein Zeichen, dass meine Mutter am Telefon war.

«Hallo, Liebes, wo erwischen wir dich denn, du sprichst ja so leise.»

«Lotta und ich machen eine Lavendelfeldtour und ich bin umgeben von Lila. Es ist so still und friedlich hier.» Ein weißer Schmetterling flog direkt vor meiner Nase vorbei und setzte sich auf eine Blüte, die dadurch ein winziges bisschen zu wippen anfing.

«Oh, herrlich, ja diese Farbenpracht, hach. Und wie schön, dass Lotta da ist. Das tut dir gut. Ich hatte den Eindruck, du bist vielleicht ein wenig einsam.»

«Nein, mir gehts gut allein. Aber jetzt bin ich natürlich glücklich, dass sie hier ist. Wo seid ihr denn im Moment?» Dass meine Eltern bei mir gewesen waren, war schon ein paar Wochen her. Sie hatten eine ganze Weile an der Côte d'Azur verbracht und mir fast täglich Bilder vom tiefblauen Ozean geschickt.

«Wir haben gerade Italien verlassen und sind jetzt auf dem Weg nach Freiburg. Dort bleiben wir noch ein paar Tage. Ich wollte nur mal hören, wie es dir geht, Liebes. Hast du denn schon was von Claudia gehört? Du hattest ihr doch dein Manuskript geschickt, oder?»

Sofort schwebte eine kleine graue Wolke über meinem Kopf. Das Manuskript lag seit über einer Woche bei ihr und sie hatte noch nichts dazu gesagt. Was immer das heißen mochte. Wahrscheinlich hatte sie nur viel zu tun und es lag noch unangetastet auf einem ihrer Papierstapel im Büro.

«Nein, bisher noch nicht. Ich gehe sie aber mal wieder besuchen, mit Lotta. Vielleicht hat sie es ja noch gar nicht gelesen. Ihr Buchladen läuft gerade ziemlich gut. Sie hat sogar das deutsche Sortiment aufgestockt, weil so viele deutsche Touristen in ihren Laden kommen.»

«Das freut mich für sie, die Buchhandlung ist wirklich schön. Ein richtiges Kleinod, so etwas muss erhalten bleiben. Und dein Manuskript wird sie schon noch lesen. Und es wird ihr gefallen. Ganz bestimmt.»

«Ja, bestimmt.» Ich hoffte es.

Der Schmetterling flog weiter, dafür kamen jetzt zwei Hummeln und belagerten den Lavendelstrauch vor mir. Es hatte ein bisschen was Meditatives, diesen winzigen Naturereignissen zuzusehen.

«Und wie geht es Lotta? Ich habe sie so lange nicht mehr gesehen. Schick doch mal ein Foto von euch zweien.»

«Das mach ich, Mum. Lotta geht es gut ... sie ist schwanger. Das Baby kommt Anfang Dezember.»

Da stand ich, mitten im Lavendelfeld und erzählte meiner Mutter, dass meine beste Freundin ein Kind bekam, als ob es die selbstverständlichste Nachricht der Welt wäre.

«Nein, wirklich? Das sind ja wunderbare Neuigkeiten! Bestell ihr bitte ganz liebe Grüße von uns. Weiß sie schon, was es wird?»

«Nein, sie will sich überraschen lassen ... typisch Lotta. Und weißt du was? Ich werde sogar Patentante.» Der Gedanke, irgendwann Lottas Baby in den Armen zu halten, machte mich glücklich. Langsam ging ich weiter durch die Reihe und hockte mich hin. Jetzt war ich vollständig umgeben von diesem beruhigenden Duft und atmete ihn tief ein. Das Summen der Bienen war auf dieser Höhe lauter geworden und ich fühlte mich eins mit der Natur.

«Das ist schön, Liebes. Und wie gesagt ... du bist ja auch noch jung ...»

«Ja ... Ich muss Schluss machen, Lotta und ich wollen noch ein paar Lavendelbilder machen und dann weiter zum Lac de Sainte-Croix, uns abkühlen.»

«Da habt ihr aber ein volles Programm, habt ihr die Tour selbst zusammengestellt?»

Das war eine berechtigte Frage, denn sowohl ich als auch Lotta waren nicht gerade bekannt dafür, Tagestouren zu planen. Wir liebten es, uns im Urlaub treiben zu lassen. Der Nachteil war nur, dass man dadurch nicht ganz so viel sah.

«Ach, wir haben die Tipps von dem Weingutbesitzer bekommen», sagte ich so beiläufig wie möglich. «Wir waren noch mal da, um alkoholfreien Wein für Lotta zu holen, und da sind wir ein bisschen ins Gespräch gekommen.»

«Ach so, na dann macht euch noch eine tolle Zeit. Genießt es! Wir haben dich lieb.»

«Das machen wir. Ich hab euch auch lieb. Und gib Paps ein Küsschen.»

Ich erhob mich ganz langsam aus meiner Hocke, damit mir nicht schwindelig wurde, und hielt nach Lotta Ausschau. Sie stand am Rand des Feldes und winkte zu mir rüber. «Jetzt lass uns endlich Fotos machen», rief sie ungeduldig. «Ich glaube, ich werde zu Hause ein ganzes Fotobuch nur mit Lavendelbildern vollmachen. Aber wäre schön, wenn du auch mit drauf wärst.»

«Unbedingt», rief ich lachend zurück. Beschwingt lief ich zum Feldrand zurück und breitete dabei meine Arme aus, als würde ich gleich losfliegen.

Später am Lake St. Croix saßen wir auf einem Holzsteg und ließen unsere Füße ins Wasser baumeln. Der See funkelte in leuchtenden Blaunuancen und mein Leben in Berlin war in diesem Moment Lichtjahre entfernt.

Der Strand war voll, Südfrankreich längst in der Hauptsaison angekommen. Ich war dabei, ein paar Fotos von Lotta und mir an meine Eltern und auch an Olivier zu schicken. Wir hatten unsere Nummern ausgetauscht. Man wusste ja nie, ob man sich nicht verfuhr ...

Danke für diesen wunderbaren Tag, schrieb ich ihm dazu und drückte auf Senden. Nur ein paar Sekunden später kam eine Antwort: *Das sieht nach einem merveilleuse journée aus. Das freut mich sehr! Habe gerade noch an euch gedacht.*

«Was ist, Karla?», fragte Lotta und schaute mich amüsiert an.

«Wieso, was soll sein?», gab ich verwirrt zurück.

«Na, du lächelst so.»

Am nächsten Tag hielt ich es nicht mehr aus. Ich wollte unbedingt wissen, wie Claudia mein Manuskript fand. Jetzt sofort. Ich brauchte ein Feedback, hoffte auf Bestätigung, wollte vorankommen. Ich wollte dieses Buch. Ein winziges Fitzelchen in mir wusste, dass es gut war. Wenn es Claudia gefiel, war ich einen großen Schritt weiter. Sie kannte sich aus, Bücher waren ihr Leben. Ich musste es wissen. Und wenn es ihr nicht gefiel, dann ... dann .... nein, nein. Es war gut. Es musste so sein. Dafür war ich doch hier.

«Lotta, wir fahren jetzt zu Claudia», rief ich ohne Vorwarnung nach draußen. Es war Samstag und gerade zehn Uhr, ich lief mit einer Tasse Kaffee in jeder Hand in den Garten. Die Fliesen waren jetzt schon heiß und kurz sehnte ich mich nach den milderen Temperaturen im Mai und Juni. Lotta saß unter dem Sonnenschirm im Schatten und war in ein Buch vertieft, das sie sich aus meinem Regal geschnappt hatte.

«Madame Bovary» von Gustave Flaubert, ein französischer Klassiker von 1952, ins Deutsche übersetzt. Sie blickte auf und schaute mich fragend an.

«Klar, sehr gerne, möchte sie ja auch noch unbedingt kennenlernen. Aber warum hast du es auf einmal so eilig?»

«Ich weiß nicht, ich will wissen, ob sie mein Manuskript schon gelesen hat. Kann es gerade nicht mehr aushalten.» Ich stellte die beiden vollen Tassen auf den Tisch und der Kaffee schwappte leicht über.

«Mach dir keine Sorgen, es wird ihr gefallen. Es ist gut, Karla, glaub mir doch.»

Das wollte ich ja. Aber der Bestätigungsdrang hatte sich jetzt auf mich gestürzt und war nicht mehr abzuschütteln.

«Wir könnten erst auf den Markt gehen und dann bei ihr vorbeischauen ... falls sie überhaupt Zeit hat.»

«Machen wir so», sagte Lotta. Sie hatte das Buch auf den Tisch gelegt und jetzt lagen beide Hände wie schützend auf ihrem Bauch. Ich hatte den Eindruck, dass diese Geste in den letzten Tagen häufiger geworden war. Außerdem sah sie noch schöner und noch glücklicher aus. Sie hatte eine leichte Bräune bekommen und ihre dunklen Locken glänzten mehr als sonst.

«Ach, ich bin so froh, dass du hier bist», sagte ich und setzte mich seufzend. «Ich weiß gar nicht, was ich machen soll, wenn du wieder fährst.»

«Noch bin ich ja da und päppel dich auf. Und jetzt machen wir uns auf nach La Motte. Ich bin schon ganz gespannt auf deine Claudia. Ich finde ja, sie sollte dir das Haus überlassen, so schön, wie du alles hergerichtet hast.» Sie nahm meine Hand, die orientierungslos auf dem Tisch lag, und drückte sie sanft.

Der Gedanke daran, mir in ein paar Monaten in Berlin oder Umgebung eine Wohnung zu suchen, gefiel mir gar nicht. Das alles hier war für mich schon zu einem neuen Zuhause geworden.

Wir fuhren mit dem Auto nach La Motte rein, was sich als blöde Idee herausstellte. Ich musste mich noch daran gewöhnen, dass wir Juli hatten und nicht nur die ausländischen Touristen in die Provence strömten, sondern die Franzosen ebenfalls Ferien hatten und gerne auch im eigenen Land Urlaub machten. Der einzige Parkplatz kurz vor dem Zentrum war gerammelt voll und zig wartende Autos standen schon davor, die Fahrer bereit, sich sofort in die nächste frei werdende Lücke zu zwängen. Uns blieb nichts anderes übrig, als ein Stück zurückzufahren und an der Straße zu parken.

Nach fünfzehn Minuten Fußmarsch erreichten wir den Marktplatz und setzten uns erst mal auf die Stufen eines Hauseingangs, der im Schatten lag. Wie oft ich jetzt schon hier gewesen war, und noch immer liebte ich dieses Dörfchen mit seinen unebenen Pflastersteinen und Gässchen. Auch jetzt bei Hitze und Überfüllung.

Schließlich setzten wir uns wieder in Bewegung, immer schön langsam. Es duftete einladend nach Lavendel und Sommer und Lotta war entzückt von den vielen Ständen. Sie schlängelte sich von einem zum anderen, die rechte Hand schützend vor ihrem Bauch haltend. Wir probierten und kauften und mein Rucksack wurde immer schwerer unter der Last der ganzen Köstlichkeiten. Als er kaum noch zuging, beschlossen wir, eine Pause einzulegen. Wir brauchten dringend eine Erfrischung. Wir schleppten uns in das Café mit den Kakaoherzen auf dem Milchschaum und bestellten eine große Karaffe hausgemachter Zitronenlimonade. Schwerfällig ließen wir uns in die Stühle fallen, schlürften gierig den Krug leer und lauschten dem angenehmen Gemurmel um uns. Ich liebte es, hier zu sein, mit Lotta. Und ich war jetzt gewappnet für Claudias Meinung.

Eine Stunde später standen wir vor *Bonnes Idées.* Die Tür stand weit auf, um die paar leichten Windzüge hereinzulassen, die ab und an vorüberzogen. Vor der Tür hatte Claudia drei kleine, runde Tische mit je zwei Stühlen aufgestellt, die alle belegt waren. Die, die keinen Platz ergattert hatten, standen auf dem schmalen Bürgersteig verteilt, jeder mit etwas zu trinken in der Hand. Auf einer Tafel, die neben der Tür lehnte, bot sie Kaffee, Wasser und Rosé an. Drinnen bewegte sich eine Menschenmenge durch die Regalreihen und ab und an stach eine Hand aus der Menge und zog ein Buch heraus.

Wir drängelten uns durch den Laden bis nach hinten zu dem kleinen Kassenbereich, hinter dem sich die Tür zu Claudias Büro befand. Claudia war nicht im Laden und machte bestimmt Büroarbeit. Sie hatte eine junge französische Studentin eingestellt, die ihr beim Verkauf und Bedienen der Kunden half. Sie hieß Julie und kannte mich schon. Sie beriet gerade eine Kundin und winkte mir zu.

Ich klopfte leise an und öffnete die Bürotür. Claudia saß am Schreibtisch und war in ihren Papierkram vertieft. Sie schaute auf, als sie uns sah, und sofort breitete sich ein warmes Lächeln auf ihrem Gesicht aus.

«Ah, Karla, *salut,* wie schön, dich zu sehen! Und du bist bestimmt Lotta», sagte sie und ihr Blick schwenkte von mir zu Lotta und dann auf Lottas Bauch.

«Hallo, Claudia, schön, dich endlich kennenzulernen. Karla schwärmt richtig von dir.» Sie begrüßten sich mit Wangenküsschen und Claudia nahm Lottas Hände in ihre und sagte: «Mein Kind, du bist ja schwanger, *trés merveilleux!*»

Auf Französisch hörte sich Begeisterung einfach viel schöner an, wie ich mal wieder feststellte.

«Ja, das stimmt», Lotta lachte, «man sieht es mir wohl langsam an, was?»

«Und Karla», sprach Claudia weiter und drehte sich zu mir, «ich habe gestern Abend dein Manuskript gelesen und war enttäuscht, dass es nur fünfzig Seiten waren. Die neue Fassung ist übrigens viel besser als die alte. Ich will mehr!» Sie klatschte in die Hände wie zum Beifall und ich konnte nicht aufhören, sie anzustarren.

«Das ist ja *fantastique*», rief Lotta und nahm mich in die Arme. «Ich wusste doch, dass es gut ist. Ich habe es auch schon gelesen und finde es *super*.»

«Es gefällt dir also wirklich?», fragte ich trotzdem noch etwas unsicher an Claudia gewandt. «Ich hatte mich schon gefragt, ob ... na ja ... ach, egal.»

«Es gefällt mir wirklich, meine Liebe. Sicher, hier und da noch eine Kleinigkeit, die du noch mal etwas überarbeiten müsstest, aber wenn der Rest des Manuskripts so ist wie der Anfang, dann ist es wirklich eine wundervolle und gut geschriebene Geschichte.»

Wums! Da hatte ich meine Bestätigung. Und sie traf mich mit voller Wucht, unschlüssig, ob sie mich umstoßen oder ins nächste Level heben sollte.

«Danke ... das ... das bedeutet mir wirklich viel.»

«Du musst mir nicht danken, Schätzchen, du bist die Schriftstellerin. Du hast einen schönen Schreibstil. Meine Buchhandlung steht offen für dein Werk.» Sie machte mit beiden Armen eine ausladende Geste. «Und Merle hatte es dir ja, soweit ich weiß, sowieso schon angeboten für ihre Buchhandlung. Willst du dir denn einen Verlag suchen?»

«Ja, zumindest will ich es versuchen.» Ich hatte zwar schon mit dem Gedanken gespielt, es selbst herauszubringen, aber die Kosten für Lektorat, Grafik und Buchdruck erdrückten mich etwas. Meine Ersparnisse schrumpften kontinuierlich und ich befürchtete, dafür würde es nicht reichen.

«Ich habe ein paar gute Literaturagenturen, die ich dir empfehlen kann. Vielleicht versuchst du es dort als Erstes.

Aber warte nicht zu lange, bis die sich entscheiden, kann es Monate dauern.» Sie verdrehte die Augen.

«Ja, ich denke, ich werde das nächsten Monat angehen.»

«Die nehmen dich mit Kusshand», warf Lotta ein, meine ewig optimistische Freundin. «Das wäre doch jetzt eine Gelegenheit für einen ganz besonderen Rosé, oder?»

Claudia lachte. «Ich habe mir schon gedacht, dass dir der Wein schmecken wird, Karla. Er ist wirklich gut. Und in der Provence gibt es einige, wie du weißt. Stell dir vor, er ist sogar für den *Concours Général Agricole* nominiert! Im September wird entschieden.

«Ach, das wusste ich ja gar nicht.» Der *Concours Génerale Agricole* war *der* Wettbewerb zur Auszeichnung landwirtschaftlicher Produkte aus Frankreich, und die Kategorie Wein war eine der wichtigsten. Das wusste ich von Marc, der Weine oft danach auswählte. «Davon hatte Olivier gar nichts erzählt. Wir ... äh ... hatten kurz geplaudert, als wir Nachschub geholt haben», fügte ich schnell hinzu. Sie sollte bloß keine falschen Schlüsse ziehen.

«Olivier weiß es selbst erst seit ein paar Tagen, seine Eltern haben ihn heimlich dafür angemeldet. Er hätte das selbst nie gemacht.»

«Beeindruckend mit der Nominierung», sagte Lotta, «kann man irgendwo abstimmen oder so, um ihn zu unterstützen?»

«Nein, das entscheidet allein die Jury. Einige höchst anerkannte Kenner auf dem Gebiet. Aber frag mich nicht nach Namen. Damit kenne ich mich nicht aus. Er hat es auf jeden Fall verdient, hat sich in den letzten Jahren ziemlich ins Zeug gelegt ... Ach, Lotta, für dich habe ich noch eine Lavendellimonade, wenn du magst. Auch *très delicieux*.» Sie ging nach hinten, um die Getränke und Gläser zu holen. In der Ecke stand jetzt ein großer Kühlschrank mit einer Glastür, so wie es ihn in Restaurants gab.

«Hat er denn eigentlich keine Frau oder Freundin?», wollte Lotta weiter wissen.

Ich erstarrte kurzzeitig und knuffte sie unauffällig in die Rippen.

«Nein, soweit ich weiß, nicht», sagte Claudia ungerührt und schenkte uns ein. «Ich kenne ihn ganz gut durch seine Mutter, Babette, eine gute Freundin von mir. Vor zwei, drei Jahren hatte er eine längere Beziehung. Eine Deutsche, die er während seines Studiums kennengelernt hat. Sie wollte nach Frankreich ziehen, zu ihm. Ist dann aber von heute auf morgen abgesprungen. Ich glaube, Olivier hat ziemlich gelitten und sich dann auf das Weingut gestürzt.» Sie hob ihr Glas und wir drei stießen an.

So ein kleines Dörfchen war gar nicht so schlecht, um neue Dinge zu erfahren.

«Auf die zukünftige Bestsellerautorin und den Weinpreisgewinner», sagte Lotta und kicherte, *«Santé!»*

«Eine wunderbare Kombi», erwiderte Claudia und zwinkerte mir zu.

Ich sagte gar nichts und fühlte mich eher wie in einer kitschigen Verkupplungsshow. Meine Gesichtsfarbe musste mindestens so rosé sein wie der Wein in meinem Glas.

Die Tage mit Lotta verflogen nahezu. Aber wir nutzten unsere Zeit, gingen oft schwimmen, machten Ausflüge nach Avignon und Aix-en-Provence, lasen stundenlang zusammen im Garten, fuhren zweimal ans Meer, das nur eine Autostunde entfernt lag, bereiteten die verschiedensten Quiches zu und quatschten oft bis tief in die Nacht. Einige Male schliefen wir sogar draußen, ich hatte zwei bequeme Sonnenliegen gekauft. Dann lagen wir still im Dunkeln, schauten in den sternenklaren

Nachthimmel über uns und schickten unsere Wünsche ins Universum. An manchen Tagen besuchten wir die kleinen Orte, in denen wir früher schon gewesen waren, und stellten überrascht fest, dass sich doch einiges verändert hatte. Neue Unterkünfte und Restaurants waren hinzugekommen und manche Feldwege waren zu asphaltierten Straßen geworden. Nur eines änderte sich wohl nie: die Schilder mit den Unmengen an Richtungspfeilen, die in jedem noch so kleinen Ort den Touristen den Weg zeigten. Ich musste jedes Mal lachen, wenn ich wieder eins entdeckte: *Centre Village, Église, Bibliothèque, Boulangerie, Pâtisserie, Boucherie, Chambres d'Hotes* – wirklich alles war an jeder Ecke ausgeschildert, obwohl es so nah beieinanderlag. Die Orte waren meist winzig, aber bevor sich die Touristen kreuz und quer in den Gassen verirrten, wollte man es ihnen offenbar lieber leicht machen. Zwei Wochen nach Lottas Ankunft besuchten wir das erste Mal Cucuron wieder, den Ort, der uns damals so verzaubert hatte. Wir holten uns kleine *tourtes* aus der *Boulangerie* unten am Löschteich – ein großes rechteckiges Wasserbassin, das von mächtigen Platanen und kleinen Cafés und Restaurants umgeben war und ein göttliches Bild abgab – und schlängelten uns durch die Gässchen nach oben zu der kleinen Burgmauer. Von dort aus genossen wir den weiten Blick ins Tal und ließen es uns schmecken. Es war ein fast schon überwältigendes Gefühl, nach all den Jahren endlich wieder hier zu sein. Ich fühlte mich immer mehr wie die Karla von damals, mit all ihren Träumen, die sie hatte und die ich jetzt, nach ein paar Jahren Pause, wieder in Angriff genommen hatte. Es war fast so, als hätte ich wieder zurück zu mir selbst gefunden. Mein Leben in Berlin war blass geworden, auch an Marc dachte ich immer weniger. Kati schrieb nichts mehr über ihn und ich fragte nicht nach. Die rote Franzi erschien mir nur noch wie eine Figur aus einem Roman – nicht existent.

Wir schliefen, bis wir von selbst aufwachten und aßen, wenn wir Hunger hatten. Beide wurden wir uns noch mal unserer tiefen Freundschaft bewusst und ich war unendlich dankbar, Lotta in meinem Leben zu haben. Mit dem Schreiben kam ich gut voran, dafür nahm ich mir nach wie vor in den Vormittagsstunden Zeit, während Lotta las, mit Dave telefonierte oder uns etwas Leckeres zum Mittagessen zauberte. Es wurde unser ganz persönlicher zweiter Frankreichsommer. Ich hatte mich lange nicht mehr so frei und unbeschwert gefühlt.

Meine Romanfiguren bekamen immer mehr Tiefe und entwickelten fast schon ein eigenständiges Leben. Ich war zufrieden mit meinem Werk.

Mit Olivier schickte ich mir inzwischen fast täglich Nachrichten. Wir schrieben nichts Besonderes, umkreisten uns vorsichtig mit kontrolliertem Abstand. Doch wir wussten, dass wir irgendwann unweigerlich aufeinandertreffen würden und uns dem stellen müssten, was da unausgesprochen zwischen uns lag. Es war wie eine stillschweigende Vereinbarung.

Manchmal schrieb ich ihm von meinem Romanfortschritt und er mir von seinen Deals, die er mit den umliegenden Gastronomien aushandelte. Ich freute mich für ihn und er sich für mich, und wir verabredeten, dass wir uns, wenn Lotta wieder abgereist war, treffen würden. Natürlich nur, um zu besprechen, was mich bei der Weinlese erwartete.

An einem unserer letzten gemeinsamen Abende wollten Lotta und ich nach Ménerbes fahren. Unserem Urlaubsort von damals. So oft hatten wir abends hoch oben auf den langen Stadtmauern gesessen, von wo aus wir in das unendlich wirkende Tal des Département Vaucluse blicken konnten. Das Sommerabendleuchten war magisch gewesen in diesem Moment. Ich fühlte mich so verbunden mit dieser Region, dass ich mir nur schwer vorstellen konnte, irgendwo anders mein Schriftstellerinnendasein zu leben als hier. Wenn ich damals gewusst hätte, wie recht ich damit gehabt hatte.

Wir parkten das Auto auf dem Besucherparkplatz unten am Berg und liefen langsam durch die vielen kleinen Gassen nach oben. Ménerbes besaß nur eine Handvoll Cafés, alles war überschaubar und wirkte ruhig und entspannt. Die Abendsonne stand schon tief und ihre orangeroten Strahlen suchten sich ihren Weg durch die schmalen Lücken zwischen den Häusern. Die Luft war leicht schwül und etwas drückend. Es war ein heißer Tag gewesen.

Wir wollten uns oben auf die Stadtmauer setzen. So wie früher. Ich dachte daran, wie wir mit Mitte zwanzig hier hochgestiefelt waren, unbekümmert und frei, den Kopf voller Träume. Ich sah die Karla, die immer ihr Notizbuch dabeihatte, stets bereit, Sätze, die manchmal von jetzt auf gleich in ihrem Kopf waren, aufzuschreiben. Am Ende unseres Frankreichsommers war es vollgeschrieben und dann verschwand es irgendwann in der Kiste, unten in meinem Kleiderschrank. Ich wollte zu ihr, ich wollte ihr sagen, dass es mir leidtat, dass ich so lange damit gewartet hatte. Ich wollte, dass sie mir verzieh, dass ich ein anderes Leben gewählt hatte. Ich wollte, dass sie verstand, dass das okay war, es schön war und dass ich jetzt bereit war, dort weiterzumachen, wo ich damals aufgehört hatte. Ich wusste nicht, ob sie es verstehen würde, und hatte Angst, dass ich sie enttäuscht hatte.

«Weißt du», fing Lotta an, nachdem wir eine ganze Weile angenehm schweigend nebeneinander hergelaufen waren, jede ihren Gedanken nachhängend, «ich denke ganz oft an unseren Sommer damals, es war einfach der schönste und unbeschwerteste überhaupt. Ich habe dich immer bewundert für deinen Plan, auf jeden Fall schreiben zu wollen. Du warst so sehr davon überzeugt und so sehr in deinem Element, dass es einen richtig angesteckt hat. Ich war manchmal fast neidisch, weil du so genau wusstest, was du machen möchtest und ich dagegen so planlos war.»

Zwei kleine Katzen sprangen rechts von einer Mauer herunter und balgten sich vor uns auf dem Weg. Als sie uns bemerkten, rannten sie weg und versteckten sich hinter einem großen Terrakottatopf, der vor einem Hauseingang stand. Der weiße Oleander blühte kräftig.

«Ach, Quatsch», sagte ich, «du warst doch immer die Unbeschwerte, hast dich treiben und immer alles auf dich zukommen lassen. Du hattest vielleicht keine konkrete Vorstellung, aber so kann man auch weniger enttäuscht werden. Alles wirkte immer so leicht bei dir. Darauf war ich neidisch.»

Oben an der Stadtmauer angekommen, atmeten wir erst mal durch. Die Luft war immer noch drückend. Wir suchten uns ein Plätzchen auf den noch warmen Steinen und schauten ins Tal hinab.

«Ja», sagte Lotta und nahm den Faden wieder auf, «ich habe mich einfach ins Leben hineingestürzt und alles mitgenommen, was kam, ohne Plan. Aber ich habe mir manchmal mehr Struktur gewünscht, so wie bei dir. Planlos ist auch oft anstrengend. Du weißt nie, was als Nächstes kommt. Kannst dich auf nichts wirklich einstellen.»

So hatte ich das nie gesehen. Lotta war für mich immer der Optimismus in Person. Ihr Leben verlief in geordneten Bahnen, aber ohne, dass sie je viel dafür tun musste. Es flog ihr zu. Und für diese Ungezwungenheit bewunderte ich sie.

«Vielleicht sollten wir uns gegenseitig etwas abgeben», sagte ich, «dann wäre es eine perfekte Mischung.»

«O ja, das wäre es.»

Die Sonne stand jetzt kurz über der Horizontlinie, berührte sie schon fast. Es würde nicht mehr lange dauern und dann wäre sie verschwunden. Das Grün der Tallandschaft vor uns war jetzt mit einem leuchtenden Orange gemischt. Ich holte zwei Lavendellimonaden aus dem Rucksack, die wir von Claudia geschenkt bekommen hatten. Sie waren noch angenehm kalt. Ich gab Lotta eine und mein Blick fiel wieder auf ihr kleines Bäuchlein, das in den letzten drei Wochen ein gutes Stück gewachsen war. «Spürst du eigentlich schon was?», fragte ich.

«Ja, manchmal. Es fühlt sich an wie Schmetterlingsflügelschläge.» Sie ließ ihre freie Hand langsam zu ihrem Bauch gleiten und legte sie vorsichtig dort ab. «Das ist auch so eine Sache», fuhr sie fort, «ich steckte so in meinem planlosen Leben drin, dass ich mir niemals vorstellen konnte, es aufzugeben. Ich liebe meine Freiheiten und dass ich immer dort leben kann, wo es mich hinzieht. Das machen kann, wozu ich Lust habe. Ohne Einschränkung. Zumindest wollte ich diese Option behalten ... Und na ja, dazu gehörte auch, dass für mich feststand ... niemals Kinder zu bekommen.» Ihre letzten Worte verschluckte sie fast, sie konnte nicht weitersprechen. Tränen liefen über ihre Wangen. Sie schaute mich an, und da sah ich den Schmerz in ihren Augen.

«Dieses Baby», sagte sie mit halb erstickter Stimme, «wäre fast nicht da. Ich ... ich wollte es nicht. Ich war mir sicher ... und ich lag schon auf dem Stuhl ... beim Arzt. Es war kurz vor Ende des dritten Monats. Und dann konnte ich nicht mehr. Ich habe es abgebrochen und bin nach Hause gerannt. Drei Tage lag ich im Bett und habe nur geheult. Dave wusste gar nicht mehr, was er noch machen sollte ...» Sie schniefte und wischte sich die Tränen weg.

Ich wusste nicht, was ich sagen sollte. Ich stand auf, nahm sie in den Arm und hielt sie einfach nur fest, bis das Schluchzen langsam aufhörte und in einen flachen Atem überging.

Die Sonne war jetzt fast nicht mehr zu sehen. Ein leichtes Glühen schwebte noch über dem Horizont und klammerte sich an ihm fest.

Ich war verwirrt und überfordert, warum hatte sie mir nichts gesagt? Meine geliebte Lotta war unendlich traurig, und ich hatte nichts davon gewusst und es nicht einmal bemerkt.

«Es hat eine Weile gedauert, bis ich mich mit meinem neuen Innenleben anfreunden konnte», fuhr Lotta fort. «Und dann kam plötzlich diese große Angst über mich, dass ich es verlieren könnte. Als Strafe, weil ich es erst nicht haben wollte. Das hat mich fast verrückt gemacht. Und als ich dann hier bei dir war, da kamen so viele Erinnerungen auf. Du willst die Karla von früher sein und ich habe mich gefragt, ob ich noch die Lotta von früher war. Und auch wenn sich einiges geändert hatte, ich glaube, ich war es. Und da wusste ich, dass ich es nicht mehr sein wollte.»

Ich setzte mich wieder neben sie und blickte auf das Tal vor uns, die beginnende Dunkelheit legte sich nun langsam darüber. Am Horizont waren nur noch verschwommene Umrisse zu erkennen. Das Leben war schon irgendwie verrückt. Bei jedem lief es in eine andere Richtung. Eine geheime Formel, die für alle gilt, gab es wohl nicht. Jeder musste seine eigene Formel herausfinden.

«Warum hast du mir nie was gesagt?», fragte ich leise.

«Ich konnte nicht. Du warst gerade mitten in der Trennung von Marc und selbst so traurig. Ich wollte dich nicht zusätzlich belasten. Und außerdem wusste ich, dass du gerne Kinder haben möchtest. Ich hatte Angst, dass du es nicht verstehst. Und dann, als ich sicher war, dass ich das Baby behalte, hatte ich auch Angst es dir zu sagen – aus dem gleichen Grund.» Wir lachten kurz auf aufgrund dieser ungerechten Ironie, die das Leben manchmal mitten hineinwarf.

«Mir war gar nicht klar, dass du keine Kinder wolltest.»

«Ich habe das auch nie so deutlich gesagt. Da waren wir tatsächlich mal unterschiedlicher Meinung.»

«Und warum hast du dich in dem Moment umentschieden?»

«Ich weiß nicht, es kam auf einmal über mich. Ich fühlte mich so egoistisch und unfair. Ich habe immer alles mitgenommen, was das Leben mir gab, und es war immer gut und jetzt machte ich schlapp. Und die Angst, es irgendwann fürchterlich zu bereuen, kam noch dazu.»

«Was hat denn Dave dazu gesagt?»

«Der Arme. Er wollte ja auch keine Kinder, da waren wir uns einig. Aber als ich ihm erzählte, dass ich schwanger bin, hat sich in dem Moment irgendein Schalter bei ihm umgelegt. Er hat sich so gefreut, aber meine Meinung trotzdem akzeptiert.»

«Darf ich mal?» Sie nickte und ich legte meine Hand vorsichtig auf Lottas Bauch. «Hallo, Patenkind, hier ist deine Patentante und neben mir sitzt deine Mama, eine ganz wunderbare Frau, das sag ich dir.»

Lotta lachte und schluchzte dabei. «Ich habe so Angst, eine schreckliche Mutter zu sein.» Wieder liefen ihr ein paar Tränen die Wangen herunter.

«Nein», sagte ich, «ich weiß, dass du eine fantastische Mutter sein wirst. Und ich werde eine fantastische Patentante sein.»

«Danke, Karla», Lotta lächelte, «ich bin so froh, dass es jetzt raus ist. Ich hatte so ein schlechtes Gewissen dir gegenüber.»

«Das brauchst du doch nicht, ich muss ein schlechtes Gewissen haben, dass ich nichts bemerkt habe. Danke, dass du es mir erzählt hast. Lass uns nie wieder Geheimnisse voreinander haben.»

Jetzt war es fast ganz dunkel, die Temperatur war gesunken und der Nachthimmel hatte die drückende Luft verdrängt. Die Sterne zeigten sich am Himmel und die Sichel des Mondes hing schräg, sodass es ein bisschen aussah wie ein lächelnder Mund.

AUGUST

Der Sommer in der Provence war weiterhin heiß. Die Temperaturen stiegen teilweise bis auf achtunddreißig Grad. Schon morgens, wenn ich mit meinem Kaffee nach draußen auf die Terrasse ging, zeigte das Thermometer auf die fünfundzwanzig. Das Haus hatte keine Klimaanlage, und so besorgte ich zwei Ventilatoren, die nun pausenlos surrten. Es war jetzt das einzige Geräusch. Selbst die Zikaden legten eine Pause ein, weil es ihnen wohl zu heiß geworden war. Ich musste mich erst wieder an die Stille gewöhnen, und daran, dass ich mein kleines Reich die nächsten Monate für mich allein haben würde.

Maurice kam jetzt jeden Tag, um den Garten zu bewässern. Ich half ihm dabei und probierte an ihm meine neu gewonnenen Französischkenntnisse aus, die ich mir mithilfe der Lern-App angeeignet hatte. Es wurde stetig besser.

Maurice war Ende fünfzig und wohnte mit seiner Frau im Nachbarort, in Vaugines. Er erzählte mir, dass er schon immer leidenschaftlicher Gärtner gewesen sei und nie etwas anderes machen wollte. Das Draußensein, die Natur zu erleben, zu sehen, wie durch ihn die Pflanzen wuchsen und blühten, das Pflegen in den heißen Monaten, das Bewahren vor dem Vertrocknen, das alles mache ihn glücklich, sagte er. Seine Kinder waren schon erwachsen. Eric und Inès studierten in

Marseille und kamen in den Semesterferien nach Hause. Das Wichtigste für ihn war, dass sie ihrer Leidenschaft nachgingen, egal, ob sie damit viel Geld verdienten oder nicht. Sie sollten jeden Tag aufstehen und sich auf den Tag freuen, der ihnen bevorstand. «Wenn man das erreicht hat, fühlt man keinen Mangel», sagte er.

Ich mochte Maurice, er wirkte im Reinen mit sich und strahlte das auch aus. Das beruhigte mich unheimlich und versetzte mich immer wieder ins Hier und Jetzt.

«*Tu es arrivè*», sagte er eines Vormittags zu mir, als wir zusammen die Wiese bewässerten. Sie war mittlerweile so hochgewachsen, dass mir das Gras bis zur Kniekehle reichte. Die vielen Wildblumen dazwischen gingen mir sogar bis zu den Oberschenkeln. Maurice und ich hatten beschlossen, sie nicht zu mähen. Auch er liebte den wilden Wuchs von Gras, Blumen und Büschen. «Für die Bienen und Hummeln ist es ein Paradies», sagte er.

Hm, war ich angekommen?

Ich fragte, ob er das denken würde. «*Tu pense que?*»

«*Oui, je vois ça*», antwortete er und nickte bekräftigend.

Seit Lotta abgereist war, hatte ich meinen Tagesablauf wieder etwas verändert. Langes Ausschlafen war aufgrund der Hitze nicht mehr möglich, und so stand ich jeden Morgen gegen sechs Uhr auf, um die angenehmen Morgentemperaturen fürs Schreiben zu nutzen. Kurz vor Mittag hörte ich auf und machte erst gegen Abend weiter. So schrieb ich jeden Tag fast acht Stunden und kam gut voran. Ich fühlte mich immer mehr ein und war vollkommen im Schreibflow. Knapp dreihundert Seiten umfasste mein Roman inzwischen und ich befand mich im letzten Drittel. Claudia hatte ich weitere hundertfünfzig Seiten geschickt, die sie ebenfalls wundervoll fand, was mir weitere Motivation und Zuversicht gab. Langsam sollte ich eine Leseprobe an die Agenturen verschicken, fühlte mich dazu aber noch nicht bereit. Ich wartete auf den zündenden Funken, der mir zu verstehen gab, dass es jetzt so weit war.

Und ich vermisste Lotta. Unser Abschied am Bahnhof war tränenreich gewesen. Wir versprachen uns hoch und heilig, uns immer alles zu erzählen und dass keiner von uns Angst haben müsse, er könne der anderen etwas nicht sagen, weil sie anders dazu stand oder selbst andere Sorgen hatte. Wir hatten uns beide in diesem Sommer wiedergefunden und das verband uns stärker denn je. Anfang nächsten Jahres, wenn das Baby da war und sie sich in der neuen Situation eingerichtet hatte, wollte ich sie in Kanada besuchen.

Es wurde bald Zeit für die Weinlese und somit auch für das Treffen mit Olivier. Ich redete mir ein, dass es natürlich kein Date war. Er wollte mir schließlich nur erklären, was man beim Weinlesen genau machte. Ich freute mich auf die Abwechslung und darauf, mehr über die Weinherstellung zu erfahren. Gleichzeitig hatte ich Angst. Ich mochte Olivier, aber ich wollte nicht, dass es kompliziert wurde. Es kribbelte, wenn ich an ihn dachte, und das unterdrückte ich so gut ich konnte.

Er schlug vor, dass wir uns in Cucuron treffen. Ich hatte ihm einmal geschrieben, dass das einer meiner Lieblingsorte in der Provence sei, und das hatte er sich wohl gemerkt. Im Sommer fand dort an den Wochenenden ein Freiluftkino statt. Direkt am Feuerlöschteich unter den Platanen.

Nein, es war kein Date.

Es war heiß und selbst jetzt in den Abendstunden kühlte es sich kaum merklich ab. Ich trug ein schlichtes grünes Sommerkleid mit dünnen Trägern, das mir bis zu den Knien reichte. Eins der wenigen Kleider, die ich behalten hatte. In Berlin hätte ich es auf Partys oder sonstigen legeren Abendveranstaltungen nicht mehr tragen können. Es galt als ungeschriebenes Gesetz, dass man Kleider nur einmal trug und schon gar nicht welche aus der letzten Saison. Mir war das immer egal gewesen, aber ich hatte mich den gesellschaftlichen Gegebenheiten angepasst.

Meine Haare hatte ich zu einem losen Knoten hochgesteckt, für den ich eine halbe Stunde vor dem Spiegel gestanden hatte. Ich wollte gut aussehen, aber nicht extra zurechtgemacht. Ich trug nur ein wenig Mascara auf, das wars. Ich war zufrieden mit mir. Meine übergroße Sonnenbrille ließ ich auf der Kommode liegen.

Die letzte freie Parklücke auf dem kleinen Parkplatz vor dem Dorfeingang schien wie für mich bereitgestellt, als ich ankam. Bevor ich ausstieg, atmete ich dreimal tief durch. Ich musste dringend lockerer werden. Es war kein Date.

Der zentrale Platz mit dem Wasserbassin und den kleinen Restaurants drumherum war gefüllt mit Tischen und Stühlen und fast alle waren belegt. Das melodische Stimmengemurmel, das ich so mochte, zwirbelte durch die Luft. Aus den Lautsprechern ertönte «La mer». Ich hatte nichts reserviert und hoffte, dass Olivier sich darum gekümmert hatte. Auf der riesigen Leinwand am Ende des Bassins stand in großen Lettern der Titel des Films, der heute Abend gezeigt werden sollte: «8 femmes». Trotz der vielen deutschen Touristen auf Französisch und ohne Untertitel. Da waren die Franzosen eigen. Zu meinem Glück kannte ich den Film schon.

Ich schlängelte mich langsam durch die Lücken zwischen den Tischen und setzte mich an den Rand des Bassins auf die kleine Mauer, die es umgab. Ein paar Kinder balancierten auf ihr oder hielten ihre Hände ins Wasser, um kurz darauf ihre Eltern oder Geschwister nass zu spritzen. Ich hielt das für keine schlechte Idee und spritzte mir selbst ein paar Tropfen Wasser ins Gesicht. Es war so warm.

Und es war kein Date.

Meine Aufregung stieg trotzdem. Olivier und ich hatten uns einige Wochen nicht gesehen. Nur geschrieben. Und außerhalb des Weinguts waren wir uns noch nie begegnet. Es war sein Vorschlag gewesen, hierherzukommen, und ich hätte ja Nein sagen können.

Da kam er. Tauchte zwischen den ganzen Tischen auf und zog ein paar weibliche und männliche Blicke auf sich. Unsicher hob ich meine Hand, um zu winken, aber er hatte mich schon entdeckt und lief geradewegs auf mich zu. Er trug eine lange, dünne Stoffhose und ein locker sitzendes Shirt. Mein Herz klopfte.

Verdammt, es war kein Date!

Ich stand auf und wir begrüßten uns mit französischen Küsschen, die unsere Wangen berührten. Seine rechte Hand berührte dabei meinen linken Oberarm. Er roch so gut. Angenehm leicht nach Zitrus und Holz. Mein Herz klopfte schneller.

«Karla, so schön, dich endlich wiederzusehen.» Er wirkte ehrlich erfreut. Und er hatte «endlich» gesagt. «Komm, ich habe uns einen Tisch reserviert!» Er ließ mir gar keine Zeit zum Antworten, nahm meine Hand und zog mich nach rechts zu einem Tisch direkt am Teich mit dem besten Blick auf die Leinwand.

«Da hast du aber alles gegeben, um diesen Platz zu bekommen», sagte ich lachend und setzte mich.

«Der Besitzer ist ein guter Freund und ich habe ihm einen guten Preis für meinen Wein gemacht.» Er grinste.

«Gibt es eigentlich noch Restaurants hier, die nicht deinen Wein verkaufen?», fragte ich spöttisch.

«Nicht viele.»

Ein Kellner kam und ich bestellte eine Flasche Wasser. Die Weinauswahl überließ ich Olivier. Er war schließlich der Experte.

«*Le vin n'est pas à toi*», sagte der Kellner verwundert, als Olivier die Bestellung aufgab.

«*Je teste la concurrence*», antwortete Olivier und grinste wieder.

Der Kellner verschwand und Olivier schaute mich an. «Ich freue mich wirklich, dich zu sehen, Karla.»

«Ich mich auch.» Ich lächelte und schnappte mir die Speisekarte, um einen konzentrierten Blick hineinzuwerfen. Seine Zugewandtheit und Ehrlichkeit imponierten mir, aber machten mich gleichzeitig nervös. Kein Mann für Spielchen. Das war gut. Aber es war noch immer kein Date.

Ich entschied mich für Penne mit Artischocken und Olivier nahm eine Quiche mit Salat.

«Vegetarier?», fragte ich.

«*Oui*, seit drei Jahren. Und du?»

«Seit fünf. Ich wollte einfach nicht mehr, dass wegen mir Tiere sterben müssen.» Auf privaten Partys war ich immer «die, die kein Fleisch isst». Marc war das manchmal unangenehm gewesen.

Olivier nickte zustimmend. «Warst du schon oft in Cucuron?»

«Na ja, vor acht Jahren zwei Mal mit Lotta und vor drei Wochen auch noch mal mit Lotta. Ich mag diesen Ort einfach. Es ist der französischste Ort, den ich kenne. Und er hat etwas Beruhigendes und trotzdem Lebendiges.»

«Passt zu dir.»

«Ach.»

«Du bist eher ruhig vom Typ und strahlst das auch aus, aber in dir steckt viel Lebendiges. Vor allem, wenn du von Dingen erzählst, die dich begeistern.»

Ich war beeindruckt.

Der Kellner kam zurück und servierte Wasser, Wein und ein *amuse-gueule* – eine Mini-Kartoffel mit einer cremigen Füllung und Kräutern obendrauf. Olivier nahm die Weinflasche aus dem Kühler und goss uns etwas in die Gläser.

«Auch ein toller Sommerwein», sagte er, und wir stießen an.

«Mmh, schmeckt sehr fruchtig.» Mehr Weinkenntnisse hatte ich nicht zu bieten.

«Ich finde eigentlich auch immer, Hauptsache er schmeckt.» In seinen Augen lag ein amüsiertes Lächeln. «Ein Grenache blanc. Luc, ein guter Freund von mir, stellt ihn her.»

«Keine Konkurrenz?»

«*Non*, bei uns nicht.»

«Wann ist es denn so weit mit der Weinlese?», fragte ich. Ich wollte schnell auf das Thema kommen, um möglichst sachlich bleiben zu können.

«Wir beginnen am fünfundzwanzigsten August und es wird etwa zwei Wochen dauern.» Er pikste seine Gabel in die Mini-Kartoffel und steckte sich den kleinen Küchengruß in den Mund.

Ich verschluckte mich fast am Wasser, das kurz davor war, in meine Luftröhre überzulaufen. Gerade noch rechtzeitig schloss ich meinen Rachen und lenkte es in meine Speiseröhre. Zwei Wochen? Ich hätte mich doch mal besser informieren sollen.

«Oh, so lange?», brachte ich vorsichtig heraus und hustete etwas. Ein paar Tropfen hatten es doch geschafft, in meine Luftröhre zu gelangen.

«Irgendwie mochte ich es von Anfang an, dich ein kleines bisschen zu ärgern.» Und schon zeigte er wieder sein spitzbübisches Grinsen, das ihm leider verdammt gut stand. «Ja, so lange dauert das», fügte er hinzu, «aber wenn du die ersten Tage dabei wärst, würde ich mich freuen.» Jetzt lag wieder dieses zauberhafte Lächeln auf seinen Lippen. Dieser Mann verwirrte mich. «Es ist schon anstrengend, aber wir können jede Hilfe gebrauchen. Du würdest im Gegenzug Rosé von mir bekommen, solange du in Frankreich bist.» Schon wieder dieses Grinsen.

«Das klingt nach einem fairen Deal.» Jetzt grinste ich auch.

«Sagen wir fünf Tage?» Das schien mir ein guter Zeitraum, nicht zu kurz, nicht zu lang.

«Fünf Tage, *d'accord*.»

«Und wie läuft das genau ab?»

«Wir treffen uns um sechs Uhr morgens am Weingut, da sind die Temperaturen noch angenehm. Und dann ziehen wir durch die Rebreihen und pflücken. Jeder bekommt eine Rebschere dafür. Alles wird in Holzkörbe gelegt, die, wenn sie voll sind, zum Transporter gebracht werden müssen. Es dauert meist bis abends, aber wir machen zwei längere Pausen. Für Verpflegung ist gesorgt.»

«Und wie viele Helfer hast du?»

«An die zwanzig. Viele Studenten und einige Work and Traveler. Und ich habe meine Stammhelfer, die jedes Jahr zu mir kommen. Saisonarbeiter aus der Gegend hier. Am Ende der Lese veranstalten wir immer ein großes Sommerfest bei uns. Für alle, die geholfen haben.»

«Dann kann ich ja meine Französischkenntnisse aufbessern», sagte ich.

«*Oui*, eine gute *occasion*.»

Ich freute mich auf die kommende Abwechslung und darauf, mehr über Weinanbau zu erfahren. Und ja, ich freute mich, in Oliviers Nähe zu sein und trotzdem noch genügend Abstand zu ihm zu haben. Ich dachte kurz an Marc, der zwar gern Wein trank, sich aber wenig dafür interessierte, wo er genau herkam und wie man ihn anbaute. Für ihn galt nur, je teurer, desto besser. Auch wenn der Wein scheußlich schmeckte. Ich erinnerte mich daran, wie wir damals zu unserer Studentenzeit immer an der Spree gesessen hatten und den billigen roten Fusel vom Kiosk tranken. Damals war ihm das alles noch egal gewesen.

Das Essen kam und zeitgleich flimmerte es auf der Leinwand. Alle Gespräche um uns verstummten und dann erschien Emmanuelle Béart auf der Bildfläche, die gleich den Hausherren mit einem Messer im Rücken vorfinden würde.

Es war nach Mitternacht, als der Film endete. Die Zuschauer erhoben sich nach und nach und langsam leerte sich der Platz. Olivier und ich bestellten uns noch einen *café*, wir hatten es nicht eilig wegzukommen. Und vielleicht wollten wir den Abend noch ein bisschen in die Länge ziehen. In der Luft lag jetzt eine angenehme Wärme, meine Aufgeregtheit war verschwunden und ich genoss diese laue Sommernacht. Ich fragte Olivier nach den verschiedenen Rebsorten, die er anbaute, und freute mich über seine Begeisterung, mit der er von seinem Weingut sprach.

«Wir haben vier rote und zwei weiße, zu knapp neunzig Prozent stellen wir Rosé her. Das ist aber typisch für die Provence. Wir lieben einfach den Roséwein, er ist unser *élixir*», sagte er lachend. «Als ich das Weingut übernommen habe, habe ich zunächst ein bisschen Land verkauft. Ich wollte nicht, dass es zu viel wird und ich, wie meine Eltern damals, nie Zeit habe für andere Dinge. Außerdem hatte ich vor, auf nachhaltigen Weinanbau umzusteigen. Das ist deutlich aufwendiger. Aber das war es mir wert. Lieber weniger Wein produzieren, dafür in Bio-Qualität. Unser Wein ist dadurch auch etwas teurer, aber die Leute kaufen ihn und es rechnet sich.»

Ich mochte es, wie er mir die Dinge erklärte, ohne komplizierte Fachbegriffe zu nutzen. Und ich bewunderte es, dass er so nachhaltig eingestellt war und nicht nur ans Geldverdienen dachte.

«Das finde ich wirklich bewundernswert, Olivier. Und was haben deine Eltern dazu gesagt? Es war ja schon eine Veränderung für sie, oder?»

«Ja, das war es. Aber sie waren froh, dass ich genauso begeistert von der Arbeit als Winzer bin wie sie. Und sie haben mir von Anfang an alle Freiheiten gelassen. Sie haben schnell erkannt, dass man vieles noch besser machen kann und trotzdem mehr Zeit übrig bleibt. Das Leben ist zu schön, um es nur mit Arbeit zu verbringen. Auch wenn sie Spaß macht.»

«Ich mag deine Einstellung», antwortete ich. «Bei mir war es lange Zeit anders ... und diese Auszeit hier habe ich wirklich gebraucht.»

«Soll es denn nur eine Auszeit bleiben?»

«Nein, eigentlich nicht. Aber ich weiß noch nicht, wie das so ausgehen wird mit meinem Vorhaben.»

«Kommst du denn voran mit deinem Buch und bist du überzeugt von dem, was du schreibst?»

«Ja und ja ... eigentlich schon.»

«Lass doch mal das eigentlich weg.» Sein Lächeln war jetzt unendlich warm und ich hielt seinem Blick stand. «Weißt du, Karla, wenn man wirklich von etwas überzeugt ist, dann funktioniert es auch.»

Olivier brachte mich noch zu meinem Auto, inzwischen war es stockdunkel, nur ein paar Laternen leuchteten schwach. Wir waren die beiden einzigen Menschen auf dem Parkplatz.

«Dann bis in zwei Wochen», sagte ich, unsicher, wie ich mich verhalten sollte.

Er zog mich ganz leicht zu sich und gab mir wieder Luftküsschen mit Berührung. Diesmal lag seine rechte Hand an meiner linken Taille. Ein bisschen länger als nötig. Das Kribbeln setzte unverzüglich wieder ein.

Vielleicht war es doch ein kleines bisschen ein Date gewesen.

«Kati, hey, ich dachte, ich ruf dich mal an. Hast lange nichts von dir hören lassen.» Vermutlich war sie schwer beschäftigt mit ihrem Auftrag, der einen Folgeauftrag nach sich gezogen hatte. Ich lag in der Hängematte und machte eine Schreibpause. Vielleicht würde ich später noch zum See fahren, es war unerträglich heiß. Die einzige Bewegung, die möglich war, war schwimmen.

«Ja, tut mir leid, aber ich bin in den letzten Zügen für das Magazin. Nächste Woche ist Abgabe. Puh, dann brauche ich wirklich Urlaub.»

«Machst du immer noch Nachtschichten?»

«O ja. Ich bin abends erst gegen neun zu Hause und erst dann gehts hier weiter. Für unsere Abteilung wurde eine neue Software eingeführt. Viel zu umständlich in meinen Augen, die alte war besser. Na ja, und jetzt haben wir ständig Schulungen. So nervig.»

«Hast du denn mal wegen einer Stundenreduzierung gefragt?»

«Nein, ach, das passt jetzt überhaupt nicht. Ich glaube, mein Chef würde mich umbringen.» Sie kicherte, aber es klang unecht. Ich hörte ihre Unzufriedenheit, den Klageton in ihrer Stimme, den sie zu unterdrücken versuchte.

«Mach das noch», sagte ich mit Nachdruck, «wenn dir doch das andere viel mehr Spaß macht.»

«Ach, ich denke ständig darüber nach.»

«Was gibt es da nachzudenken, Kati, dir kann doch nichts passieren, außer, dass du deutlich zufriedener sein wirst.» Ihr ständiges Hin und Her nervte mich langsam. Jakob hatte nichts dagegen und selbst wenn, war es immer noch ihre Entscheidung. Genügend Geld hätte sie auch noch. Nur ihre ausgiebigen Shoppingtouren müsste sie auf ein Minimum zurückfahren. Sie hatte es mir bis auf den Cent vorgerechnet.

«Ich weiß, aber was ist, wenn dann nichts mehr kommt? Wenn die Aufträge ausbleiben? Dann stehe ich da mit halbem Gehalt.»

«Und das halbe Gehalt wäre immer noch mehr, als andere in Vollzeit verdienen.» Ich konnte es mir nicht verkneifen. Geld war ihr so unfassbar wichtig. Wichtiger als ihre Zufriedenheit.

«Karla, nur weil du alles aufgegeben hast, muss ich das nicht auch tun.»

«Du gibst doch gar nicht alles auf», sagte ich jetzt etwas besänftigender, «nur ein paar Stunden deiner Arbeitszeit und ein bisschen Gehalt, das du gar nicht brauchst.»

Pause.

«Ich möchte aber meinen Lebensstandard nicht aufgeben», sagte sie bestimmt.

«Okay, musst du wissen.» Ich hatte keine Lust auf irgendeine «Was-ist-im-Leben-wichtig»-Diskussion, bei denen beide Seiten einen jeweils völlig anderen Standpunkt vertraten.

«Ach, vielleicht habe ich auch einfach Angst vor etwas Neuem. Ich bin eben nicht so mutig wie du.»

«Wenn du es nicht probierst, wirst du es nie herausfinden.»

War ich mutig? Ich fühlte mich überhaupt nicht so. Aber mein Leidensdruck war wohl höher gewesen als bei Kati. Sie war noch nicht so weit. Vielleicht wird sie es nie sein. Aber das war ihre Entscheidung.

«Wie läuft's mit deinem Roman?»

«Gut eigentlich. Er ist fertig, also ich muss noch mal überarbeiten ...»

«Was? Du bist fertig? Das ist ja großartig! Wieso hast du nichts gesagt?»

«Ist ja kein großes Ding, die Überarbeitung ist auch noch mal viel Arbeit.» Tatsächlich hatte ich keinerlei Erleichterung verspürt, als ich vor wenigen Tagen den Punkt hinter den letzten Satz gesetzt hatte. Noch nicht mal Lotta wusste es. Es lag immer noch einiges an Arbeit vor mir. Erst wenn alle Zweifel beseitigt waren, war es fertig.

«Ich habe ja keine Ahnung vom Bücherschreiben, aber wie oft überarbeitet man denn?»

«Bis man das Gefühl hat, dass es perfekt ist.» Ich lachte, das konnte theoretisch ewig dauern. «Ich hoffe aber, ich bin bald durch. In zwei Wochen helfe ich nämlich erst mal ein paar Tage bei einer Weinlese mit.»

«Wie cool! Das wollte ich auch schon immer mal machen.»

Dann mach es doch einfach. Das sagte ich aber nicht, ich hatte keine Lust auf weitere Wenn und Aber.

«Soll aber ganz schön harte Arbeit sein», fuhr sie fort.

«Ja, das befürchte ich allerdings auch.»

«In der Provence soll doch Roséwein so gut sein, hast du da 'ne Empfehlung? Liegt ja jetzt total im Trend und wir überlegen noch, welchen Wein wir für unsere Sommerparty nehmen sollen. Echt schade, dass du nicht da bist.»

Sofort fiel mir wieder die rote Franziska ein.

«Wusste ich gar nicht, dass Rosé im Trend liegt.» Da war Kati ja immer besser informiert als ich. «Aber klar, habe 'ne super Empfehlung für dich.»

Die Vorstellung, wie Marc und die rote Franzi zusammen Oliviers Rosé tranken, hatte was. «Ich kann euch ein paar Kisten zukommen lassen, kenne da jemanden. Der Wein ist sogar für den *Concours Générale Agricole* nominiert.»

Es würde sich rumsprechen, da war ich mir sicher. *Der Rosé ist sogar nominiert, stell dir vor, Karla hat ihn organisiert, von so einem Weingut-Typen aus der Provence, wo sie jetzt wohnt,* würden sie tuscheln. Das fühlte sich gut an. Ein kleiner Gruß aus Frankreich.

«Weißt du was? Schick mir einfach zehn Kisten, dann kann ich das Weinthema schon mal abhaken. Den Rest lass ich von einem Caterer planen, sonst schaff ich die Deadline nächste Woche nicht.»

Da war sie wieder, immer schön das äußere Erscheinungsbild bewahren.

«Okay, wird gemacht. ... Ach so ... gibts eigentlich was Neues von Marc?» Das wollte ich gar nicht wissen, aber irgendwie hatte es dieser Satz aus meinem Mund geschafft.

«Ich glaube, er arbeitet viel. Bei unseren spontanen Treffen abends im Garten ist er fast nie dabei. Aber er hat Jakob letztens gefragt, wie es dir geht. Jakob hatte ihm erzählt, dass wir Kontakt haben. Er hat gesagt, dass alles gut sei und du dabei bist, deinen Traum zu verwirklichen und ein Häuschen in der Provence gefunden hast. ‹Wie schön›, mehr hat er wohl nicht gesagt, aber Jakob meinte, er hätte erleichtert gewirkt.»

Sofort fühlte ich, wie sich mein Magen mit einer Schwere füllte. Diese Schwere, die machte, dass man nichts mehr runterbekam, und wenn, dann wurde es einem direkt schlecht.

«Oh ... danke, dass du es mir erzählt hast.»

«Ich hätte es auch schon früher erzählt, aber ich dachte ... na ja, du meintest, du willst lieber nichts wissen.»

«Nein, schon gut. Es ist eben ... nicht so einfach. Und Abstand tut gut.»

«Mit Franzi habe ich ihn übrigens nicht mehr gesehen. Sie ist auch eher unsichtbar. Die neue Winterkollektion ist draußen.»

Klar, die rote Fashion-Franzi hatte sicherlich gut zu tun. Aber jetzt, wo Marc wusste, dass Kati und ich regelmäßig Kontakt hatten, würde er höchstwahrscheinlich alles dafür tun, dass man ihn nicht mit ihr zusammen sah. Im Grunde ging es mich nichts an. Aber irgendwann würden wir uns doch noch mal aussprechen müssen. Es war alles so abrupt gewesen und das machte mir immer noch zu schaffen.

«Wann ist denn eure Party?», sagte ich schnell, um vom Thema abzulenken.

«Am einunddreißigsten, bei uns auf der Dachterrasse.»

Ich hoffte, ich würde an dem Tag irgendeine Ablenkung haben.

«Der Wein wird rechtzeitig da sein», versprach ich ihr.

«Danke dir, Karla ... auch, dass du mir zuhörst.»

«Na klar, gerne. Aber überleg es dir noch mal. Du weißt schon ...»

«Ja, ja, mach ich.»

Das hörte sich nicht sehr überzeugend an.

Die heißen Temperaturen ließen nicht nach und ich hatte keine Ahnung, wie ich die Weinlese bei dieser Hitze überstehen sollte. Und für mich waren es nur fünf Tage. Ich fuhr jetzt täglich zum See, das Schwimmen tat gut und kräftigte meine Arm- und Rückenmuskeln, die ich demnächst brauchen würde. Das Wasser war zwar ebenfalls wärmer geworden, aber es war immer noch eine Erfrischung. Der Campingplatz im unteren Seebereich war inzwischen völlig überfüllt, entsprechend sah es am Badestrand aus. Ich hatte mir eine Stelle etwas weiter weg vom Trubel gesucht, um mehr Ruhe zu haben. Zwar gab es dort kaum Strand, aber das Wasser war klar und nicht so ölig von der ganzen Sonnenmilch, die am Badestrand in schlierigen Fettschwaden auf der Wasseroberfläche waberte.

Ich war mit meinem Fahrrad unterwegs, auf dem Weg zu Claudia, neuen Lesestoff besorgen. Mit meiner Romanüberarbeitung lief es ganz gut und ich gönnte mir nach dem Schwimmen immer ein bisschen Lesezeit. Nach der Weinlese wollte ich es dann wagen und die Literaturagenturen und Verlage anschreiben, die Claudia mir empfohlen hatte.

Bei Claudia war nichts los. Die Tische draußen standen ohne Gäste und drinnen waren nur eine Handvoll Menschen. Ein wuchtiger Standventilator blies angenehmen Wind in den Laden. Hinter der Ladentheke stand Julie und sprach mit einem Kunden. Ich suchte nach einem bestimmten deutschen Roman, der es seit Kurzem in die Bestsellerliste geschafft hatte. Die Autorin war bisher unbekannt und ungefähr in meinem Alter. Außerdem war es ihr erster Roman. Das imponierte mir und ich beneidete sie auch ein bisschen. Gleichzeitig gab es mir Hoffnung, dass die Bestsellerlisten nicht unbedingt immer nur von bereits berühmten Personen gefüllt sein mussten.

Die Bestseller standen bei Claudia in einem extra Regal, jedoch gemischt mit anderen, eher unbekannten Büchern, die ihr persönlich besonders gefielen und für die sie eine kleine handschriftliche Empfehlung geschrieben hatte. Ich entdeckte mein gesuchtes Buch sofort und betrachtete das Cover. Eine Illustration von einer Frau in einem gelben Bikini, die auf dem Rücken lag, die Arme hinter dem Kopf verschränkt. Man blickte von oben auf sie, und um sie herum war alles in einem blassen Türkis-Blau gehalten. Der Titel, in gerader Druckschrift, bestand nur aus einem Wort: «Wasserkraft». Es handelte von einer Frau, die ihr Leben lang immer am Wasser wohnen wollte, am liebsten am Meer. Daraus schöpfte sie ihre Kraft. Ihr Vater war Fischer gewesen und als kleines Mädchen ist sie fast täglich mit ihm raus aufs Meer gefahren. Doch dann kam das Leben und es verschlug sie in die Stadt. Sie heiratete, bekam zwei Kinder und war zufrieden, aber nicht glücklich. Sie wollte zurück an ihr Wasser, hatte jedoch ein paar familiäre Probleme, die das nicht zuließen.

«Eine gute Wahl», sagte eine Frauenstimme neben mir.

Ich schaute auf, eine etwas ältere Frau mit blondiertem Pagenkopf und langem Flatterrock hatte sich neben mich gestellt. Sie hielt das gleiche Buch in den Händen wie ich.

«Oh, kennen Sie es schon?»

«Na, in gewisser Weise schon, aber richtig gelesen, wie man ein Buch eben im Urlaub liest, habe ich es noch nicht.»

Aha. Seltsam. Entweder kannte man ein Buch oder eben nicht.

«Die Story hört sich interessant an und ich liebe das Cover», sagte ich und strich mit meinen Fingern darüber.

«Ja, das ist gut gelungen, nicht wahr? Illustrationen liegen im Trend bei Buchcovern.»

«Ach wirklich? Aber ja, man sieht es jetzt häufiger, stimmt. Sind sie öfter hier?» Jetzt wurde ich neugierig.

«Jedes Jahr. Ich verbringe den Sommer schon mein ganzes Leben in der Provence.»

«Wow, ich wusste nicht, dass es noch größere Provence-Fans gibt als mich», erwiderte ich lachend.

«Zum Auftanken und Runterkommen ist es ideal hier, auch wenn es aktuell etwas heiß ist», sagte sie und fächerte sich mit der Hand etwas Luft zu. «Manchmal bin ich sogar im Winter hier, wenn mir zu Hause alles zu viel wird.» Sie schaute auf ihre Armbanduhr und drehte sich abrupt um. «Ich muss los», rief sie, schon auf dem Weg zur Tür. «Ich wünsche Ihnen viel Spaß beim Lesen. Vielleicht sieht man sich ja wieder mal, dann können Sie mir erzählen, wie es Ihnen gefallen hat.»

«Mach ich gerne», konnte ich noch zurückrufen, und dann war sie schon aus der Tür.

«Wer war das?», fragte ich an Julie gewandt, die hinter mir gerade ein paar Bücher ins Regal sortierte.

«Sie manschmal 'ier, sie 'eißt Elise, aber mehr weiß nischt.» Julie zuckte mit den Schultern. Sie sprach nur ein paar Brocken Deutsch, verstand aber gut.

«Hm, sie war irgendwie seltsam.»

«Aber gute Kundin.»

«Na dann ... Ich nehme das Buch auch. Ist Claudia gar nicht da?»

«*Non*, sie 'eute zu 'ause, Buch'altung und 'ier zu warm.» Sie pustete sich Luft unter ihren Pony, ein paar Strähnen waren ihr aus dem Pferdeschwanz gefallen und klebten seitlich an ihrem Gesicht.

Es war wirklich zu warm. Ich wusste, dass Claudia etwas außerhalb von La Motte wohnte. Wahrscheinlich hatte sie zu Hause eine Klimaanlage.

«Grüß sie von mir, wenn sie kommt.»

«Das mach isch. Ah, isch glaube, Buch gut», sie zeigte auf den Roman in meiner Hand, «viele Leute kaufen das.»

«Ja, ich bin gespannt. Ich hoffe, mein Buch liegt hier auch irgendwann und wird viel gekauft.» Ich lachte. Wieso hörte sich das so unwirklich an, wenn ich das sagte?

«Ah *oui*, beschtiemt, wenn Claudia sagt, is bon, dann bon.»

Das hoffte ich. Noch bevor «Wasserkraft» in die Bestsellerliste gerutscht war, hatte sie dafür schon eine Empfehlung geschrieben.

Ich radelte zu meiner Uferstelle am See und stellte enttäuscht fest, dass auch andere sie für sich entdeckt hatten. Eine kleine Gruppe von Teenagern war im Wasser, sie kreischten und grölten und spritzten sich gegenseitig nass. Mädchen gegen Jungs. Am Ufer türmten sich bunte Haufen aus Handtüchern, Klamotten und Rucksäcken. Ein paar leere Bierdosen lagen zusammengedrückt daneben. Ich ging ein paar Meter weiter, bis das dichte Gestrüpp anfing, an dem man nicht mehr vorbeikam. Ich zog meine Sachen aus, den Bikini hatte ich schon drunter, und legte sie auf einen umgekippten Baumstamm. Das Gegröle der Jugendlichen hörte ich immer noch, aber etwas gedämpfter.

Das Wasser war klar, und sobald ich meine Zehen darin eingetaucht hatte, wurde die Hitze erträglicher. Ich ging weiter, eine leichte Gänsehaut überzog meinen Körper. Schließlich schwamm ich ein paar Meter und legte mich auf den Rücken, so wie die Frau auf dem Buchcover. Alles war schwerelos. Ich schloss die Augen und ließ mich treiben. Nur leicht paddelte ich mit Füßen und Händen, um mich an der Oberfläche zu halten. Meine Ohren waren im Wasser versunken und das Lachen der Teenager drang nur noch dumpf zu mir durch. Kurz tauchte ich unter und es wurde still. Wasser verschluckt Geräusche. Man kann das Außen loslassen. Sich treiben lassen. Wasser hatte wirklich etwas Kraftvolles. Es war so lebendig. Man konnte sich leicht und frei fühlen. Und man konnte eintauchen und alles um sich herum vergessen. Ich dachte an mein Leben in Berlin, das so weit entfernt war. Zeitlich und räumlich. Ich dachte an Marc, an unsere Zeit vor der Penthousewohnung. Sah uns Hand in Hand an der Spree spazieren gehen. Ich dachte daran, was aus uns geworden war. Es schmerzte noch immer, aber es wurde besser. Ich hatte uns zu sehr gewollt und nicht bemerkt, dass ich mich darin verlor. Ich dachte an Kati und Jakob, an Isabelle und Daniel und all die anderen, die wir zu unserem Freundes- und Bekanntenkreis zählten. Es war so unwirklich für mich, jemals ein Teil davon gewesen zu sein. Ich dachte an die rote Franzi und ein winziger Teil von mir fing an zu erlauben, dass Marc glücklich sein sollte. Ja, ich wollte, dass der Mensch, der so viele Jahre an meiner Seite gewesen war, glücklich ist. Ich dachte an Lotta, mit der ich so viel erlebt hatte und die immer zu mir hielt. Die mich immer verstand. Selbst wenn ich heulte, weil sie schwanger war. Ich dachte an mein Patenkind. Es würde das glücklichste Kind der Welt sein. Ich dachte an meine Eltern, an meine Mutter, die sich noch um mich sorgen würde, wenn ich alt und grau wäre. Und mein Vater, der mir immer die nötige Freiheit geschenkt hatte, die ich brauchte. Wurzeln und Flügel. Der Mensch brauchte beides. Immer. Ein Leben lang. Ich dachte an meinen Roman und zum ersten Mal war ich stolz, weil ich es bis hierhin geschafft hatte. Und ich würde es weiterhin schaffen. Ich dachte an Claudia, die mir so

viel Mut machte, und an ihr Häuschen, das ein neues Zuhause für mich geworden war. Egal, was die Zukunft bringen
würde, aber jetzt in diesem Moment war es ein Zuhause. Ich
dachte an Olivier. Sofort war mein Bauch voller Ameisen, die
aufgeregt durcheinanderwuselten. Auch wenn ich auf Abstand bleiben wollte, war es dennoch ein schönes Gefühl,
jemanden zu haben, bei dem es kribbelte, wenn man an ihn
dachte. Was auch immer daraus entstehen würde, jetzt in diesem Moment war alles genau so, wie es sein sollte.

Der Wecker riss mich aus dem Tiefschlaf. Völlig benommen
wollte ich ihn ausstellen und stieß ihn dabei vom Tisch. Er
knallte unsanft auf den Boden, aber immerhin reichte das aus,
damit er Ruhe gab. Ich hatte ihn extra früher gestellt, um nach
dem Klingeln noch etwas liegen bleiben zu können. Es war
jetzt viertel vor fünf morgens, draußen wurde es langsam hell.

Nach zehn Minuten setzte ich mich auf und nach fünf
weiteren Minuten schwang ich meine Beine von der Couch
und stand auf. Ich schlief immer noch unten, dort war es wenigstens etwas kühler als oben im Schlafzimmer.

Meine Klamotten hatte ich mir am Vorabend schon zurechtgelegt: eine kurze Jeansshorts und ein altes, luftiges Shirt.
Rucksack und Sonnenhut lagen ebenfalls bereit. Ich ging
hoch ins Badezimmer, putzte die Zähne und machte mich
nur ein bisschen frisch. Duschen würde sich nicht lohnen,
das verschob ich auf abends. Meine Haare band ich mir zu
einem tiefen Zopf, damit der Sonnenhut drüberpasste. Zufrieden betrachtete ich mein Spiegelbild, die kleinen Sommersprossen auf meiner Nase störten mich nicht mehr.

Ich hüpfte die Treppen hinunter, es würde ein schöner
Tag werden. Meine Vorfreude darauf, aktiv mit anpacken zu

können und darauf, Olivier wiederzusehen, war groß. Schnell machte ich mir noch einen Kaffee mit meiner mittlerweile heißgeliebten Cafetiere, packte mir zwei Flaschen Wasser in meinen Rucksack und verließ pünktlich um halb sechs das Haus.

Um viertel vor sechs parkte ich mein Auto und stieß als eine der Letzten zu dem Trupp von Helfern, die sich angeregt unterhaltend vor dem Weingut standen. Zwei Pick-ups standen bereit, mit riesigen Sammelbehältern und einem Dutzend Eimern auf der Ladefläche. Einige sollten ausschwärmen auf die etwas weiter entlegenen Weinfelder. Ich sollte mit fünf weiteren Helfern auf die Felder, die rund um das Weingut lagen. Es waren höchstens zehn Minuten Fußmarsch. Das wusste ich schon von Olivier.

Zum ersten Mal begegnete ich Oliviers Vater, der dabei war, die Leute einzuteilen. Er war ein großer, schlanker Mann mit sonnengebräuntem Gesicht und grau melierten Haaren. Er trug ein kurzärmliges Hemd, seine Hose saß locker auf seiner Hüfte und ein breiter Gürtel verhinderte, dass sie herunterrutschte. Alle schauten ihn gebannt an, wobei er nicht wie jemand wirkte, der so etwas genoss, was ihn gleich wieder sympathisch machte. Ich stellte mich noch etwas zurückhaltend zu den anderen und versuchte zu verstehen, was er sagte. Er sprach auf Englisch, wir waren alle ein bunter Haufen aus unterschiedlichen Ländern. Viele junge Leute, Studenten und Reisende, die unterwegs ein bisschen Geld verdienen wollten. Einige junge Männer, aber auch viele Frauen. Manchmal waren Pärchen dabei, unschwer an ihrem engen Zusammenstehen oder Händchenhalten zu erkennen. Die Älteren in der Runde waren hauptsächlich Männer. Sicher die Saisonarbeiter, die jedes Jahr hierherkamen.

Ich schaute mich um, Olivier konnte ich nirgends entdecken. Da kam Babette aus dem Haus, in jeder Hand einen großen Korb mit Verpflegung, die sie auf die Ladeflächen der Pick-ups stellte. Sofort verschwand sie wieder im Haus und kam kurz darauf mit einer neuen Ladung heraus.

Als Oliviers Vater seine Erklärungen beendet hatte, liefen die allermeisten zu den Pick-ups und machten es sich hinten auf der Ladefläche bequem. Ich blieb mit fünf Leuten zurück.

«Olivier wird euch den Weg zeigen, wir sehen uns später», sagte Oliviers Vater zu uns und ging zu einem der Pick-ups, die sich kurz darauf in Bewegung setzten.

Wir sechs Übriggebliebenen stellten uns im Kreis zusammen und machten eine kurze Vorstellungsrunde. Da waren Jan und Anna, beide sechsundzwanzig, kamen aus Frankfurt, hatten vor Kurzem ihr Studium beendet und wollten nun etwas von der Welt sehen, bevor sie sich niederließen. Aber vielleicht würden sie auch irgendwo hängen bleiben. Momentan waren sie auf Europatour, schon seit Mai, und wollten anschließend nach Australien, die Ost- und Westküste bereisen. Zwischendurch verdienten sie sich ihr Reisegeld mit Arbeiten auf dem Feld, Deutsch unterrichten oder in Hostels aushelfen. Je nachdem, was sie fanden. In ihren Augen lagen Neugierde auf die Welt und ein großer Tatendrang, sie zu entdecken. Sie waren offen für alles und sich sicher, dass das Leben nur Gutes für sie bereithielt. Ich wünschte ihnen von Herzen, dass sie diese Einstellung niemals verlieren würden. Dann kam Luca, er war fünfundzwanzig und studierte International Wine Business in Paris. Seine Eltern waren Freunde von Oliviers Eltern und er wollte hier von August bis November mit anpacken, um Praxiserfahrung zu sammeln. Sein Traum war es, irgendwann ein eigenes Weingut zu besitzen. Dann war ich dran, ich erzählte nicht viel, nur, dass ich hier in Frankreich eine Auszeit nahm, um zu schreiben, und jetzt eine Abwechslung benötigte. Zuletzt stellten sich Tomas und Noel vor, die beide schon seit zehn Jahren hierherkamen. Mit der Lese konnten sie sich einen guten Zuverdienst verschaffen. «Unsere Kinder wollen studieren und das ist leider nicht billig», erklärte Noel. Mit ihren normalen Jobs kamen sie finanziell nicht hin, weshalb sie sich immer mal wieder Nebenjobs besorgten. Außerdem mochten sie die Familie Dupont sehr. Beide waren Anfang fünfzig, groß und breitschultrig. Ich hoffte, dass sie uns anderen ein wenig anleiten würden, denn im Gegensatz zu ihnen waren wir alles Anfänger. Ihr Englisch war brüchig, aber ich wollte es die nächsten Tage mit meinen neu gewonnenen Französischkenntnissen probieren.

Noel marschierte los und gab uns ein Zeichen, ihm zu folgen. Die Körbe und Eimer lägen schon am Feld, Olivier würde dort auf uns warten, erklärte er uns. Wir wanderten ein paar Minuten die Straße entlang, die links hinter das Gut führte, und bogen dann leicht rechts ab. Ein kleiner Feldweg führte direkt zum Rebfeld. Am Rand lagen wie angekündigt die großen Sammelbehälter und Eimer, ein kleiner Traktor mit Anhänger stand daneben. Und davor stand Olivier. Mein Herz machte einen kleinen Sprung, aber ich ließ mir nichts anmerken, schon gar nicht vor den anderen.

«*Salut! Comment ça va?*», rief er fröhlich in die Runde.

Wir versammelten uns um ihn und bekamen jeder zwei Eimer und eine Rebschere in die Hand gedrückt. Er erklärte uns, wie wir uns am besten auf die Rebzeilen aufteilten und dass wir unsere vollen Eimer zum Sammelbehälter am Anfang der Reihe bringen und dort hineinschütten sollten. Er würde die vollen Behälter dann mit dem Traktor zum Gut fahren. Um zehn Uhr sollte es die erste Pause geben.

Ich ging mit Noel in eine Reihe, vor uns waren Jan und Anna und davor Luca mit Tomas.

«Karla, warte kurz!» Olivier hatte abgewartet, bis alle anderen in den Reihen verschwunden waren. Ich hatte gehofft, dass wir zumindest kurz sprechen könnten, auch wenn es mir lieber war, dass die anderen nichts von unserer – ja, was eigentlich? – mitbekamen. Bisher war nichts passiert, aber selbst ich konnte nicht mehr leugnen, dass da mittlerweile etwas Greifbares in der Luft lag.

«Ich wollte nur sagen, dass ich mich freue, dass du hier bist.»

«Hattest du Sorge, ich würde nicht kommen?» Jetzt war ich mal dran, ihn zu ärgern.

«Nicht wirklich.» Er grinste. Und vermutlich wechselte meine Gesichtsfarbe gerade wieder.

«Ich hoffe, ich halte durch.»

«Klar, Noel wird dich schon motivieren. Er ist schon das elfte Mal mit dabei und sehr zielstrebig.»

Ein paar Sekunden lang schauten wir uns einfach nur in die Augen.

«Okay ...», stammelte ich schließlich, «... dann bis später, ich werde mein Bestes geben.» Ich lächelte und drehte mich langsam um, um zu Noel zu gehen, der schon emsig dabei war, die Trauben abzuknipsen.

Gut zwei Stunden später hatten Noel und ich den ersten großen Sammelbehälter vollgemacht. Er zeigte mir, welche Trauben ich abschneiden sollte, nur die reifsten und gesunden, und kontrollierte auch bei Jan und Anna, ob sie alles richtig machten. Anfangs war es ein eher unkoordiniertes Hin und Her, doch bald schon gingen die Bewegungen von uns Neulingen in ein routiniertes Arbeiten über. Noel betrachtete mich als seine Schülerin und erklärte mir so gut es ging auf Englisch, was man über die Weinlese und das Verarbeiten hinterher wissen musste. Ich hörte ihm geduldig zu und war fasziniert von den unterschiedlichen Rebsorten, Reifestadien und entsprechenden Auswirkungen auf den späteren Wein. Ab und an bat ich ihn, einen Begriff auf Französisch zu sagen, um meinen Wortschatz zu erweitern.

Gegen zehn Uhr merkte ich zum ersten Mal eine kleine Erschöpfung und war froh, dass es gleich eine Pause gab. Das ständige Bücken, um an die unteren Trauben heranzukommen, war anstrengend, und das Schleppen der vollen Eimer nicht weniger. Noel versprach mir, dass es spätestens am dritten Tag besser werden würde, weil der Körper sich dann an die Anstrengung gewöhnt hätte. Das waren ja gute Aussichten.

Wir trafen uns an der Stelle, an der wir uns am Morgen getrennt hatten. Ein großer Baum stand einige Meter entfernt am Feldweg und spendete uns Schatten. Es war zwar noch relativ angenehm von den Temperaturen, aber wir waren alle froh, für eine kurze Zeit den Sonnenstrahlen entkommen zu können. Das Traktorgetucker war schon zu hören und ich war ein kleines bisschen enttäuscht, als ich Oliviers Mutter darauf sitzen sah. Sie brachte uns zwei Körbe voll mit belegten Baguettes, Obstsalat, Kaffee, Apfelsaft und Wasser. «Das ist besonders hier», raunte Tomas uns zu, «bei anderen Weinlesen gibt es immer nur Brezeln und Wasser.»

Babette plauderte ein wenig mit uns, und ich hatte den Eindruck, dass sie mich zwischendurch anlächelte. «Die nächste Pause ist um zwei Uhr», sagte sie schließlich und fuhr wieder.

Alle waren hungrig und stürzten sich auf die Leckereien. Die Baguettes waren knusprig und mit Käse, Tomaten und Kräutern belegt. Sie schmeckten himmlisch. Ich wusste nicht, wann ich das letzte Mal so einen gesunden Appetit gehabt hatte.

Nach dem Essen bedauerten wir uns gegenseitig wegen unserer sich jetzt schon ankündigenden Muskelkater, bis Noel und Tomas uns antrieben, weiterzumachen. Anna stimmte «Frère Jacques» an und wir sangen alle zusammen im Kanon, bis uns lachend die Luft ausging.

Die nächsten Stunden versuchte ich, Noel in einem Französisch-Englisch-Gemisch zu erklären, was ich genau machte in Frankreich und warum. Ich erzählte ihm sogar von Marc und all den Dingen, die ich hinter mir gelassen hatte. Noel hörte ruhig und interessiert zu. Es war merkwürdig befreiend, mit jemandem darüber zu sprechen, der mich nicht kannte.

Als die Mittagshitze über uns hereinbrach, wurden wir langsamer in unseren Bewegungen. Der Schweiß lief uns in Bächen die Schläfen und den Rücken hinunter. Mittlerweile waren es achtunddreißig Grad und das Feld flimmerte.

Auch in der zweiten Pause kam Babette und versorgte uns mit Essen und Getränken. Diesmal gab es Salat mit Mozzarella, Nüssen und Cranberrys. Dazu selbst gebackenes Brot, das sogar noch warm war. Wir ließen es uns schmecken und genossen es, für die Pausenzeit wieder im Schatten zu sitzen. Niemanden störte es, dass er komplett verschwitzt und dreckig war.

Die letzten Stunden bis sechs Uhr abends vergingen weiter wie im Flug. Total erschöpft, aber mit glücklichen Gesichtern liefen wir zum Weingut zurück. Die anderen Gruppen trudelten nach und nach ein und wir machten es uns auf der Wiese neben dem Gebäude gemütlich, wo schon Kühlboxen mit kaltem Bier bereitstanden. Es war wie eine große Familie, alle begegneten sich auf Augenhöhe, egal, woher sie kamen, wie alt sie waren oder was sie machten. Hier bei der Weinlese gab es keine Unterschiede.

Lilou kam angetrottet und legte sich neben mich ins Gras. Erwartungsvoll schaute sie mich an.

«Ja, ja, ist ja gut, du hast es geschafft, ich streichle dich jetzt», sagte ich zu ihr und kraulte sie am Hals. Sie legte den Kopf auf ihre Pfoten und schloss genussvoll die Augen.

Olivier war nicht zu sehen, doch wie ich am Rande mitbekam, musste er eine Helferin ins Krankenhaus fahren. Sie hatte zu wenig getrunken und war in der Mittagshitze dehydriert.

Gegen zwanzig Uhr setzte ich mich ins Auto, ich freute mich auf eine Dusche und auf mein Bett und darauf, morgen wieder hier zu sein. Selten hatte ich mich unter fremden Menschen so wohlgefühlt.

Ich lag schon auf dem Sofa, als mein Handy brummte. Eine Nachricht von Olivier.

Danke für deine Hilfe heute, Noel sagte, du hast ordentlich mit angepackt. Ich wäre so gern zu euch gekommen, aber ich wollte noch im Krankenhaus bleiben, um sicherzugehen, dass es Nadine gut geht.

Es berührte mich, dass er sich so kümmerte und seine Arbeit dafür liegen ließ. Dieser Mann beeindruckte mich immer mehr. Und Noel hatte offenbar mit Olivier über mich geredet ... Ich musste ihn morgen ausquetschen.

Das hatte auf jeden Fall Vorrang!, schrieb ich zurück. *Es hat Spaß gemacht, eine tolle Truppe. Ich bin morgen auf meinen Muskelkater gespannt.* Dahinter setzte ich einen zwinkernden Smiley.

Ich freu mich auf dich, kam zurück.

Ich legte mein Handy weg und versuchte die Ameisen in meinem Bauch wegzuscheuchen.

Noel und ich gaben wieder ordentlich Gas am nächsten Tag. Schon nach kurzer Zeit war der erste große Sammelbehälter voll. Trotz meines immensen Muskelkaters, der sich vor allem in meinem Rücken bemerkbar machte. Aber Schwächeln kam nicht in Frage. Aus irgendeinem Grund wollte ich ihm zeigen, dass ich es draufhatte. Vielleicht, weil ich wusste, dass er Olivier schon so lange kannte und sehr viel von ihm hielt. Mich sollte er auch mögen, weil ich Olivier mochte. Und weil ich Noel mochte. Obwohl er nur fünfzehn Jahre älter war als ich, hatte er etwas Väterliches an sich. Zwischendurch war ich immer geneigt, ihm meine ganze Geschichte von meiner inneren Zerrissenheit zu erzählen. Doch wie die Synapsen in meinem Gehirn so langsam die richtigen Verbindungen fanden, sodass sich alles wieder zu einem Ganzen zusammenfügte.

«Woher kennst du Olivier eigentlich?», fragte Noel mich auf Französisch und sprach langsam, damit ich ihn besser verstand. Ich war gerade dabei, eine besonders dicke und reife Traube abzuschneiden und hielt kurz inne, die Frage kam etwas unerwartet.

«Wegen des Rosés, der in meinem Kühlschrank als Willkommensgeschenk stand und mir so gut geschmeckt hat», antwortete ich in gebrochenem Französisch.

«Ah, der Rosé», sagte Noel mit einem Lächeln. «Ich glaube, er mag dich, Karla.»

Schnapp, da war die Traube ab und fiel mir fast aus der Hand. Ich fing sie gerade noch auf und legte sie in den Eimer, der schon wieder halb gefüllt neben mir stand. Statt einer Antwort nahm ich hoch konzentriert die nächste Traube in Angriff.

Schweigend standen wir nebeneinander und machten unsere Arbeit. Meine Bewegungen waren inzwischen in einem Fluss, ich brauchte gar nicht mehr darüber nachzudenken. Abschneiden, runterbeugen und in den Behälter legen, wieder hoch, ein Stück weiter nach rechts, abschneiden. Runter, hoch, rechts, runter, hoch. Wellenbewegungen. Die Sonne stand schon wieder hoch am Himmel und hüllte uns in Hitze. Mein Rücken schmerzte. Bis zur zweiten Pause konnte es nicht mehr lange sein.

«Ich war damals dabei, als es ihm so schlecht ging wegen seiner deutschen Freundin.» Noel sprach jetzt auf Englisch, wohl, damit er sicher sein konnte, dass ich alles verstand. Außerdem kam es mir so vor, als hätte er das «deutschen» besonders betont. Vielleicht war es aber auch nur Einbildung.

«Ich kenne die Geschichte nicht so genau», sagte ich, «ich weiß nur, dass sie hierherziehen wollte, aber im letzten Moment einen Rückzieher gemacht hat.»

«Ja, sie wollten sogar heiraten, aber dann hat sie plötzlich festgestellt, dass sie nicht hier leben möchte. Sie wollte beruflich durchstarten. Das wäre von hier aus aber nicht gegangen. Sie war mit einem Mal weg, ohne große Vorankündigung.»

Mir wurde es noch heißer. Ich war auch einfach gegangen und das wusste Noel, ich hatte es ihm erzählt. Aber das konnte man doch nicht vergleichen. Marc und ich hatten zusammengelebt und ich hatte eine ganze Zeit versucht, ihm zu erklären, dass es so nicht weitergehen könne mit uns. Das musste Noel doch klar sein. Wurde ich hier auf die Probe gestellt? Etwas rabiat schnitt ich die nächste Traube ab und warf sie unsanft in den Eimer.

«Keine Sorge, Karla, ich mag dich. Du bist anders. Aber da ist was zwischen euch. Ich merke das.»

Hatte er den versteckten Begrüßungskuss auf die Wange heute Morgen mitbekommen, den Olivier mir gegeben hatte, bevor wir zum Feld gelaufen sind?

«Ich kenne jetzt auch deine Geschichte, zumindest das, was du mir erzählt hast. Ich hoffe einfach, dass es nicht kompliziert wird. Aber ... ach, es geht mich gar nichts an.» Er wischte mit seiner freien Hand etwas Unsichtbares aus der Luft und widmete sich der nächsten Rebe.

Nein, es ging ihn nichts an. Und es war gar nichts passiert. Rein gar nichts. Aber das Reingarnichts war anscheinend so auffällig, dass Noel es bemerkt hatte.

«Ist schon okay», sagte ich und konzentrierte mich weiter auf die Trauben. «Und ja, ich mag ihn auch.» Jetzt war es egal.

Und trotzdem merkwürdig, das so auszusprechen. Ich hielt inne und blickte in den Himmel, um meinen verspannten Nacken etwas zu lockern. «Aber vielleicht ist es auch einfach nicht der richtige Zeitpunkt.» Da war sie wieder, meine Planung. «Ich fühle mich gerade, als ob ich mit dem einen Bein noch im alten Leben stehe und mit dem anderen hier in Frankreich. Und manchmal, da zerrt es gleichzeitig an beiden Beinen.» Vorsichtig schielte ich zu Noel, der gekonnt eine Traube nach der anderen betrachtete, abschnitt und in den Eimer warf.

«Das verstehe ich gut», sagte er, ohne den Blick von seiner Arbeit abzuwenden. «Und irgendwann kommt man zu dem Punkt, an dem man loslassen muss.»

«Ich habe ja schon losgelassen, sonst wäre ich wohl nicht hier», sagte ich jetzt etwas trotzig und drehte mich zu ihm.

«Aber deine Gefühle sind noch nicht ganz mitgekommen, Karla.»

«Du hättest Therapeut werden sollen.» Ich stand jetzt vor ihm und stemmte meine Hände in die Hüften. Doch, ich mochte unser Gespräch, es war auf eine Art befreiend für mich. Und außerdem hatte er recht.

«Ja, keine schlechte Idee.» Noel lachte. «Aber ich finde, ihr passt gut zusammen ... auch wenn du wieder eine Deutsche bist.» Er grinste und ich bewarf ihn mit zwei matschigen Trauben, denen er geschickt auswich.

«Aber ich liebe es hier im Gegensatz zu ihr», erwiderte ich und reckte scherzhaft meine Nase in die Höhe. Ja, ich liebte es hier. Die Weinfelder, die Natur, die Menschen, die Sprache. Selbst die schwere Arbeit machte mir Spaß. Ich fühlte mich frei.

«Alexandra hat kein einziges Mal bei der Weinlese mitgeholfen.»

Aha, jetzt hatte *sie* einen Namen und ich meine Probe bestanden.

Abends trafen wir uns wieder am Weingut bei kaltem Bier und Sandwiches, die Babette wieder liebevoll zubereitet hatte. Ich setzte mich zusammen mit Noel neben Olivier ins Gras. Jetzt, wo Noel alles von mir wusste, hatte ich das Gefühl, mich nicht mehr verstecken zu müssen. Sollte doch jeder sehen, dass Olivier und ich uns nah waren. Und im Kreis der ganzen Helfer konnte ich mir sicher sein, dass weder er noch ich irgendetwas überstürzen würden. Mit jedem Abend wurden unsere Blicke länger und das zufällige Streifen am Arm oder an den Knien, die sich beim Sitzen gegeneinanderlehnten, elektrisierender. Irgendwann würde das Knistern, das unüberhörbar zwischen uns schwebte, nicht mehr auszuhalten sein, das wussten wir beide. Aber bis dahin würde ich dieses aufregende Gefühl noch genießen, das Pulsieren in den Adern, in denen das Blut so schnell rauschte, dass einem schwindelig wurde.

Nach den fünf Tagen, die ich Olivier für die Weinlese zugesagt hatte, fühlte ich mich endgültig angekommen in dieser Region. Ich war ein Teil von hier. Ich war nicht mehr fremd, ich gehörte dazu. Mein Französisch hatte sich dank der Gespräche mit Noel deutlich verbessert und mit dem Weingut hatte ich jetzt neben Claudias Buchhandlung einen weiteren Ort, zu dem ich gehen konnte. Wo man mich kannte und mochte, so wie ich war. Am dritten Abend hatte mich Olivier seinen Eltern vorgestellt, die mich herzlich umarmten und noch einmal willkommen hießen. Sie bestanden darauf, dass ich zum Abschlussfest Anfang September kommen sollte. Ich versprach es. Ich wollte alle wiedersehen, Noel und Tomas, Jan und Anna und Luca. Sie waren mir in den fünf Tagen alle ans Herz gewachsen. Selbst Lilou. Noel, mein *mentor*, wie ich ihn ab dem zweiten Tag nannte, war mir ganz besonders wichtig geworden.

Doch ich freute mich auch, wieder ein bisschen Ruhe zu haben, um meine Batterien aufzuladen. Zu viel Stille und Alleinsein ertrug ich nicht, aber pausenlos unter Menschen zu sein, war ebenso wenig mein Ding. Außerdem juckte es mich in den Fingern, ich wollte unbedingt mein Manuskript fertig überarbeiten und ein Exposé erstellen. Die Weinlese hatte mir genügend Abstand verschafft und meinen Kopf frei gepustet.

Olivier würde die nächsten Tage weiter mit der Weinlese zu tun haben und dann ging die Verarbeitung los. Doch am achten September, beim Abschlussfest, würden wir uns wiedersehen. Keiner von uns fragte den anderen, ob wir uns vorher treffen wollten. Es war wieder wie eine stillschweigende Vereinbarung, dass wir uns gegenseitig Zeit geben wollten. Das Reingarnichts zwischen uns war wie ein winziger Samen, der erst anfing aufzugehen.

Später, nachdem ich mich von allen verabschiedet hatte und nach Hause gefahren war, saß ich noch eine Weile auf der Terrasse. Die Temperaturen waren abends jetzt viel erträglicher als noch vor ein paar Tagen. Die Fliesen hatten eine angenehme Wärme gespeichert. Ich schickte Lotta und meinen Eltern Fotos von den letzten Tagen. Selfies von Noel und mir und von unserer ganzen Gruppe. Olivier war auch dabei.

Du siehst glücklich aus, Liebes, schrieb meine Mutter zurück.

Ich wäre so gern dabei gewesen, antwortete Lotta und schickte zwei Herzen hinterher.

Kati bekam ebenfalls ein Bild. Auch sie antwortete prompt.

Cool, ist das das Weingut mit dem extrem guten Rosé? Die Kisten sind angekommen und ich glaube, ich muss nachbestellen bei dir!

In zwei Tagen war ihr Sommerfest. Das hatte ich total verdrängt.

SEPTEMBER

Der erste September war da und schon immer kündigte sich damit für mich der Herbst an. Doch hier in der Provence war es von herbstlichen Temperaturen noch weit entfernt. Das Thermometer hatte sich auf dreißig Grad eingependelt, immerhin ein deutlicher Unterschied zu achtunddreißig. Die Weinlesehelfer mussten noch eine Woche durchhalten und ich hatte mir vorgenommen, bis dahin die erste Hälfte meines Manuskripts so zu optimieren, dass ich sie an die Literaturagenturen schicken konnte. Letzte Zweifel ignorierte ich so gut es ging. Drei Agenturen, die Claudia mir genannt hatte und die ganz oben auf der Liste standen, sollten zuerst Post von mir bekommen. Zwei saßen sogar in Berlin, die Dritte in Hamburg. Meine Liste deckte fast alle Regionen Deutschlands ab, rund dreißig Agenturen und Verlage. Da musste doch was dabei sein.

Ich saß auf der Terrasse und mühte mich ab, ein vernünftiges Exposé hinzubekommen. Zum dritten Mal löschte ich den gesamten Text und war kurz davor aufzugeben. Da signalisierte mir mein Handy, dass ich eine Nachricht von Kati bekommen hatte. Das war es, was mich schon den ganzen Tag beschäftigte: Wie war die Party gewesen? Im Grunde wollte ich es gar nicht wissen, aber ein allerletztes Fitzelchen hielt mich doch an dem einen Bein fest, das noch im alten

Leben verankert war und nicht wegkam. Ich war mir fast sicher, dass es Neuigkeiten von Marc und der roten Franzi geben würde. Ich gönnte es ihm, er sollte glücklich sein und dennoch gab es da immer noch den klitzekleinen Stich in meiner Herzgegend.

Es war eine grandiose Party!! Dein Rosé war der absolute Renner. Nichts mehr von da. Ich brauche Nachschub! Hast du Zeit zum Telefonieren?

Nein, das würde ich mir jetzt nicht antun. Ich brauchte die Informationen stückchenweise, per Nachricht. Nicht am Telefon. Da hatte ich nicht so viel Zeit zum Überlegen, bevor ich antwortete.

Bin gerade unterwegs.

Ich schick dir eine Sprachnachricht, sonst schreibe ich auch noch einen Roman. Smiley, Smiley.

Die nächsten Minuten zogen sich dahin. Ich beschloss, mir ein Glas Rosé zu holen, um Katis Neuigkeiten besser ertragen zu können. Und dann poppte endlich das Sprachnachrichtensymbol auf.

«Hi Karla, bevor ich mir die Finger wund tippe, quatsche ich dir lieber ein bisschen was drauf. Also, es war echt eine sensationelle Party, alle sind gekommen, und gegangen sind die Letzten so gegen vier Uhr morgens. Puh, ich steh noch ein bisschen neben mir. Zu viel Rosé getrunken. Es war fast schon eine Rosé-Party.» Sie kicherte wie eine beschwipste Vierzehnjährige, die zum ersten Mal Alkohol probiert hat.

«Ich habe allen erzählt, dass ich ihn von dir habe und du Connections zu dem Weingut hast. Und dass du da jetzt um die Ecke wohnst. Isabelle und Daniel wussten es ja schon, aber alle anderen haben geguckt, sag ich dir.» Sie lachte laut auf, offensichtlich fühlte sie sich wohl in ihrer Rolle als Geheimnislüfterin.

«Marc ist übrigens mit Franzi zusammen zur Party gekommen. Ich kriege ja sonst nichts mit, ich vermute, er will es verheimlichen, dass da was läuft. Na ja, sie waren auf jeden Fall den ganzen Abend zusammen. Aber nix mit Knutschen, Händchenhalten oder so. Habe auch leider nichts herausbekommen. Aber ich soll dich grüßen von ihm und er freut sich, dass es dir gut geht. Das hat er sogar im Beisein von Franzi gesagt. Also, keine Ahnung, ob da was läuft. Aber das sollte dich gar nicht mehr interessieren ... du bist weit weg und ... hast alles richtig gemacht.» Ein Umschwung in ihrer Stimme. Das Partyglück ließ langsam nach.

«Ach, weißt du, Karla, ich beneide dich echt ... du hast einfach mal gemacht. Und ich stecke hier tief drin und komme nicht raus. Isabelle hält mich für verrückt. Ach, übrigens ist sie schwanger. Sie war die Einzige, die deinen Rosé nicht probieren konnte. Die beiden sind auf der Suche nach einem Haus. Puh ... ich ... ich weiß gar nicht mehr, ob ich Kinder will ... du?»

Womöglich setzte gerade der After-Party-Blues bei ihr ein. Diese Depri-Stimmung nach einer durchzechten Nacht, wenn einem schlagartig wieder bewusst wird, dass die Realität im nüchternen Zustand anders aussieht als im betrunkenen.

«Ich habe übrigens einen zweiten Auftrag für einige Illus bekommen. Habe ihn aber abgelehnt.»

Stille.

«Ich ... ich kann das nicht, Karla. Ich kann mein Leben nicht verändern. So wie du. Ich ... ich brauche das alles hier. Dafür habe ich zu hart gekämpft.» Sie schluchzte jetzt. Was für eine Stimmungskurve, von hoch oben bis tief unten. Sie tat mir leid.

«Ich ... ich räum jetzt hier mal noch ein bisschen auf, der Caterer kommt gleich und will sein Zeug wieder abholen. Würde mich freuen, wenn du dich meldest. Sorry, dass ich dich hier so zululle. Bye, Karla.»

Was sollte ich ihr darauf antworten? Sie stand sich selbst im Weg. Sie konnte etwas ändern, aber die Sucht nach Geld und Besitz war zu groß. Konsum- und Partyrausch ließen einen kurzzeitig alles vergessen und man hatte das Gefühl, alles unter Kontrolle zu haben. Und die Angst, diese zu verlieren, konnte lähmend sein. Ich wusste, wovon ich sprach. Vermeintliche Sicherheit kann gefährlich werden. Sie kann dir die Flexibilität nehmen, die freie Bewegung. Deine Träume stehlen.

Ich legte mein Handy weg, lief barfuß über die Wiese zu meiner Hängematte und legte mich hinein. Sanft stieß ich mich mit dem rechten Fuß vom Boden ab. Kati tat mir leid, aber ich konnte ihr nicht helfen. Doch da war noch ein anderes Gefühl. Ein sonderbarer Frieden lag auf mir. Obwohl ich nicht wusste, ob da was lief zwischen Marc und Franzi, war ich innerlich ruhig. Kati hatte recht, es sollte mich nicht interessieren. Ich war jetzt hier und hier war ich glücklich.

Die Hängematte schaukelte sanft hin und her. Ich verschränkte meine Arme hinter dem Kopf und blickte in den Himmel, der durch das dichte Grün des Kastanienbaums hindurchlugte. Wieder hatte ich ein Stück losgelassen.

Die nächsten Tage saß ich von morgens bis abends an meinem Laptop. Aus den ersten hundertfünfzig Seiten meines Manuskripts wurden hundertdreißig. Ich gab einigen Szenen mehr Tiefe und löschte dafür manches Überflüssige raus. Es musste einfach klappen.

Das Exposé nahm langsam Gestalt an. Am Ende der ersten Septemberwoche war alles bereit zum Versenden. Ich schickte es zunächst Claudia, damit sie ein letztes prüfendes Auge drauf warf. Und dann konnte es losgehen.

Olivier schrieb ich eine Nachricht, dass ich alles erledigt hatte und mich auf das Sommerfest morgen freute. Ich hatte ihn seit zehn Tagen nicht gesehen und sehnte mich nach seiner Stimme, seinen Blicken, seinen zufälligen Berührungen, seinem Lächeln. Wir schrieben uns fast täglich, meist banale Dinge, hinter denen aber mehr steckte. Ich kapitulierte langsam vor meinen Gefühlen, beschloss, mich nicht mehr dagegen zu wehren. Dennoch wollte ich es immer noch so langsam wie möglich angehen.

Dein Roman ist formidable, Karla, das weiß ich! Ich habe übrigens von der Weinjury die Nachricht bekommen, dass der Rosé ganz vorne mit dabei ist. Morgen soll die endgültige Entscheidung fallen. Wir haben viel zu feiern. Ich freue mich auf dich!

Ich war mir sicher, dass er den ersten Platz belegen würde. Genauso, wie er sich sicher war, dass mein Roman ein Erfolg wird. Es gab mir so viel Kraft, von Menschen umgeben zu sein, die mich ernst nahmen, an mich glaubten. Wie viel das ausmachte. Wie viel das verändern konnte.

«Karla, es ist total egal, was du anziehst. Er ist so oder so in dich verliebt, da werden Klamotten nichts daran ändern.» Lotta amüsierte sich königlich. Wir hatten uns per Videocall getroffen und sie betrachtete mich vom Bett aus, wo ich den Laptop platziert hatte. Während ich aufgeregt wie ein Teenager vor dem ersten Date in einem Outfit nach dem anderen durch das Schlafzimmer wirbelte.

«Ja, ja, ich will aber trotzdem gut aussehen.»

«Du siehst gut aus. Deine langen Haare stehen dir übrigens *excellent.*»

Ich war seit Monaten nicht mehr bei einem Friseur gewesen und fühlte mich gut damit. Meistens trug ich meine Haare hochgezwirbelt zu einem lockeren Dutt, aber heute wollte ich sie offen tragen. Abends war es nun nicht mehr so heiß und die Gefahr verschwitzter Haare, die am Rücken klebten, bestand nicht mehr. Ich fühlte mich weiblich und genau so wollte ich heute sein. Weil ich nicht mehr wie in Berlin ständig joggen oder ins Fitnessstudio ging, hatte sich auch meine Statur verändert. Ich war nicht mehr so sportlich kantig, sondern weicher.

«Du strahlst, Karla», sagte Lotta, «von außen und von innen. Wie eine Schwangere.» Sie kicherte.

Lottas Bauch hatte in den letzten Wochen eine schöne runde Form angenommen und sie trug extra enge Kleider und Oberteile, die ihn noch mehr betonten. Sie war die schönste Schwangere, die ich je gesehen hatte. Und sie war vollständig mit sich im Reinen. Die Angst, keine gute Mutter zu sein, und das schlechte Gewissen waren verschwunden.

«Wow, Karla, du hast dich verändert! Darf ich dich heute Abend vielleicht ausführen?» Dave war ins Bild gekommen und hatte sich neben Lotta gesetzt. Sein Deutsch war inzwischen nahezu perfekt.

«Hi, Dave, wie schön dich zu sehen. Klar, beam dich kurz rüber, dann kannst du mitkommen. Aber bring Lotta mit!» Ich grinste und drehte eine weitere Pirouette. Ich trug jetzt das grüne Kleid, ich würde es auch heute Abend tragen.

«Alles klar, habe schon verstanden, dann gehe ich jetzt eben ins Bett», sagte er und verschränkte gespielt enttäuscht die Arme vor der Brust.

«Wir holen das nach, wenn ich euch endlich in Kanada besuche.»

«Na, da werde ich mich wohl noch gedulden müssen.»

«Diesmal komme ich, versprochen.»

«Okay, du hast jetzt zwei Zeugen für diese Aussage. Aber jetzt erst mal einen wundervollen Abend, Karla, und bis bald.» Er winkte in die Kamera und stand auf. «Aber dass du überhaupt noch wach bist», sagte er noch zu Lotta gewandt. «Du schläfst doch meistens schon um neun Uhr abends.»

Lotta puffte ihn in den Bauch und er ging lachend davon. Lotta war nicht nur die schönste Schwangere, sie hatte auch den besten Mann. Na ja, fast.

«Ja, du glaubst gar nicht, wie müde ich immer bin», sagte Lotta und gähnte jetzt. «Aber heute muss ich dir doch beistehen.»

In Vancouver war es elf Uhr abends und hier hatte der nächste Tag gerade begonnen.

«Das ist lieb, aber besser du gehst jetzt ins Bett, ich habe mein Outfit ja gefunden.»

Lotta nickte und reckte beide Daumen in die Höhe. «Grün steht dir wirklich ausgezeichnet.»

«Ja, das finde ich auch.» Schwungvoll hob ich meine Arme und drehte mich noch ein letztes Mal.

Als ich am späten Nachmittag am Weingut ankam, waren schon fast alle da. Auf der großen Wiese neben dem Hauptgebäude war eine riesige Tafel gedeckt. Mehrere Biertische standen hintereinander, überzogen mit einer weißen Tischdecke, die fast bis zum Boden reichte. Kleine Teelichter und leere Weinflaschen mit Sommerblumen darin standen darauf verteilt. Auf den Bänken lagen türkisfarbene Sitzkissen. Einige Plätze waren schon belegt und es wurde sich angeregt unterhalten. An der Hauswand hinter der Wiese war ein großes Buffet aufgebaut worden. Es türmten sich Salate, Käsetabletts, Baguettes und verschiedene Schüsselchen mit Dips und Oliven. Gegenüber ein großer Schwenkgrill, auf den Oliviers Vater Gemüsespieße und Würstchen legte. Ein paar von den Helfern standen um ihn herum und hielten ein Bier oder ein Glas Wein in der Hand. Zwischen den Gästen tobte Lilou umher und machte ab und an Halt bei jemandem, der bereit war, sie zu streicheln. Ich sah Babette, wie sie aus dem Haus kam und noch mehr Essen brachte, obwohl schon gar kein Platz mehr war. Eine ältere Frau kam hinter ihr aus dem Haus, lehnte sich lächelnd an die Wand und beobachtete das bunte Treiben. Das musste Oliviers Oma sein. Ich lief zu Babette, begrüßte sie und fragte, ob ich irgendetwas helfen könne. Doch sie lachte nur und scheuchte mich weg. «Nimm dir was zu trinken, amüsier disch.»

Da erblickte ich Noel und Luca, die am Ende der großen Tafel standen und sich unterhielten, und gesellte mich zu ihnen.

«Ah, unsere Karla», begrüßte mich Noel auf Französisch und wir nahmen uns in die Arme. Es war so schön, ihn wiederzusehen.

«Hallo, ihr zwei, ihr lebt noch», sagte ich lachend. «Wie war es denn noch ohne mich auf den Weinfeldern?»

«Schwer», sagte Noel stöhnend und klappte seine Mundwinkel nach unten, «du hast gefehlt.»

«Ja, klar.» Ich stieß ihn freundschaftlich in die Rippen. «Ich habe an euch gedacht, während ich mich dem Exposé für die Agenturen gewidmet habe.»

«Dann geht es jetzt also los?», fragte Luca erfreut.

«Ja, ich werde das Exposé zusammen mit einer Leseprobe verschicken und hoffe, dass eine Agentur oder ein Verlag anbeißt. Kann aber eine Weile dauern.»

«Ich bin mir sicher, unsere Karla wird eine berühmte Autorin», sagte Noel und nahm mich ein zweites Mal in die Arme. «Ich hoffe, du schreibst mir dann eine Widmung ins Buch.»

«*Bien sûr.* Auf jeden Fall!»

Jan und Anna stießen zu uns und unsere Truppe war nun fast komplett.

«Wo ist Tomas?», fragte ich.

«Er ist oben und telefoniert mit seiner Tochter ... Liebeskummer.» Noel verdrehte die Augen. «Hat sie andauernd.»

Tomas und Noel teilten sich eins der drei Gästezimmer auf dem Weingut. Die meisten anderen waren in günstigen

Pensionen untergekommen oder bei Freunden und Bekannten von Oliviers Familie. Jan und Anna zelteten sogar hinter dem Weingut.

«Vielleicht sollte ich mal mit ihr sprechen», sagte Luca grinsend. So schüchtern er am Anfang erschien, so selbstbewusst wirkte er jetzt. Die Zeit hier tat ihm scheinbar gut.

Jemand betätigte eine Art Glöckchen und wir blickten uns um in die Richtung, aus der der Ton kam. Olivier stand bei seinem Vater am Grill und hielt eine kleine Metallglocke in der Hand. Das Gemurmel um uns wurde still.

«*Bonsoir, à tous*», begann Olivier und hatte dabei wieder sein unwiderstehliches Lächeln im Gesicht. Dann redete er auf Englisch weiter. «Ein riesengroßes Dankeschön an euch, dass ihr uns in den letzten Wochen so tatkräftig unterstützt habt. Mir persönlich hat es wieder großen Spaß gemacht und ich habe mich sehr über die neuen und auch über die altbekannten Gesichter gefreut. Unsere Familie wird mit jedem Jahr größer und darauf bin ich unglaublich stolz. Danke, dass es euch gibt. Und nun darf gefeiert werden!»

Klirrend stieß er mit seinem Vater an und alle jubelten und klatschten.

«Das Buffet ist eröffnet», rief Babette ebenfalls auf Englisch, und augenblicklich stürzten alle zum Haus, um sich die Teller mit den ganzen Köstlichkeiten vollzuschaufeln.

Olivier hatte mich entdeckt und kam zu mir rübergeschlendert. Sofort setzte das körpereinnehmende Kribbeln wieder ein.

«Karla, ich freue mich, dich zu sehen», begrüßte er mich und gab mir einen Kuss auf die Wange. «Hast du dein Exposé fertig bekommen?»

«Ja, es liegt noch bei Claudia», antwortete ich und bemühte mich, zumindest äußerlich ruhig zu bleiben. «Wenn ihre Freigabe kommt, schicke ich es morgen raus.»

«Das klingt gut. ... Ich freue mich auf den Abend mit dir.»
Er schaute mich an.

«Ja ... ja, ich freue mich auch ... und dass wir uns endlich
wiedersehen.» Das «endlich» war nicht eingeplant gewesen,
aber mit rausgerutscht. Sofort schoss mir die Hitze in den
Kopf. Doch in Oliviers Augen schimmerte ein Lächeln.

Der Abend verlief großartig. Das Essen war unübertrefflich
und Oliviers Eltern waren so bemüht, dass sich alle wohl-
fühlten, liefen ständig hin und her, um etwas zu bringen
oder abzuräumen. Olivier holte zwei große Lautsprecherbo-
xen und ließ über sein Tablet französische Volkslieder
abspielen. Doch nach und nach wurden spezielle Musik-
wünsche laut und schließlich stellte sich Luca als DJ zur Verfügung. Pop, Hip-Hop, Rock, 80er, 90er, die Musikrichtung
wechselte wild durcheinander, doch das störte niemanden.
Kaum jemand saß noch am Tisch. Fast alle tanzten, sangen
mit.

Ich saß etwas abseits der Menge und unterhielt mich mit
Oliviers Großmutter, er hatte mich ihr vorgestellt. Sie war
fast neunzig Jahre alt, aber noch mitten im Leben und ganz
angetan davon, sich mit mir auf Deutsch und über Deutschland zu unterhalten. Ihre Stimme war leicht brüchig, doch
ihre Augen leuchteten, ich sollte ihr alles über mein Leben
in Berlin erzählen. Und da Olivier die meiste Zeit mit den
Gästen beschäftigt war und nicht zuhören konnte, fiel es
mir leicht. Nur Marc erwähnte ich nicht. Schließlich verabschiedete sie sich, «Alte Frauen müssen ins Bett», sagte sie
und lächelte mich an. Sie erhob sich langsam und wandte
sich zum Gehen, doch dann drehte sie sich noch einmal um.
«Du bist mehr hier als dort, Karla, das spüre ich.»

Ich sah ihr noch nach, bis sie im Haus verschwand und
schaute in den langsam dunkler werdenden Himmel. Die

Sicht war klar, die ersten Sterne glitzerten weit weg. Ja, ich war mehr hier als dort.

Mein Handy vibrierte in meiner Tasche, Claudia hatte mir geschrieben. *Es ist perfekt, schick es raus!*

Kurz zuckte ich. Morgen würde ich also mein Manuskript aus der Hand geben. Fremde Leute würden es sich anschauen. Mit zitternden Fingern steckte ich mein Handy wieder in die Tasche.

«Hey, Karla», rief jemand aus Richtung der Tanzenden. Noel kam zu mir herüber und hatte Jan und Anna im Schlepptau.

«Komm, tanz mit uns», sagte Anna, griff meine Hand und zog mich hoch.

Nur widerwillig ließ ich mich auf die Wiese neben der Tafel ziehen, die als Tanzfläche diente. Doch Noel schob mich weiter, mitten in die Menge. Keiner bemerkte, dass eine neue Tänzerin zu ihnen gestoßen war. Langsam lockerte ich mich und bewegte meinen Oberkörper im Takt der Musik. Es lief ein alter Song aus den Neunzigern, «Torn». Noel lachte und zappelte hin und her. Anna hatte die Arme in die Luft gehoben und die Augen geschlossen. Jan machte kreisende Bewegungen mit seinen Händen. Es war egal, wie man tanzte. Es ging um Spaß. Um zusammen feiern.

Meine Bewegungen wurden fließender, ich ließ mich von der Menge tragen, wurde eins mit der Musik. Lange hatte ich nicht mehr so einen echten Spaß auf einer Party gehabt – ungezwungen, frei, bunt.

Jemand legte mir von hinten die Hände auf meine Hüften und flüsterte mir ins Ohr. Ich verstand nur «Wein» und «erster Platz». Kurz aufkreischend drehte ich mich um, schlang meine Arme um Olivier und hüpfte auf und ab. «Ich wusste es, ich wusste es!»

Olivier erwiderte meine spontane Umarmung und so standen wir eine Weile nur da, umschlungen, während um uns herum alle tanzten und laut mitsangen und die Luft prall gefüllt war von Freude, Sommer, Hoffnung und Glück. Im nächsten Moment ertönte «Reality». Es war ein abgekartetes Spiel, das wusste ich. Denn ich hatte Luca von meiner Leidenschaft für Sophie Marceau und «La Boum» erzählt. Und außerdem konnte er Olivier und mich genau sehen von seinem improvisierten DJ-Pult aus. Aber das war mir jetzt egal. Ich legte meinen Kopf an Oliviers Schulter, spürte seine Körperwärme und wir bewegten uns kaum merklich zu dem Song. Die Dunkelheit war längst über uns hereingebrochen, der Himmel sternenklar. Alois, Oliviers Vater, hatte rund um die Wiese dünne Holzpfähle in den Boden gesteckt und eine lange Lichterkette daran aufgehängt. Sie warf ein warmes, unaufdringliches Licht auf dieses Fest an diesem Ort. Nirgendwo anders wollte ich sein.

Olivier löste sich sanft von mir, nahm meine Hand und zog mich aus der Menge raus. «Lust auf einen kleinen Ausflug?»

Immer noch in der Schönheit dieses Moments gefangen und deshalb unfähig, etwas zu sagen, folgte ich ihm. Mir war alles egal, Hauptsache ich war bei ihm. Wehren nützte nichts mehr, diese Mauer war vollkommen eingestürzt.

Wir liefen zum Parkplatz, wo eine kleine Vespa stand, die ich noch nie zuvor gesehen hatte. «Ist das deine?», fragte ich.

«Von meiner Mutter. Sie hat bestimmt nichts dagegen, dass wir sie uns mal ausleihen.» Dann ging er zu seinem Wagen und holte eine Jacke, die er mir um die Schultern legte. «Für den Fahrtwind.»

Dankbar schlüpfte ich hinein.

Dann gab er mir einen der zwei Helme, die am Lenker hingen, und schwang sich auf den Sitz. Ich tat es ihm gleich und schon fuhren wir durch die laue Sommernacht. Meine Arme um seine Taille, meine Hände flach auf seinem Bauch. Bei jeder Kurve spürte ich die kleinen Bewegungen seiner Muskeln.

Irgendeine Zeit später, mein Zeitgefühl war völlig verschwunden, hielt er am See. An der gegenüberliegenden Seite von der Stelle, wo ich sonst immer schwimmen ging. Wir stiegen ab und Olivier zog mich zu dem kleinen, schmalen Badestrand hinunter. Ich streifte meine Schuhe von den Füßen und lief barfuß durch den körnigen Sand. Als meine Zehen das Wasser berührten, zog ich sie kurz zurück, es war frisch.

«Hast du Lust zu schwimmen?»

«Warum nicht.» Ich drehte mich um und schaute Olivier an, hielt seinem fragenden Blick stand. Die paar Gläser Wein hatten mich mutig gemacht. Ich zog die Jacke aus und ließ sie in den Sand fallen. Hitze floss durch meine Adern. Dann schob ich die Träger meines Kleides von den Schultern, sodass es herunterfiel und sich um meine Füße sammelte. Olivier bewegte sich nicht. Schaute mich nur an. Langsam drehte ich mich wieder um und ging ins Wasser. Das kühle Nass umspielte meine Knöchel, dann meine Waden, meine Kniekehlen. Kurz verharrte ich, ging weiter.

Oberschenkel, Po, Bauch.

Ich spürte Oliviers Blicke auf mir.

Schließlich tauchte ich ein. Es war kalt. Befreiend. Ich schwamm. Ließ los, was mich zurückhalten wollte. Der Mond leuchtete auf den See, spiegelte sich auf der Wasseroberfläche.

Ich blickte zum Strand, Olivier war nun ebenfalls im Wasser und schwamm auf mich zu. Seine Bewegungen waren kräftig und gleichmäßig.

Die Anziehungskraft zwischen uns ließ sich nicht mehr stoppen, sie war zu stark. Mein Herz klopfte, fast hatte ich Angst, es könnte zerspringen. Die verschiedensten Energien schnellten durch meine Blutbahnen und alles schrie nach seiner Berührung.

Hitze von innen. Die Gänsehaut wich ihr widerstandslos.

Wir näherten uns vorsichtig. Brusttief standen wir uns im Wasser gegenüber. Keiner sagte ein Wort. Dann, endlich waren wir wieder umschlungen. Seine Hände glitten über meinen Rücken, seine Lippen suchten meine, unsere Zungen fanden sich und wollten sich nie mehr loslassen. Ich strich über seine Schultern, seine Brust. Es war seltsam und gleichzeitig so elektrisierend. Sein Geruch, so anders als der von Marc. Er fühlte sich anders an, es war so fremd und doch so schön. Mein Kopf verglich im Millisekundentakt jedes Stück Haut, was ich berührte. Er kam meinen Gefühlen nicht hinterher. Ich zögerte kurz und löste mich. Ich schaute ihn an. Sein Gesicht war nur schwach zu erkennen.

«Alles in Ordnung?»

«Ja.»

Und dann vergaß ich, wo ich war, und alles andere um mich herum wurde blass. Mein Körper drohte zu explodieren. Alles, was ich in den letzten Wochen krampfhaft versucht hatte, zurückzuhalten, überschwemmte mich in einer solchen Intensität, dass ich das Gefühl hatte, nichts mehr unter Kontrolle zu haben. Aber ich versuchte es auch erst gar nicht.

Es mussten mindestens eine Stunde oder zwei vergangen sein, ich hatte mein Zeitgefühl noch nicht wiedererlangt. Wir lagen auf dem schmalen Sandstrand auf unseren Klamotten, eng aneinandergeschmiegt. Über uns eine Decke, die Olivier unter dem Sitz der Vespa gefunden hatte. Unsere Haut war getrocknet, und nur die feuchten Haare waren noch Beweis für das nächtliche Schwimmen im See. Wir schauten in den Nachthimmel, um uns war es still, nur das leise Plätschern des Wassers, das ans Ufer schwappte, war zu hören. Wir hatten seit Verlassen des Festes kaum etwas gesprochen, aber das mussten wir auch nicht. Ich genoss es, es war ein angenehmes Schweigen.

«Ich glaube, ich habe mich schon beim ersten Mal in dich verliebt. Als du das erste Mal zum Weingut kamst», sagte Olivier.

«Und ich war sauer auf dich.»

Er lachte leise. «Ich musste dich einfach ein bisschen ärgern.»

«Das war clever, denn deshalb musste ich bei jedem Schluck Rosé an dich denken.» Ich rutschte enger an ihn heran.

«Seit dem Nachmittag, wo du und Lotta bei mir wart, wusste ich endgültig, dass ich mich verliebt hatte.»

«Hat man nicht gemerkt.»

«Du warst so ... distanziert.»

«Ich weiß.»

«Das ist okay.»

«Ja.»

«Ich werde die nächsten zwei Wochen nicht da sein, habe einige Termine, um den Rosé zu präsentieren. Auch in Deutschland. Sie haben mir vorhin noch die Liste geschickt.» Olivier drehte seinen Kopf zu mir. «Ich wünschte, du würdest mitkommen, aber ich weiß, dass du mit deinem Roman zu tun hast. Und ich weiß, dass er großartig wird.» Er küsste mich auf die Stirn.

Olivier hatte die Auszeichnung «Großes Gold» für den besten Rosé des Jahres bekommen. Mehr als fünfhundert Weine wurden von einer internationalen Jury mit Gold bewertet, und es waren nur drei Roséweine dabei.

«Ich freue mich so für dich, du hast es so verdient.» Ich drehte mich zu ihm und legte meinen Kopf auf seine Brust. Dann würden wir uns jetzt zwei Wochen nicht sehen. Das war vielleicht gut, vielleicht aber auch nicht.

«Sollen wir los? Ich bringe dich nach Hause. Du frierst ja.» Er streichelte meinen Arm, auf dem sich wieder eine leichte Gänsehaut gebildet hatte. Langsam wurde es doch zu kühl, doch diesen Moment hier zu verlassen, fiel mir schwer.

Ich hatte Angst vor morgen, vor den nächsten Tagen, vor meinen eigenen Gefühlen. Wann war ich so kompliziert geworden?

Wir standen auf, zogen uns an und gingen Hand in Hand zur Vespa zurück. Auf dem Rückweg fuhren wir um den halben See und dann war es nicht mehr weit bis zu mir. Wir waren die Einzigen auf der Straße, ich hatte immer noch keine Ahnung, wie spät es mittlerweile war. Der Fahrtwind war jetzt kalt und ich fror.

Vor meinem Häuschen stiegen wir ab und standen etwas unschlüssig voreinander.

«Bleib hier», sagte ich.

Wir gingen ins Haus, durch das Wohnzimmer und die Treppe hoch ins Schlafzimmer. Es fühlte sich richtig an, er gehörte hierher. Marc passte hier nicht hin. Hätte niemals hierhin gepasst.

Wieder suchten sich unsere Lippen und fanden sich. Meine Hände wollten jeden Zentimeter seiner Haut berühren. Jetzt fühlte es sich weniger fremd an.

Am nächsten Tag wachten wir erst auf, als Oliviers Handy klingelte, es war Babette. Erschrocken blickte ich auf den Wecker neben meinem Bett, schon fast zwölf Uhr mittags. Musste doch spät geworden sein.

«*Tout va bien maman*», sagte Olivier noch leicht verschlafen ins Telefon, «ich komme gleich und helfe euch beim Aufräumen.» Dann drehte er sich zu mir. «Sie hat sich ein bisschen Sorgen gemacht, weil wir plötzlich weg waren und die Vespa auch und es jetzt schon mittags ist.» Olivier grinste und ich war froh über die Leichtigkeit in seiner Stimme.

«Na, dann sollten wir uns mal langsam aufmachen», erwiderte ich und grinste zurück. Ich wickelte mich in die blaue Decke und stand auf, um ins Bad zu gehen. Nach der Dusche ging ich runter, um uns Kaffee zu machen und brachte alles raus in den Garten. Es war schon wieder warm, aber nicht mehr so heiß. Der Herbst kündigte sich vorsichtig an.

Olivier kam mit nassen Haaren auf die Terrasse und blickte sich interessiert um. «Du hast es wirklich schön hier, Karla. Eigentlich wäre es viel zu schade, das wieder herzugeben.» Er nahm sich eine der gefüllten Kaffeetassen, kam zu mir an den Tisch und küsste mich wieder auf die Stirn. Ich mochte das, es hatte so etwas Respekt-Gefühlvolles.

«Ja, ich kann es mir ehrlich gesagt auch nicht so richtig vorstellen.» Mein Magen zog sich unangenehm zusammen. «Wann geht denn deine Tour genau los?»

«Morgen schon. Ich fahre zuerst nach Bordeaux, um die Formalien zu erledigen. Und dann werden wir die Prämierungsaufkleber für die Flaschen in Druck geben. Dann geht es weiter nach München, dort habe ich mit diversen Food- und Weinmagazinen einen Interviewtermin. Es gibt noch ein paar Veranstaltungen und Weinfachtagungen, auf denen ich den Rosé präsentiere. Die letzten Tage werde ich wieder in Frankreich sein. In Paris. Und am fünfundzwanzigsten kommen Fotografen und ein Journalist von ‹Juste du vin› zu uns auf das Weingut.»

«Puh, volles Programm.»

«*Oui.*»

«Und das haben die alles so schnell organisiert?»

«Na ja, organisiert haben sie es schon seit Wochen, sie wussten nur noch nicht, wer hinfahren wird.» Olivier nahm meine Hand. Wir saßen nebeneinander auf den Terrassenstühlen und blickten in den Garten. Die Wiese besaß dank Maurice immer noch ihr saftiges Grün.

«Das ist so eine Riesenchance für dich.» Ich erwiderte seinen leichten Druck auf meine Hand und schaute ihn von der Seite an. Wie sollte ich das aushalten, ihn ausgerechnet jetzt

194

so lange nicht zu sehen? Doch andererseits, eine neue Beziehung? Jetzt? Das fühlte sich seltsam an. Ich durfte mich nicht von meinem Roman ablenken lassen. Und was war mit ihm? Immerhin war ich eine Deutsche, die vielleicht wieder zurück nach Deutschland ging. Dachte er darüber nach?

«Ich weiß, dass du noch irgendwo feststeckst, Karla. Ich spüre das. Und das ist absolut okay.» Er drehte sein Gesicht zu mir und drückte meine Hand noch einmal.

Statt einer Antwort verschränkte ich meine Finger in seine und legte meinen Kopf an seine Schulter.

Eine knappe Stunde später fuhren wir auf den Parkplatz des Weingutes. Es war bereits zwei Uhr nachmittags. Die Wiese sah schon fast wieder so aus, als wäre nichts gewesen. Nur der Grill stand noch dort und wartete darauf, gereinigt zu werden. Oliviers Vater kam uns mit einem großen Eimer voll Wischwasser entgegen.

«*Papa, je vais le faire*», sagte Olivier und griff nach dem Eimer.

«*Non merci*. Pack lieber deine Sachen zusammen», antwortete er und zwinkerte mir zu.

Da kamen Jan und Anna hinter dem Haus hervor, die gepackten Backpacks auf ihren Rücken. Sie hatten ein letztes Mal hier gezeltet und wollten weiter durch Frankreich reisen und dann Richtung Italien. Mir fiel siedend heiß ein, dass ich mich gar nicht von Noel und Tomas verabschiedet hatte. Hoffentlich waren sie noch da.

«Hey, ihr zwei», sagte Anna, «schön, dass wir euch noch mal sehen. Ihr habt noch ganz schön was verpasst gestern, Noel hat eine Supertanzeinlage hingelegt.» Sie lachte.

«O ja, das war zu komisch», sagte Jan, «es ging noch bis drei Uhr früh. Und danke noch mal, Olivier, für das Fest und die tolle Zeit hier.»

Wir umarmten uns alle vier fest, ich würde sie vermissen, unsere kleine Weinhelferfamilie.

«Ganz viel Erfolg mit deinem Roman, Karla», sagte Anna noch. «Lass uns wissen, wann wir ihn kaufen können.»

«Wird gemacht. Ich hoffe, ihr habt noch viele weitere aufregende und schöne Erlebnisse auf eurer Reise. Behaltet sie im Herzen.»

Wir winkten und sie liefen zum Auto von Oliviers Eltern, wo Luca schon wartete, um sie zum Bahnhof zu bringen.

«Komm, lass uns reingehen», sagte Olivier, «Noel und Tomas sind bestimmt noch auf ihrem Zimmer. Sie reisen erst morgen früh ab.»

Zum ersten Mal betrat ich das Wohnhaus, das links neben dem Anbau einen eigenen Eingang besaß. Ich wusste, dass Oliviers Eltern und seine Oma im Erdgeschoss wohnten, wo auch sein Büro lag, und er eine eigene Wohnung im Obergeschoss hatte. Hinter der Eingangstür befand sich ein kleiner Flur. Links davon war eine weitere Wohnungstür und rechts führte eine Treppe nach oben. Die Wohnungstür stand offen und ich konnte einen Blick in die dahinterliegende große Küche werfen. Babette war gerade dabei abzuwaschen.

«*Salut maman.*» Olivier ging zu ihr und gab ihr einen Kuss auf die Wange.

Sie drehte sich um und wischte ihre nassen Hände an ihrer Schürze ab. «Olivier, was fällt dir ein, einfach abzuhauen?», fragte sie scherzhaft. Sie sprach Französisch, aber ich konnte sie gut verstehen. Dann winkte sie mir zu, ebenfalls hereinzukommen.

«Karla ist schuld», sagte Olivier grinsend, «sie hat mich aufgehalten.»

«Na, dann drücke ich beide Augen zu.» Sie strahlte mich an und nahm mich in die Arme. Und ich hoffte, dass meine Gesichtsfarbe normal geblieben war.

«Soll ich was helfen?», fragte ich und wollte schon nach einem Geschirrtuch greifen, das über einem Küchenstuhl hing.

«*Non, non!* Macht ihr euer Ding, morgen muss Olivier ja schon los.» Sie wedelte mit ihren Händen und scheuchte uns aus der Küche.

Oben war auf der linken Seite eine weitere Wohnungstür, rechts ging es in einen Flur, in dem sich die drei Gästezimmer befanden. Die ersten beiden waren leer, die Türen standen offen. Hier waren vier Helfer aus den anderen Gruppen untergebracht gewesen, erklärte mir Olivier. Beim letzten Zimmer war die Tür angelehnt, jemand telefonierte und im Badezimmer gegenüber, das sich alle Gäste teilten, lief die Dusche. Wir klopften an und traten ein. Tomas saß auf einem der Einzelbetten und sprach, seiner Stimmlage nach zu urteilen, wieder mit seiner Tochter.

«Vielleicht sollten wir sie wirklich mal an Luca verweisen», flüsterte ich Oliver zu. «Er kann sie bestimmt aufheitern.»

Tomas winkte uns zu, zeigte auf sein Handy und verdrehte die Augen. Da kam Noel ins Zimmer, er roch noch nach Seife und rubbelte im Gehen seine Haare trocken.

«Ah, was für eine schöne Überraschung, ich hatte gehofft, wir würden uns noch mal sehen, nachdem ihr ja gestern einfach verschwunden seid.» Er zwinkerte uns zu und grinste verschmitzt. Vermutlich lief ich gerade zum zweiten Mal rot an.

«Na klar», antwortete ich und probierte mich wieder im Französischen, «ich kann dich doch nicht gehen lassen, ohne mich zu verabschieden.»

Wir nahmen uns in die Arme und drückten uns. Noel war in den letzten beiden Wochen ein guter Freund für mich geworden.

«Bring du erst mal deinen Roman raus, Karla. Und dann sehen wir uns spätestens im nächsten Jahr bei der Weinlese wieder. Wenn du berühmt bist.»

«Dann kennen wir ja schon zwei Berühmtheiten», warf Tomas ein, der sein Gespräch beendet hatte. Er hatte seine Tochter offenbar wieder beruhigen können. «Einen Bestseller-Winzer und eine Bestseller-Autorin.» Tomas lachte und wir stimmten alle mit ein.

«Und jetzt haut ab», sagte Noel, «ich mag keine Abschiede, wir sehen uns später noch. Ihr habt bestimmt noch was zu besprechen.»

Oliviers Wohnung bestand aus einer kleinen Küche, die Fenster zum Hof gerichtet, einem angrenzenden großen Wohnzimmer und einem ebenfalls großen Schlafzimmer nach hinten raus, mit Blick auf die Weinfelder. Das Bad war mit ins Schlafzimmer integriert und halboffen. Zwei Seiten wurden durch eine dicke Glasscheibe vom Rest des Raumes getrennt. Die Toilette befand sich separat auf dem Flur. Olivier führte mich durch die Räume und ich bestaunte die selbstgebauten Möbelstücke, die der hellen, modernen Einrichtung einen charmanten Kontrast gaben. Ein Wohnzimmertisch aus Holzpaletten, ein Bücherregal aus gestapelten Weinkisten. Die Wand dahinter gab ein Stück Mauerwerk preis. In der Küche ein altes Weinfass, das, wie unten im Verkaufsraum, als Stehtisch fungierte. Ich fragte mich, ob Alex das so eingerichtet hatte oder ob es sein Werk war. Olivier schien meine Gedanken zu erraten.

«Ich habe das alles vor zwei Jahren renoviert und umgebaut. Die Kombination von alt und neu mochte ich schon immer.»

Aha, dann hatte er renoviert, nachdem Alex gegangen war. Irgendwie beruhigte mich das.

«Du hast einen guten Geschmack. Gefällt mir.» Ich stellte mich an das Weinfass und schaute durchs Fenster auf den Hof. Alois war noch immer mit dem Schrubben des Grills beschäftigt.

«Da bin ich beruhigt.» Olivier nahm mich in den Arm und küsste mich.

Die nächsten Stunden verbrachten wir mit Packen und Wein zusammenstellen. Olivier wollte auch andere Weine mitnehmen und sie verkosten lassen. Am Abend saßen wir ein letztes Mal alle zusammen unten in der Küche. Noel und Tomas waren auch da und es gab einen gigantischen Kartoffel-Gemüse-Auflauf. Ich fühlte mich wohl hier, aufgenommen.

Gegen neun Uhr abends verabschiedete ich mich von Noel und Tomas und brach auf. Olivier wollte früh aufstehen am nächsten Tag und wir hatten beide etwas Schlaf nachzuholen. Mein Auto stand immer noch da, wo ich es gestern Abend abgestellt hatte. Als wäre nichts gewesen.

Wir standen lange an der offenen Fahrertür und hielten uns im Arm. Die beiden kommenden Wochen waren wichtig. Wichtig für unseren beruflichen Weg und wichtig für uns.

Die nächsten Tage konnte ich keinen klaren Gedanken fassen. Völlig unsortiert schwirrten sie durch meinen Kopf. Ich musste mich zwingen, die Agenturanschreiben fertigzustellen, löschte gefühlte hundertmal die E-Mails, um sie dann doch wieder genau so zu schreiben wie vorher. Ich machte viele Pausen, ging spazieren, fuhr mit dem Fahrrad ins Dorf und schaute dauernd auf mein Handy. Ich schwamm im See an meiner Badestelle und blickte sehnsuchtsvoll auf jene gegenüberliegende Seite. Ich vermisste Olivier. Und gleichzeitig fragte ich mich, wie das mit uns funktionieren sollte. Wir telefonierten fast jeden Tag und schrieben uns. Er hatte viele Termine, war dauernd unterwegs oder im Gespräch. Ich versuchte, mich abzulenken, grübelte, wie es in den nächsten Wochen und Monaten weitergehen sollte. Zudem schrumpfte mein finanzielles Polster tagtäglich.

Die Temperaturen sanken weiter, nachts wurde es kalt, die Ventilatoren standen nun nutzlos in der Ecke. Ich telefonierte mit meinen Eltern, erzählte aber nur wenig von Olivier. Ich sprach mit Lotta und erzählte ihr alle Details.

«Ach Karla, Süße, jetzt mach dir doch nicht schon wieder so viele Gedanken. Es läuft doch gut, entspann dich.»

Ich wünschte, sie könnte mir etwas von ihrer Gelassenheit abgeben.

Gegen Ende der Woche hatte ich endlich alle Agenturen und Verlage, die auf meiner Liste standen, angeschrieben. Jetzt hieß es warten. Warten und hoffen. Und weiterarbeiten am Manuskript, sodass auch die restlichen Seiten meinem Perfektionismus gerecht wurden.

Ich kam gerade aus dem Garten und hatte mir ein paar Kräuter aus meinem Beet geholt. Es sollte einen Tomatensalat geben. Da vibrierte mein Handy. Es lag auf dem Wohnzimmertisch, war immer in Reichweite, um Olivier nicht zu verpassen. Zwischen seinen Terminen versuchte er immer, sich zu melden.

Ich schaute aufs Display und sofort fuhr ein stechender Schmerz durch meinen Magen. Eine Nachricht von Marc war eingegangen.

Seit ich ihm geschrieben hatte, dass er nicht warten solle, hatten wir keinen Kontakt mehr gehabt. Das war im April gewesen.

Ich sank aufs Sofa, unschlüssig, ob ich die Nachricht lesen sollte. Doch meine Aufregung war zu groß. Meine Hände zitterten leicht, als ich sie öffnete.

Hi, Karla, ich hoffe, es geht dir gut. Ich wollte fragen, ob ich deine restlichen Sachen zu deinen Eltern bringen soll? Ich habe sie alle in Kisten gepackt. Wenn du etwas von den Möbeln oder Sonstiges haben möchtest, lass es mich wissen. Wir einigen uns bestimmt. Marc

Ich wusste nicht, was ich erwartet hatte. Vielleicht genau das. Vielleicht schwebte aber irgendwo in mir doch noch ein

Hauch Hoffnung, dass es hätte klappen können mit uns. Ich dachte an Olivier, auf einmal war er so weit weg. Mein Hals zog sich zusammen, Tränen sammelten sich in meinen Augen und kullerten in dicken Tropfen meine Wangen hinunter. Ärgerlich wischte ich sie weg, so einfach war das also für ihn. Meine Sachen vor die Tür stellen und mich aus seinem Leben verbannen. Wir hatten nicht mal mehr miteinander gesprochen. Er ließ mich einfach gehen. Hatte ich ihm so wenig bedeutet? Und für wen wollte er Platz machen?

Unfähig, irgendetwas zu tun, blieb ich auf dem Sofa sitzen und starrte auf den Boden. Ich wollte, ich musste ihm noch so vieles sagen. Da musste noch so viel raus.

Mein Handy klingelte. Olivier. Doch ich konnte nicht drangehen. Nicht jetzt. Ich musste das erst mit Marc klären. Endgültig. Erst dann war ich frei.

Ich schleppte mich nach draußen auf die Terrasse, wo mein Laptop stand, und schrieb Marc eine E-Mail. Ich hatte ihm so viel zu sagen, dass es nicht in eine Whatsapp-Nachricht passte. Ich schrieb, was ich ihm so oft versucht hatte zu erklären. Dass unser Leben in Berlin so oberflächlich geworden war, nur noch die unwichtigen Dinge zählten. Dass wir doch eigentlich mal ganz anders gewesen waren. Dass ich meinen Traum immer aufgeschoben hatte. Für ihn. Dass ich immer nur wollte, dass wir glücklich sind und ich es am Ende nicht mehr war. Dass ich nicht gegangen war, weil ich ihn nicht mehr liebte, sondern weil ich das Gefühl hatte, nicht ernst genommen zu werden. Und mir die Gesellschaft, in der wir feststeckten, die Luft zum Atmen nahm. Dass ich Angst gehabt hatte, dass es irgendwann zu spät wäre, meinem Traum nachzugehen. Dass ich so enttäuscht von ihm war, weil er immer genau gewusst hatte, was ich wollte. Und weil ihm offensichtlich alles andere wichtiger war als ich. Dass es mich unglaublich schmerzte, dass er mich einfach gehen ließ und dass es immer noch wehtat. Dass ich nicht mehr wusste, wann unser gemeinsamer Weg plötzlich geendet hatte. Dass ich den Marc von früher vermisste und ich immer die Hoffnung hatte, es würde funktionieren.

Ich las meine Zeilen immer wieder durch, saß Stunde um Stunde vor meinem Laptop. Hoffte, es würde leichter, wenn ich die Worte, die mich fast erdrückten, aussprach. Gegen Mitternacht drückte ich endlich auf Senden. Meine Augen brannten, in meinem Kopf dröhnte es. Aufgewühlt und völlig erschöpft ging ich ins Bett.

Die nächsten Tage zogen sich schleppend dahin. Von Marc kam keine Antwort und ich fing an, es zu bereuen, ihm überhaupt geschrieben zu haben. Wieso konnte ich nicht einfach loslassen? Es war doch alles geklärt. Ich war diejenige, die gegangen war. Doch ich hatte all die Jahre so daran geglaubt, dass Marc und ich alles schaffen konnten, dass ich mich jetzt nur schwer damit abfinden konnte, dass es eben nicht so war.

Olivier rief noch ein paar Mal an, doch ich konnte nicht drangehen. Ich sehnte mich nach ihm und fühlte mich gleichzeitig wie gelähmt. Ich schrieb ihm, dass ich nachdenken müsse und ich mich auf ihn freute, wenn er wieder da sei. Daraufhin schrieb er nicht mehr zurück. Ich konnte mich selbst nicht mehr leiden.

Wieder war alles anders. Anstatt weiter vorwärtszugehen, ging ich zurück. Die Leichtigkeit des französischen Sommers war vorbei. So kurz, so schön, so schmerzhaft in der Erinnerung. Ich konzentrierte mich auf mein Manuskript, deshalb war ich hier. Um mir meinen Traum zu verwirklichen. Und das konnte ich immer noch, daran hatte sich nichts geändert. Alles andere war zweitrangig. Ich musste es wegschieben. Vielleicht war es doch ein Fehler gewesen. Und ich noch nicht bereit. Vielleicht brauchte es aber genau das, um voranzukommen.

Sehen wir uns morgen?

Olivier war wieder da. Ich hatte diesen Sonntag herbeigesehnt und war doch nicht in der Lage, zu ihm zu fahren. Mein altes Leben hatte mich wieder eingeholt. Ein letztes Aufbäumen, bevor es endgültig verschwand.

... muss dir noch so viel erklären, schrieb ich zurück.

Okay ... tut mir leid, wenn dir alles zu schnell ging. Ich vermisse dich.

Nein, es ging mir nicht zu schnell. Es lief eher viel zu langsam. Ich lief viel zu langsam.

Morgen sind die von «Juste du vin» bei uns im Haus, schrieb er weiter.

Ich wusste, dass Olivier es auch als Chance für mich sah, wenn ich dabei wäre. Die angehende Autorin. Konnte ja nicht schaden, das zu erwähnen. Doch es fühlte sich nicht richtig an. Nicht jetzt.

Ich komme lieber später vorbei. So gegen acht.

Die Mischung aus Aufgeregtheit vor Freude und vor der Angst, ihm von Marc zu erzählen und dass die Trennung mich immer noch belastete, war kaum zu ertragen. Die Ameisen in meinem Buch trugen schwere Steine. Olivier wusste, dass ich in Berlin nicht allein gewohnt hatte, aber er hatte auch gemerkt, dass ich die Einzelheiten lieber für mich behielt.

Als ich ankam, waren keine Journalisten und Fotografen mehr da. Ich lief zum Anbau, der leer und verlassen wirkte. Drinnen standen auf einem der Weinfässer ein paar leere Gläser, daneben zwei ebenfalls leere Roséflaschen. Alles war ein bisschen umgestellt worden, vermutlich, um für den Fotografen

Platz zu machen. Auf einem Stuhl lagen Oliviers Notizbuch und Kalender. Genau wie ich hielt er Termine und Ideen analog fest. Obendrauf sein Handy. Ich setzte mich daneben und wartete, ich war ein bisschen zu früh. Ich betrachtete den Raum, in dem ich jetzt schon so oft gewesen war. Alles war so vertraut, ich fühlte mich willkommen, zugehörig. Die letzten Monate zogen in einer Art Kurzabriss an mir vorbei. Es war so viel und manchmal anstrengend. Immer ging es hoch und runter. Doch es war auch so erfüllend und schön.

Oliviers Handy klingelte. Ich schaute auf den Stuhl neben mir. «Alex» zeigte das Display an. Alex. Ich starrte auf das Blinken, das mir wie ein höhnisches Gelächter vorkam. Es klingelte unendliche zehn Mal, dann war es endlich still. Wie hypnotisiert starrte ich weiter auf die nun schwarze Fläche. Dann blinkte es erneut. Eine Nachricht war eingegangen und die erste Zeile erschien auf dem Display. Wieder Alex.

Hey, es war so schön, dass ...

Es war so schön, was? Was war so schön? Mein Herz stolperte in meiner Brust. Krampfhaft umklammerte ich den Stuhl, auf dem ich saß. Er hatte sich in Deutschland mit Alex getroffen. Warum hatten sie noch Kontakt? Warum gab es immer noch ihre Nummer in seinem Telefon?

Warum gab es immer noch Marcs Nummer in meinem? Aber das war etwas anderes. Olivier und Alex waren schon lange getrennt. Marc und ich nicht. Es fühlte sich mit einem Mal so lächerlich an, dass ich hier war, um ihm von Marc zu erzählen. Damit er verstand, warum ich gerade so war, wie ich war. Was machte ich hier überhaupt?

Ich wollte keine Erklärung, ich wollte gehen. Ich stand auf und lief raus. Noch immer war niemand zu sehen. Mein ganzer Körper war schwer, doch ich lief weiter zum Auto. Lilou bellte irgendwo im Hintergrund. Kurz zögerte ich, es gab für alles eine Erklärung. Doch ich stieg ins Auto und fuhr davon.

OKTOBER

Nachdem ich vor zwei Wochen fluchtartig das Weingut verlassen und Olivier es nach drei Tagen aufgegeben hatte, mich zu fragen, was los sei, hatte ich nichts mehr von ihm gehört. Er musste stinksauer auf mich sein. Ich war ja selbst sauer auf mich. Auf mein kindisches Verhalten und darauf, dass ich nicht wusste, was ich wollte.

Auch von Marc kam nichts. Und auch nicht von den Literaturagenturen. Es war still geworden. Es war wie am Anfang, als ich hier eingezogen war. Und manchmal suhlte ich mich ein bisschen in meinem Selbstmitleid.

Der Herbst war nun vollständig zu spüren und zu sehen. Die Temperaturen lagen zwar tagsüber noch bei zwanzig Grad, aber nachts sanken sie teilweise bis auf zehn. Ein paar vereinzelte Gewitter tauchten auf. Doch nur wenig später leuchtete die Natur schon wieder in einem Goldrot. Im Garten fielen die Kastanien vom Baum, es roch nach Erde und feuchtem Laub.

Ich war wieder dazu übergegangen, mir eine Routine zuzulegen. Früh aufstehen, draußen den Morgen begrüßen mit einer Tasse frisch gebrühtem Kaffee in der Hand. Den Geruch des Herbstes einatmen. Das Bild über der Kommode betrachtete ich nun jeden Tag für ein paar Minuten. Manchmal länger. Die Frau auf dem Bild wollte ich immer noch sein. Dafür war ich hier.

Ich widmete mich der weiteren Optimierung meines Manuskripts und am Nachmittag unternahm ich meist einen Ausflug mit dem Fahrrad in die nähere Umgebung. Das Zentrum von La Motte war ruhig geworden. Das Marktgedränge an den Samstagen verschwunden. Ich fuhr wieder öfter in Claudias Laden und trank einen *café crème* mit ihr. Sie hatte wieder mehr Zeit, war aber hochzufrieden, was das Sommergeschäft anging. Die Touristen hatten ordentlich Bücher gekauft und bestellt und einige Reiseblogger hatten *Bonnes Idées* in ihren Berichten über die Provence lobenswert erwähnt. *Noch ein echter französischer Buchladen mit französischen Klassikern und aktuellen Werken sowie einer äußerst kompetenten und herzlichen Besitzerin,* war darin zum Beispiel zu lesen. Julie war nicht mehr da, sie hatte ein Studium an der Sorbonne Université in Paris begonnen, wollte aber in den Semesterferien wiederkommen.

Claudia und ich plauderten über Gott und die Welt, aber ich vermied es, von Olivier zu erzählen, und sie fragte nicht nach. Sie bot mir wiederholt an, mein Buch bei ihr auszulegen, wenn es denn veröffentlicht war. Doch dazu musste ich erst mal einen Verlagsvertrag haben. Und wenn ich den nicht bekam, musste ich mir ernsthaft Gedanken machen, wie es weitergehen sollte. Viel Geld hatte ich nicht mehr übrig. Ich schätzte, dass es noch bis Ende des Jahres reichen würde, wenn ich mich einschränkte. Claudia bot mir ebenfalls an, die Miete auszusetzen, aber das wollte ich nicht annehmen.

«Wasserkraft» war mittlerweile auf Platz drei der Bestsellerliste gerutscht und das machte mir nach wie vor Hoffnung, es auch als unbekannte Autorin zu schaffen. Ich war zuversichtlich und ich stellte mir immer häufiger vor, in Frankreich zu bleiben. Irgendwie musste das möglich sein. Und in dieser Vorstellung tauchte auch Olivier mit auf.

Vor einer Woche war die Homestory über ihn und seine Familie erschienen. Claudia hatte das Magazin bestellt und es bei sich zum Verkauf ausgelegt. Ein Exemplar hatte sie mir wortlos überreicht und ich hatte es ebenso wortlos in meinen Rucksack gesteckt. Die Story war gut, ein authentisches Porträt der Familie Dupont auf sechs Seiten. Zwei ganze Seiten nur über nachhaltigen Weinanbau, das war Olivier am wichtigsten gewesen. Dass die Welt mitbekam, dass auch ein Bio-Wein einen Preis gewinnen konnte, dass es wichtig war, auch ökologisch zu denken, und man deshalb trotzdem wirtschaftlich erfolgreich sein konnte. Marc hätte niemals so gedacht. Und würde es aller Voraussicht nach auch niemals tun. Ich musste ihn endlich loslassen.

Ich schrieb Olivier eine Nachricht und gratulierte ihm zu dem Artikel. Ich freute mich aufrichtig für ihn. Er hatte es verdient. Er schrieb nicht zurück.

Weitere Oktobertage vergingen, ich zog zum ersten Mal wieder meinen Writer-Pulli an und eine Jacke, wenn ich rausging, und steckte einen Schirm ein. Nach dem heißen und lebendigen Sommer kam ein für mich trister Herbst. Die Rückmeldungen von den Agenturen und Verlagen blieben weiterhin aus und meine Motivation, mein Manuskript weiter zu optimieren, ließ stetig nach.

Gerade hatte ich eine Schreibpause eingelegt und wollte raus, einen Spaziergang machen. Auf dem Weg zur Tür blieb mein Blick wieder an dem Bild hängen. Vielleicht, dachte ich, war es an der Zeit, mir einzugestehen, dass es eine schöne Zeit gewesen war, die nun dem Ende zuging. Dass ich mein Ziel, auszubrechen und meinen Roman in der Provence zu schreiben, doch erreicht hatte. Ich war die Frau in dem Bild. Für eine gewisse Zeit. Und jetzt könnte ich wieder nach Deutschland gehen. Zurück in die Realität. Mir einen Job suchen, eine Wohnung und noch mal von vorne anfangen.

Es war okay. Es war normal. Ein normales Leben. Neue Gelegenheiten würden kommen. Für was auch immer.

Ich würde jederzeit wieder einen gut bezahlten Job finden. Würde gut leben können, vielleicht diesmal mehr außerhalb von Berlin. Mit mehr Grün. Würde dreißig Tage Urlaub im Jahr haben und irgendwann jemanden kennenlernen, mit dem ich zwei Kinder bekäme. Eben ein ganz normales Leben. Mir ginge es gut. Ich würde wieder mit dem Strom schwimmen. Auf Automatik umstellen. Doch mir ginge es gut.

Es beruhigte mich, das alles zu denken, mir vorzustellen, dass ich jederzeit zurückgehen könnte. Und doch gab es eine winzige Stelle in meinem Herzen, die bei dieser Vorstellung unsagbar rebellierte.

Ich überlegte oft stundenlang und war manchmal kurz davor, einfach zu Olivier zu fahren. Wir würden uns aussprechen, er würde mir erklären, dass mit Alex nichts wäre. Eigentlich wusste ich das schon. Ich würde ihm sagen, dass ich bereit war, mich auf ihn einzulassen. Alles würde sich fügen, ich würde bei Olivier bleiben. Müsste nicht zurück nach Deutschland.

Doch ich konnte es nicht.

Es hätte den fahlen Beigeschmack einer Notlösung, die mich als Versagerin entlarvte. Wenn ich es nicht selbst schaffte, mir mein Leben so aufzubauen, wie ich es mir wünschte, sollte es auch niemand anders für mich schaffen. Ich war für mich selbst und ganz allein verantwortlich. Nur ich. Und sonst niemand.

Ich warf noch einen letzten Blick auf das Bild, nahm meine Jacke, ging aus der Tür und stieg auf mein Fahrrad, das an der Hauswand lehnte. Der Himmel machte gerade eine Regenpause und ließ der Sonne den Vortritt. Ich trat fest in die Pedalen, ohne Plan, wohin ich fahren sollte. Ich wollte einfach nur raus aus meinen sich ewig im Kreis drehenden

Gedanken. Wie automatisch steuerte ich in Richtung See. Ich trat immer kräftiger, fuhr immer schneller. Es tat gut. Der kühle Fahrtwind blies mir ins Gesicht. Ich trat schneller, als wollte ich alles raustreten, was in mir war.

Ich trat noch schneller.

Ich schrie.

Ich hatte keine Kontrolle darüber. Ich schrie alles raus. Meine ganze Verzweiflung, meine Ängste, meine Wut, meine Glücksgefühle, meine Zuversicht, mein Vertrauen – jegliche Gefühle, die ich in den letzten Wochen und Monaten gespürt hatte, sich angestaut hatten, vermischten sich. Drangen in meinen Bauch, stiegen hoch bis in meinem Hals und entluden sich als Schrei. Vielleicht hörte mich jemand. Es war mir egal. Ich schrie alles raus. Etwas in mir befreite sich. Wurde mit voller Wucht nach oben gedrückt. Wie ein Deckel, der mit einem lauten Knall abspringt, weil der Druck zu groß geworden war.

Ich fuhr fast einmal um den See herum, zu der Stelle, an der Olivier und ich vor fast zwei Monaten nachts schwimmen gewesen waren. Der kleine Strand war leer. Weit und breit niemand zu sehen. Ich legte eine Vollbremsung hin, schmiss das Rad in den Sand und lief runter zum Wasser. Ein paar Haarsträhnen klebten mir im Gesicht, mir war heiß. Ich rang nach Luft und mein Herz raste. Überschlug sich fast. Kurz bevor das Wasser meine Schuhe berührte, blieb ich stehen. Der See lag ruhig da, zwei Schwäne schwammen in einiger Entfernung. Nur dort kräuselte sich die Oberfläche etwas, ansonsten war der See spiegelglatt. Und es war still. So still. Noch nie war es so still gewesen. Ich starrte auf die Wasseroberfläche, mein Atem beruhigte sich langsam, doch meine Gedanken rasten, ließen meinen Kopf pulsieren in einem wirren Rhythmus. Doch je länger ich starrte, desto ruhiger wurde ich. Es war, als wollte der See mir sagen, dass alles gut war. Dass *ich* gut war. Als ob er Gedanken lesen konnte, alles verstünde. Mich so nähme, wie ich war. Ich atmete ein paar Mal tief durch und setzte mich in den Sand. Ich fühlte mich angenommen. Auf eine Art befreit von mir selbst. Tränen liefen mir die Wangen runter. Endlich war alles raus. Mein Kopf war leer. Angenehm leer.

Ein Klingeln in meiner Jackentasche unterbrach die Stille. Wie in Zeitlupe zog ich das Handy heraus, ohne den Blick vom Wasser abzuwenden. Dann sah ich langsam aufs Display. Marc.

Ich blieb ruhig. Drückte auf den grünen Hörer hielt mein Handy ans Ohr. Ich fühlte mich in der Lage, mit ihm zu sprechen. Ich dachte an meine E-Mail, es war gut, dass ich sie geschrieben hatte.

«Hey.»

«Hey.»

Stille

«Ähm, stör ich dich gerade?»

«Nein.» Ich versuchte, meinen Atem ruhig und gleichmäßig zu halten. Ich würde dieses Gespräch überstehen.

«Ich, äh, ich dachte, ich rufe mal an. Ich habe deine Mail gelesen und ... also, ich konnte seitdem schlecht schlafen ... irgendwie. Und vielleicht sollten wir einfach miteinander sprechen. Das ... das sind wir uns schuldig.» Seine Stimme klang traurig. Ich wollte nicht, dass er traurig ist, aber ich wollte auch nichts zurücknehmen.

«Ja, das sind wir.» Ich schaute weiter auf den fast schon unnatürlich glatten See. Mit meiner linken Hand grub ich ein Loch in den Sand.

«Du bist mir nicht egal, Karla. Das warst du nie. Ich wollte auch nie, dass du gehst ... Das warst du.»

«Ich weiß.» Ich ließ eine Handvoll Sand durch meine Finger rieseln und schaute dann wieder auf den See hinaus. Das

Schwanenpärchen war nun so weit entfernt, dass sie nur noch als kleine Punkte zu erkennen waren.

«Aber du ... du hast so entschlossen geklungen. So endgültig. Ich hatte das Gefühl, dass ich dir nur im Weg stehe und wollte dich nicht weiter aufhalten.»

«Ja. Seit Monaten hatte ich versucht, dir zu erklären, dass ich unser Leben wieder mehr spüren will. Dass ich nicht mehr ich war. Nichts mehr fühlen konnte.»

«Aber es ging uns doch gut. Sehr gut sogar ...»

«Wenn du das Finanzielle meinst, hast du recht», unterbrach ich ihn. Er verstand es immer noch nicht.

«Ich will mich nicht schon wieder streiten, Karla. Ich wollte dir nur sagen, dass ... du mir immer viel bedeutet hast und ich nicht möchte, dass du etwas anderes denkst.»

«Aber warum hast du mich dann einfach gehen lassen?» Die Frage, die mich seit Monaten umtrieb.

Stille. Fast unerträglich. Ich konzentrierte mich weiter auf den See. Das Sandloch neben mir war schon so tief, dass das Seewasser durchsickerte.

«Weißt du, Karla, deine Träume sind nicht meine. Vielleicht war es früher so, aber ... manches ändert sich eben. Menschen ändern sich. Ich wollte immer erfolgreich sein, das wusstest du ... Ich ... ich fühle mich wohl hier, ich liebe meinen Job und ich liebe es ... mir teure Dinge zu leisten ... Aber ich habe dich immer geliebt. Nur ... mit uns ... das passte vielleicht einfach nicht mehr. Und in dem Moment, wo du wirklich gegangen bist, ist mir das irgendwie klar geworden.»

Jetzt waren die Schwäne nicht mehr zu sehen. Der See war so glatt. Und so still. Als ob ich die Einzige wäre, die überhaupt von der Existenz dieses Sees wusste.

«Ich vermisse den alten Marc», sagte ich.

Stille. Es dauerte eine Ewigkeit, bis er antwortete.

«Ich weiß ... es tut mir leid», sagte er schließlich leise.

«Es muss dir nicht leidtun.» Meine Stimme erstickte fast. Mein Rachen war geschwollen und trocken. «Du kannst nichts dafür. Ich bin dir einfach gefolgt, weil ich so sehr an uns geglaubt habe. Aber jetzt muss ich mir selbst folgen.»

«Ja.»

«Danke, dass du angerufen hast. Danke für alles.» Ich flüsterte, wusste nicht, ob er mich überhaupt noch hören konnte.

«Mach's gut, Karla. Ich wünsche dir wirklich, dass du deinen Traum leben kannst. Du bist ein so wichtiger Teil in meinem Leben und wirst es immer bleiben.»

Tränen rannen mir übers Gesicht. Von tief unten kroch ein lautes Schluchzen empor. Es zerriss mich innerlich, dass wir es nicht geschafft hatten. Doch ich wusste nun, dass es das Richtige gewesen war zu gehen. Ich war frei.

Ich stand auf, schüttelte mir den Sand von der linken Hand, schob mit meinen Füßen den aufgetürmten Sand zurück ins Loch und ging zu meinem Fahrrad. Ich hatte einen Entschluss gefasst.

Zurück im Haus holte ich meinen Laptop, auf dem Weg zur Terrasse blieb mein Blick wieder kurz an dem Bild über der Kommode hängen. Diese Frau dort wollte ich sein. Nicht nur für eine gewisse Zeit. Für immer.

Ich setzte mich nach draußen und loggte mich in mein Onlinebanking ein, um mir einen Überblick über meine Finanzen zu verschaffen. Es sah zwar nicht rosig aus, aber auch gar nicht so übel, wie ich befürchtet hatte. Die laufenden monatlichen Kosten würde ich bis Ende des Jahres abdecken können. Verhungern müsste ich auch nicht und außerdem überlegte ich, mein Auto zu verkaufen. Dafür würde ich noch einiges bekommen. Dazu die Versicherung, die dann wegfiele. Die Dinge, die Marc aussortiert hatte, würde ich ebenfalls verkaufen. Wenn ich sie bis jetzt nicht gebraucht hatte, dann auch in Zukunft nicht. Das musste reichen. Mir fiel meine Sonnenbrille ein. Marcs letztes Geschenk. Auch sie brauchte ich nun nicht mehr.

Von meinen Eltern würde ich mir nichts leihen, ich wollte allein zurechtkommen. Von dem Geld aus den Verkäufen könnte ich Claudia bezahlen, die ich schon zu meiner Lektorin auserkoren hatte, auch wenn sie noch gar nichts von ihrem Glück wusste. Jemanden, der mein Manuskript in ein druckreifes Buch verwandelte, kannte sie sicherlich auch. Und wer mein Cover gestalten sollte, war ebenfalls klar. Es gab nur eine Person, die dafür infrage kam. Ich könnte von dem Geld außerdem eine gute Auflage an Büchern drucken lassen.

Ich setzte alles auf eine Karte – auf mich.

Das war meine letzte Chance.

Und wenn es nichts würde, hätte ich es wenigstens versucht. Vorwürfe bräuchte ich mir dann zumindest nicht machen, denn ich hätte alles gegeben. Ich hatte einen Plan und nichts Besseres vor, als diesen in die Tat umzusetzen. Mit einem Mal war alles so logisch und leicht, ich musste nur Schritt für Schritt alles erledigen. Am Ende hielte ich mein Buch in den Händen und würde es eigenhändig bei Claudia und Merle im Laden auslegen. Und dann würde sich zeigen, ob sich die Mühe gelohnt hatte. Aber selbst wenn nicht, ich allein hätte das alles geschafft.

Mein Tatendrang sprudelte förmlich über, aufgeregt sprang ich auf und lief durch den Garten. Ich kam wieder in Gang. Als Erstes schickte ich Marc eine Nachricht, mit der Bitte, meine Sachen zu fotografieren und zu meinen Eltern zu bringen. Von dort aus könnten sie abgeholt werden, wenn ich sie verkaufte. Er antwortete direkt und versprach, sich sofort darum zu kümmern. Ich fühlte nichts dabei, außer Erleichterung und die Gewissheit, dass alles gut war. Als

Nächstes rief ich meine Eltern an, um ihnen meinen Plan beizubringen. Mein Vater war begeistert, «Na klar, du zeigst es denen schon, wer braucht schon einen Verlag!», rief er. Meine Mutter wirkte zunächst skeptisch, merkte aber schnell, dass ich nicht mehr davon abzubringen war. Es besänftigte sie, dass ich ihr versprach, zu Weihnachten nach Hause zu kommen. Dann mit dem Zug.

Der nächste Anruf galt Claudia, sie kannte mein Manuskript am besten, sie wüsste genau, welche Stellen und Szenen ausgebessert werden müssten. Außerdem hatte sie solche Unmengen an Büchern gelesen und führte seit Jahrzehnten ihren wunderschönen Buchladen, wer könnte da spontan besser geeignet sein? Claudia fühlte sich geehrt und wollte es sich zutrauen. Dass ich sie bezahlen wollte, kam für sie nicht infrage, aber ich bestand darauf. Ich war von mir selbst überrascht, wie entschlossen ich plötzlich wieder war. Anscheinend gab es die ganze Zeit einen kleinen Teil in mir, der nur darauf gewartet hatte, endlich loszulegen. Einen Teil, der immer an mich geglaubt hatte, und den ich erst hatte hervorholen müssen.

Claudia versprach mir, sofort anzufangen und mir den ersten Durchgang in ein paar Tagen zu schicken. Wir rechneten aus, wie schnell wir sein mussten, damit das Buch rechtzeitig, einige Wochen vor Weihnachten, im Regal liegen würde. Das Weihnachtsgeschäft wollte ich unbedingt mitnehmen. Das hieß, bis Ende Oktober, also in zwei Wochen, musste das Manuskript fertig sein, um es dann setzen und schließlich drucken zu lassen.

«Du kannst Julie wegen des Buchsatzes fragen», sagte Claudia. «Sie macht das schon seit einiger Zeit, um sich neben ihrem Studium etwas dazuzuverdienen.»

Es war perfekt. Die Puzzleteile fügten sich zusammen. Jetzt musste ich nur noch mein Auto verkaufen, mich um eine

Druckerei kümmern und Kati anrufen. Doch das nahm ich mir für den nächsten Tag vor. Bis Mitternacht suchte ich alle Autounterlagen zusammen, die ich irgendwo auf meinem Laptop gespeichert hatte, wühlte mich im Internet durch alle möglichen Verkaufsplattformen, rang mich dann endlich zu einem Preis durch, der vertretbar war und den ich auf jeden Fall brauchte, und stellte die Anzeige ein. Völlig erledigt schleppte ich mich ins Bett. Ich hatte viel geschafft und würde noch viel mehr schaffen.

Ich ließ es zehn Mal klingeln, und kurz bevor ich auflegen wollte, ging sie endlich ran.

«Hey, Karla ... du rufst aber früh an.» Sie gähnte.

«Hi, Kati, na ja, ich dachte, zehn Uhr für einen Montag wäre eine gute Zeit.»

«Das stimmt. Wenn ich im Büro wäre.»

«Oh, entschuldige, bist du im Urlaub?» Vermutlich war sie wieder in irgendeinem Luxus-Wellness-Club und ich störte sie bei ihrem Schönheitsschlaf. «Wo erwische ich dich denn?»

«Im Bett. Zu Hause.»

«Bist du krank? Was hast du denn?»

«Ach, ich weiß nicht. Bin müde und antriebslos. Habe ständig so ein Herzrasen. Beim letzten Meeting-Marathon vor drei Wochen bin ich fast umgekippt. Seitdem bin ich zu Hause.»

Wow, drei Wochen. Früher hätte Kati niemals so lange an einem Stück gefehlt. Das hieß, es musste ihr wirklich schlecht gehen.

«O nein, das tut mir ehrlich leid, Kati. Kann ich dir irgendwie helfen? Warst du beim Arzt?»

«Nein, ach, es geht schon. Ich habe viel nachgedacht ... ich hatte ja Zeit ... endlich mal. Und ... ich überlege, jetzt doch meine Stunden zu reduzieren. Ich ... ich will es versuchen.»

«Hey, das ist toll! Und weißt du was? Ich hätte da einen Auftrag für dich. Also, wenn du dich dazu in der Lage fühlst.»

«Wirklich? Du? Was denn?» Jetzt klang sie gleich schon viel wacher.

«Ich würde dich gern für mein Buchcover buchen.»

«Dein Ernst?»

«Ja, mein voller Ernst. Was meinst du?»

«Ich meine, das ist wundervoll! Du willst wirklich, dass ich dein Cover mache? Es ist mir eine Ehre, wirklich. Ich fange gleich wieder an zu heulen.»

«Aber vor Freude hoffentlich.»

«Das Cover wird das schönste, das ich jemals gemacht habe.» Sie kicherte und schien schon wieder ganz die Alte zu sein.

«Meinst du, zwei Wochen reichen dir? Ich schicke dir gleich meine ersten Ideen und einen Kurzabriss des Buchs. Wenn du mehr brauchst, melde dich.»

«Ich denke, damit komme ich klar. Ich fange sofort an ... Karla, ... danke!»

«Nichts zu danken, ich werde dir noch zu danken haben.»

Ich lehnte mich auf dem Sofa zurück und schaute aus dem Fenster, die Sonne blinzelte durch die Zweige und ihre Strahlen brachen sich in der Scheibe. Sie wärmten die Luft nach diesem kühlen Morgen. Zeit, sich in den Garten zu setzen. Die Suche nach den Druckereien konnte ich draußen fortsetzen.

Zwei Stunden später hatte ich drei Druckereien recherchiert. Eine hatte mir Claudia empfohlen, bei der sie wusste, dass sie gute Qualität lieferten, zwei hatte ich selbst herausgesucht. In meinem Job als Produktmanagerin hatte ich das oft genug tun müssen und wusste, worauf ich achten musste.

Schließlich rief ich noch Merle an, sie freute sich für mich, als sie von meinem Plan erfuhr, den Roman selbst herauszubringen. Sie würde schon mal einen besonders schönen Platz in ihrem Laden reservieren.

Ich schrieb alle drei Druckereien an und bat sie um ein Angebot. Gerade als ich die letzte E-Mail versendet hatte, kam eine Nachricht herein. Sie war von einer der Literaturagenturen, an die ich mein Manuskript geschickt hatte. Kurz setzte mein Herz aus. Ich öffnete die E-Mail, überflog den Text und sprang direkt zum letzten und wichtigsten Absatz: *Leider sehen wir keine Möglichkeit, Ihr Manuskript bei einem Verlag unterzubringen.*

Enttäuscht rutschte ich ein Stück tiefer auf meinem Stuhl. Sofort kamen die ewigen Zweifel wieder hoch. War mein Manuskript so schlecht? War ich nicht gut genug? Der Kloß war wieder da und schob sich unsanft in meinen Rachen. So fühlte sich also eine Absage an.

Bitte betrachten Sie dies nicht als Werturteil und haben Sie Verständnis dafür, dass wir Ihnen angesichts der Vielzahl unverlangter Manuskripte, die uns täglich vorgelegt werden, ohne ausführliche Begründung absagen müssen.

Ein Standardsatz. Missmutig schob ich den Laptop weg. Setzte mich wieder aufrecht. Einatmen, ausatmen. Von wegen! Ich werde das ohne euch schaffen!

Einatmen, ausatmen. Mail löschen.

Meine Idee war gut. Mein Manuskript war gut.

Ich nutzte meinen Ärger, um mich selbst von mir zu überzeugen. Er beflügelte mich jetzt, um erst recht loszulegen. Von einer Absage ließ ich mich doch nicht aufhalten. Das wäre ja geradezu lächerlich.

Pling, wieder eine eingegangene Mail. Diesmal von einem Interessenten, der sich mein Auto anschauen wollte. Er wohnte gar nicht weit weg, in Pertuis, und wollte noch am selben Abend vorbeikommen. Ich schrieb schnell zurück, dass mir sechs Uhr passen würde. Wenn das schon klappen sollte, hätte ich mein Geld für den Buchdruck zusammen. Zwar könnte ich mich dann nur noch mit dem Fahrrad fortbewegen, was sich hier in der Region, wo alles weitläufig war und man ohne Auto mehr oder weniger festsaß, als schwierig gestaltete, aber das war mir egal. Ich musste alles versuchen, was in meinen Möglichkeiten lag. Zur Not könnte ich mir Claudias Auto ausleihen. Es gab immer eine Lösung. Man musste nur den ersten Schritt wagen. Das hatten mir die letzten Monate gezeigt.

Um kurz nach sechs klingelte es an der Tür. Mittlerweile hatten sich drei weitere Interessenten gemeldet, wenn das also mit dem ersten nichts werden würde, dann eben beim nächsten.

«Hallo, Sie kommen wegen des Autos?» Ich sprach auf Englisch, so ein Verkaufsgespräch auf Französisch traute ich mir noch nicht zu. Christian, seinen Namen kannte ich aus der Mail, nickte freudig. Er war höchstens fünfundzwanzig. Und er hatte seine Freundin mitgebracht, die sich als Jeanne vorstellte. Sie trug ein gelbes Flatterkleid mit einer Lederjacke darüber. Die dunklen Haare fielen in perfekten Wellen auf ihre Schultern. Sie war eine dieser Frauen, mit denen man sich zumindest äußerlich lieber nicht verglich.

«Er steht dort hinten an der Straße.» Ich deutete mit der Hand hinter sie und zusammen liefen wir zu meinem Wagen, um ihn zu begutachten. Ein bisschen wehmütig wurde ich, immerhin hatte ich ihn vier Jahre gefahren. Und er hatte mich nach Frankreich gebracht. In mein neues Leben.

«Der ist wirklich gut in Schuss, kaum Gebrauchsspuren.» Prüfend lief Christian um das Auto. «Wir hatten bisher nur so klapprige Karren, das nervt. Wir wollen nach Paris fahren, ohne Angst, irgendwo stehen zu bleiben. Und so ein Wagen passt gut nach Paris.» Er lachte und tätschelte mein Cabrio liebevoll. «*Alors*, ich hätte nicht gedacht, dass er wirklich so

218

perfekt in Ordnung ist. Ich befürchte, wir können nicht mehr verhandeln?»

«Oh, *non*, tut mir leid, der Preis ist gut. Und ich brauche das Geld für den Druck meines Buches.» Es ging die beiden zwar nichts an, aber etwas in mir wollte, dass die ganze Welt es erfuhr. *Leider sehen wir keine Möglichkeit ...* Pah!

«Oh, ein eigenes Buch?», beteiligte sich nun auch Jeanne am Gespräch, die sich schon hinters Steuer gesetzt hatte und die Innenausstattung begutachtete. «Ich lese unheimlich viel und gerne», redete sie weiter. «Worum geht es denn?»

«Um zwei Freundinnen, die sich nach Jahren wiedertreffen und sich fragen, ob ihr Leben so verlaufen ist, wie sie es sich gewünscht hatten. Allerdings ist es auf Deutsch.»

«Das macht nichts, meine Mutter spricht deutsch und ich deshalb auch ein bisschen.» Sie lachte und deutete mit Zeigefinger und Daumen an, wie viel sie mit «bisschen» meinte. «Sagen Sie uns bitte Bescheid, wir könnten etwas Werbung machen. Wir haben eine große Community auf Instagram. Da sind auch Deutsche dabei.»

Instagrammer, das passte irgendwie. Ich wollte sie aber nicht in eine Schublade stecken. Social Media war nur gar nichts für mich. Zwar hatte ich durch meinen Job damit zu tun gehabt, aber privat, auf keinen Fall.

Jeanne kramte in ihrer Handtasche und zog eine Visitenkarte heraus. «Sie können uns gern verfolgen, wie wir mit Ihrem Auto Frankreich erkunden. Wer kennt schon sein eigenes Land, die meisten wollen immer nur weit weg. Aber unsere Follower lieben uns dafür, dass wir eben nicht so sind.»

Wir erledigten den Papierkram, sie überwiesen in meinem Beisein das Geld auf mein Konto und ich übergab ihnen den Fahrzeugschein. In den nächsten Tagen, wenn ich das Auto abgemeldet hatte, würden sie wieder vorbeikommen und es mitnehmen.

Später im Bett scrollte ich durch das Instagram-Profil der beiden, «travel_france». Hunderte perfekte Fotos von allen möglichen Orten in Frankreich. Auf den meisten Bildern war Jeanne zu sehen. Im Lavendelfeld, vor einem Kloster, in einem Café, durch ein Bergdorfgässchen laufend – immer in einem anderen Kleid und mit einem riesigen Strohhut auf dem Kopf. Die Followerzahl lag bei knapp fünfzehntausend.

Am nächsten Morgen kam die nächste Absage der nächsten Agentur. Ich fühlte nichts und löschte die E-Mail. Ich hatte einen anderen Weg gewählt. Und das nicht aus Verzweiflung, sondern aus Überzeugung.

Einatmen, ausatmen.

Eine weitere Mail lag in meinem Postfach, von Claudia. Sie hatte mein Manuskript schon überarbeitet. Das mussten Nachtschichten gewesen sein. Ich klickte auf das Dokument, um es zu öffnen, und scrollte mich aufmerksam durch. Claudia hatte einige Kommentare an den Rand geschrieben und ab und an etwas umformuliert. Hier und da sollte ich die Dialoge kürzen und das Zwischenmenschliche mehr «zwischen die Zeilen» packen. Ansonsten war sie hochzufrieden. Bald war es perfekt. Zumindest für mich und Claudia.

Den Rest des Tages saß ich an der Überarbeitung. Mit einem konkreten Ziel vor Augen ging es deutlich leichter. Es war gut, so beschäftigt zu sein, um nicht an Olivier denken zu müssen. Und doch schlich er sich in meine Gedanken. Morgens, wenn ich aufwachte, und abends, wenn ich ins Bett ging. Und dazwischen versuchte ich, mein Leben auf eine solide Basis zu stellen. Mit einem Beruf, der allgemein als «davon kannst du doch nicht leben» verschrien war. Doch das kümmerte mich nicht. Nicht mehr. Die kommenden zwei Wochen würden meine volle Konzentration benötigen. Keine Zeit für Sätze, die mit «Aber» oder «Wenn» begannen.

Auch mit meiner Mutter vermied ich es zu sprechen. Sie machte sich einfach zu große Sorgen und das konnte ich mir nicht leisten. Heimlich schickte ich mit meinem Vater Nachrichten hin und her, um ihn auf den neuesten Stand zu bringen. Er war überzeugt, dass seine Karla das hinbekam. Und genau solche Bestätigungen brauchte ich. Auch Lotta stand mir bei und schickte mir jeden Morgen kleine Motivationsnachrichten.

Was würde dein Ich vor einem Jahr sagen, wenn es sehen würde, wo du jetzt stehst?, war eine davon.

Die Tage rasten, es ging schon auf November zu. Nachts waren es mittlerweile nur noch fünf Grad und ich war froh, dass Claudia vor ein paar Jahren eine Heizung hatte einbauen lassen. Ich setzte mich nur noch in der Mittagszeit in den Garten, die Temperaturen hielten sich um diese Zeit bei konstant zwanzig Grad.

Kati schickte mir wie besprochen einen Vorschlag für eine Illustration: zwei Frauenköpfe, die entgegengesetzt Wange an Wange lagen. Man schaute von oben auf sie. Sie wollte es noch weiter ausarbeiten, doch ich liebte es jetzt schon.

In der letzten Oktoberwoche schickte ich alles an Julie. Mitte November sollte mein Buch in Druck gehen. Ende November wollte ich die ersten Exemplare bei Claudia auslegen. Merle wollte ich einen Schwung per Post schicken. Auch auf den beiden Internetseiten der Buchhandlungen sollte mein Buch bestellbar sein. Es würde gut werden. Es musste. Ich hatte alles gegeben.

NOVEMBER

Ich saß in der Küche und trank heißen Tee mit Kräutern aus meinem Garten. Ich hatte alles abgeerntet und häppchenweise eingefroren. Das sollte den Winter über reichen. Maurice kam nur noch einmal die Woche, viel war nicht mehr zu tun. Er harkte die Blätter auf der Wiese zusammen, füllte sie in große Beutel und transportierte sie mit seinem Hänger ab. Ich hatte die Hängematte abmontiert und sie in meinem Kleiderschrank verstaut, mit der wehmütigen Frage in meinem Kopf, ob ich sie im nächsten Jahr an der gleichen Stelle wieder aufhängen würde.

Ich schaute raus in den Garten, heute war ein sonniger Tag, trotzdem zu frisch, um draußen zu sitzen. Mein Laptop stand aufgeklappt vor mir. Ich hatte nichts zu tun, außer Rückfragen von Julie zu beantworten, die fleißig mein Manuskript in eine Buchform brachte, und Kati die letzten Änderungen für das Cover durchzugeben. Ich hatte es fast geschafft, bald würde ich mein eigenes und dazu noch selbst herausgebrachtes Buch in den Händen halten. Alle nötigen Schritte waren erledigt und hatten mich sämtliche Energie und Konzentration gekostet. Ich konnte etwas durchatmen.

Pling, pling. Wieder zwei E-Mails, von einer Agentur und von einem Verlag. Langsam trudelten die letzten Antworten ein. Manche machten sich die Mühe, eine persönliche Absage

zu schreiben, doch die meisten beließen es bei den Standard-
sätzen.

*Ein wundervoller Roman, wir haben ihn verschlungen und in
unseren Meetings diskutiert. Leider steht unser Programm schon
bis Ende des nächsten Jahres, doch wenn Sie sich etwas gedulden
würden, könnten wir Ihr Buch Mitte des übernächsten Jahres
herausbringen. Wir würden uns freuen!*

Oh, wow, das war die erste Zusage eines Verlags. Nach
insgesamt zwanzig Absagen. Ein kleinerer Verlag, dessen Programm mir direkt gefallen hatte. Mein Herz machte einen
kleinen Hüpfer, doch die Euphorie blieb aus. Auf keinen Fall
wollte ich so lange warten. Außerdem war ich jetzt so weit
gekommen, jetzt würde ich es allein durchziehen.

Die zweite E-Mail von der Literaturagentur war wieder
eine Absage. Ich löschte sie.

Meine Gedanken schweiften zu Olivier. Noch immer bestand Funkstille zwischen uns und ich wusste, dass es an mir
lag, diese zu beenden. Doch ich konnte nicht. Noch nicht.
Ich wollte erst Ordnung in mein Leben bringen. Doch meine
innere Neugier war dennoch da und so tippte ich «Olivier
Dupont Roséwein» in die Suchzeile meines Browsers und
drückte erwartungsvoll auf Enter. Sofort sprangen mir verschiedene Bilder von ihm entgegen, die Quellen waren alles
Magazine, die ihn interviewt hatten. Auf einem Bild nahm er
gerade den Preis entgegen, auf einem anderen hielt er eine
Flasche Rosé in die Kamera und lächelte leicht. Ich wusste,
dass ihm dieser ganze Ruhm rein gar nichts bedeutete. Das
war nie sein Ziel gewesen. Er wollte einfach nur guten, bio-
logischen Wein anbauen.

Mein Herz wurde schwer, ich vermisste ihn. Langsam scrollte ich weiter, es folgten kleinere Artikel, dann kam ein längerer.

Ich zuckte. Neben dem letzten Suchergebnis war ein Bild
von Olivier und einer dunkelhaarigen Schönheit. Sie trug ein

eng anliegendes blaues Glitzerkleid und strahlte in die Kamera. Olivier stand neben ihr und lächelte unmerklich.

Mein Bauch füllte sich mit bleierner Schwere.

Ich klickte auf den Artikel, es handelte sich um eine Spendengala, die in Berlin stattgefunden hatte. «Alexandra Hämle (Be-KIND Agentur) und Olivier Dupont (Gewinner des diesjährigen *Concours Général Agricole* in der Kategorie ‹Bester Roséwein›)» stand unter dem Bild. Mit klopfendem Herzen las ich den Artikel. Viele Unternehmer waren geladen, es sollte Geld für eine Stiftung, die sich für bessere Bildungschancen für Mädchen und Frauen einsetzte, gesammelt werden. Neben dem Foto von Olivier und Alex gab es noch weitere von anderen Gästen. Doch an Informationen war nicht mehr herauszufinden.

Meine Finger zitterten über der Tastatur. Also hatte er sich tatsächlich mit Alex getroffen und sie waren zusammen auf dieser Gala gewesen. Ich betrachtete das Bild genauer, sie hielten sich weder an den Händen noch berührten sie sich sonst irgendwie. Alex stand leicht im Vordergrund, Olivier mit seinem zurückhaltenden Lächeln etwas hinter ihr.

Trotzdem.

Mir war schlecht.

Hatte ich mich etwa in Olivier getäuscht? Hing er noch an Alex? Er hatte mich angelogen. Oder zumindest das Treffen vor mir verheimlicht. Deshalb meldete er sich auch nicht mehr. Es war ihm egal. Er hatte ja Alex wieder. Würde sie nun doch hierherziehen? Vielleicht wollte sie ihn zurück. Sie sahen gut aus zusammen. Meine Gedanken überschlugen sich.

Da meldete sich meine Vernunft. Olivier würde das doch nicht mitmachen, vielleicht hatten sie sich zufällig getroffen. Bestimmt gab es eine Erklärung.

Ich gab «Be-KIND Agentur» in die Suchzeile ein. Da poppte sie auch schon auf. Die Agentur saß in Berlin Kreuzberg.

Ausgerechnet Berlin. Be-KIND gab es seit drei Jahren, die Agentur hatte sich auf die Organisation von Wohltätigkeitsveranstaltungen spezialisiert. Es ging immer um Spenden für bedürftige Kinder aus aller Welt.

Ich sah mir das Team an. Es bestand aus zwölf Leuten, Alex war eine der Mitbegründerinnen. Auch wenn es mir schwerfiel, das zuzugeben, vielleicht war sie doch nicht so schlecht, wie ich sie gerne gehabt hätte. Trotzdem, ich schlug den Laptop zu, er hatte sich mit ihr getroffen. Was auch immer das bedeutete, aber es versetzte mir einen Stich und das konnte ich gerade überhaupt nicht gebrauchen. Ich musste mich weiter auf meinen Roman konzentrieren. Ich atmete tief durch, es würde schon alles werden.

In den nächsten Tagen versuchte ich mich abzulenken, fuhr mit dem Fahrrad durch die umliegenden Dörfer. Das meiste hatte bereits geschlossen, man fand kaum noch ein Café oder Restaurant, in dem man gemütlich einen *café* trinken konnte. Die Straßen waren wie leergefegt. Die vielen Platanenalleen wurden kahl, nur die Zypressen standen noch in ihrem Grün, perfekt oder weniger perfekt gestutzt. Ich bevorzugte die weniger Perfekten, denn sie durften wachsen und sich entfalten.

Ab und an bog ich nach Cucuron ab, mied jedoch den Teich, an dem Olivier und ich im Sommer gesessen hatten. Stattdessen lief ich hoch auf die Burg, mit einer Thermoskanne heißem Tee im Rucksack und las oder schaute einfach nur in die Landschaft, die sich vor mir ausbreitete und deren Neutralität und Stummheit mich jedes Mal beruhigten.

Manchmal schrieb ich Noel eine E-Mail und erzählte ihm von meinen Fortschritten. Er schickte mir Bilder von seinen Kindern, wie sie strahlend vor der Universität in Bordeaux stehen. Er hatte genug Geld beisammen, um sie für eine ganze Weile unterstützen zu können. Von Olivier und mir sagte ich nichts, und er fragte nicht nach.

Mit Lotta schrieb ich mir nun täglich, wie die Lage war. Es war Mitte November, in drei Wochen sollte es so weit sein. Doch bisher verlief alles ruhig, außer dass sie regelmäßig von innen getreten wurde. Und ich plante meinen Besuch bei meinen Eltern. Sobald hier alles erledigt war, wollte ich zu ihnen fahren, in gut einem Monat. Ich freute mich auf zu Hause. Auf meine Eltern, auf mein Kinderzimmer, auf lange Abende im Wohnzimmer mit selbst gebackenen Plätzchen, deren Zimtduft die ganze Wohnung ausfüllte. Bei meiner Mutter war schon jetzt der Aktionismus ausgebrochen und sie bereitete den Menüplan vor für meine gesamte Zeit, die ich bei ihnen verbringen würde. Erst im Januar würde ich wieder zurück nach La Motte kommen, um alles Weitere zu regeln. Wie auch immer das Weitere dann aussähe.

Das Cover ist fertig! Schau in deine Mails! Mehrere tanzende Emoticons waren hinter die Nachricht gesetzt. Ich saß auf dem Sofa und war dabei, Lotta zu schreiben, als Katis Nachricht aufblinkte. Ich lief nach oben, klappte den Laptop auf und checkte meine E-Mails. Da war sie. Hastig öffnete ich die angehängte Datei und hielt den Atem an.

Wow. Ich stieß die Luft aus. So schön.

Kati hatte den Frauen noch einen sehnsüchtigen Blick gegeben und die Linien alle noch feiner gezeichnet. Der Hintergrund in einem Pastell-Blauton. Der Titel war in großer, geschwungener Schrift in das obere Drittel des Covers gesetzt.

«So wie wir sind.»

Darüber mein Name.

Mein Name auf einem Buch. Meinem Buch!

So unwirklich.

Es ist perfekt, ich liebe es! Danke, danke, danke!!, schrieb ich zurück. Dann sprang ich auf und tanzte wild durchs Zimmer. «Ich kann so viel schaffen», rief ich dabei. «So viel!» Das Dopamin rauschte durch meine Blutbahnen.

Aufgedreht schickte ich das Cover an Lotta weiter. Sie schrieb sofort zurück: *Du bekommst ein Cover und ich ein Kind. Ich glaube, es geht los!!!*

Ich musste mich noch etwas gedulden, bis ich endlich das erste Foto zu sehen bekam. Nala. Mein winziges Patenmädchen. Meine kleine Löwin. Knapp drei Wochen zu früh, aber es war alles gut gegangen. Sie hatte dichtes, fast schwarzes Haar. Ihr zartes Gesicht war leicht rosa gefärbt. Sie lag auf Lottas Bauch, dick in eine Decke gekuschelt und schlief. So friedlich. Lotta sah etwas mitgenommen aus, doch ihre Augen leuchteten. Es stimmte, inneres Glück strahlt nach außen. Hier war der Beweis.

Sechs Stunden hatte es nur gedauert von der ersten Wehe zu Hause bis zur Geburt im Krankenhaus. Das zweite Bild, das Lotta mir geschickt hatte, zeigte Dave, wie er Nala im Arm hielt und voller Stolz zärtlich auf sie herabblickte. Alles andere war ausgeblendet für diesen Moment. Schon jetzt hatte ich dieses winzige Wesen in mein Herz geschlossen. Ich musste endlich nach Kanada. Viel zu oft hatte ich es immer wieder verschoben. Es tat mir unglaublich leid, dass ich Lotta nie besucht hatte. Was war ich nur für eine Freundin? Lotta war immer für mich da, ist mich so oft in Berlin besuchen gekommen. Und ich? Hatte immer eine Ausrede parat gehabt. Wer war ich gewesen in den letzten Jahren? War das ich? Ich hatte mich so weit von mir selbst entfernt, dass ich mich irgendwann nicht mehr gefühlt habe. Und jetzt schleuderte mich eine endlose Gefühlsachterbahn zurück ins Leben.

Im Januar würde ich nach Kanada fliegen. Komme, was wolle.

«Karla, isch bin fertig! Du kannst es an die Druckerei schicken. *Je l'aime!*»

Julies Begeisterung rollte wie eine Riesenwelle auf mich zu, erfasste mich und tauchte mich kurz unter. Reflexartig umklammerte ich das Stück Wurzel, das aus dem Felsgestein herausragte, auf dem ich saß. Meinem Lieblingsplatz in Cucuron. Die Kiefer hatte sich hier oben ausgebreitet, obwohl der Boden felsig und trocken war. Ich fragte mich, wie sie hier überleben konnte, doch sie stand fest verankert. Sie schien Wege gefunden zu haben, wie sie trotz der Widrigkeiten an Wasser herankam. Es gab eben immer eine Lösung. Immer ging es weiter.

Ich war tief in Gedanken versunken gewesen, als mein Handy klingelte und Julie mich zurückholte. Soeben hatte sie mir das fertig gesetzte Buch geschickt. Claudia und ich hatten in den letzten Tagen noch mal akribisch alles gelesen, letzte Fehler angestrichen und manche Sätze nochmals umformuliert. «Jetzt ist Schluss», hatte Claudia irgendwann gesagt. «Du musst es jetzt abgeben, sonst wirst du es nie tun. Man findet immer noch etwas.»

Sie hatte recht, es war genug.

«Julie, ich danke dir von Herzen. Danke, danke! Ich bin so froh, dass du dich darum gekümmert hast. Und es ist so schön geworden!» Während ich mit ihr sprach, scrollte ich auf dem Handy durch das Manuskript, das ich inzwischen fast auswendig konnte. Die Schrift, die Schriftgröße, die geschwungenen Buchstaben an den Kapitelanfängen ... wunderschön.

«Kein Problem, 'ab isch gern gemacht. Und isch bin auch stolz auf misch und auf disch.»

Ich hörte ihr Grinsen durchs Telefon. Was hatte ich bloß für ein Glück, dass mir so tolle Menschen bei meinem Buch, meinem Baby, halfen.

Ich packte meine Sachen zusammen, lief den kleinen Burgberg hinunter und schwang mich auf mein Fahrrad, das ich unten an einen Holzzaun gelehnt hatte. Jetzt käme der letzte Schritt: der Druck.

Zurück am Schreibtisch bereitete ich die E-Mail für die Druckerei vor, ich hatte mich für Claudias Empfehlung entschieden. Das Druckdokument hängte ich in verschiedenen Versionen an, die Julie mir vorsichtshalber alle geschickt hatte, schrieb noch ein paar Anweisungen und drückte zwei Stunden später, nachdem ich alles noch hundertmal gelesen hatte, auf Senden.

Jetzt war es endgültig.

In wenigen Tagen würde ich mein Buch in den Händen halten.

Mein Baby.

Ich gab zunächst fünfhundert Stück in Auftrag. Mein letztes Geld war gut investiert. Wenn sich die Auflage gut verkaufte, würde ich mit dem Gewinn neue Bücher drucken können.

Wie gern wollte ich all meine Aufregung und Glücksgefühle mit Olivier teilen, doch ich wusste nicht, woran ich war. Woran wir waren. Ob es überhaupt ein Wir gab. Also ließ ich es bleiben.

Stattdessen schickte ich Lotta, Kati und meinen Eltern eine Nachricht: *Die Bücher sind bald da! Kann es kaum erwarten. Bin stolz auf mich.*

Bin stolz auf mich. Das hatte ich noch nie über mich geschrieben.

Die Druckerei hatte ganze Arbeit geleistet. Trotz Vorweihnachtsstress hielten sie das Lieferdatum ein. Pünktlich am achtundzwanzigsten November, um elf Uhr vormittags hörte ich den Spediteur vor dem Haus halten. Ich sprang vom Sofa auf, und noch bevor der Fahrer auf die Klingel drücken konnte, hatte ich schon die Tür aufgerissen. Erschrocken schaute er mich an. «*Äh ... une livraison pour Madame Janssen?*»

«*Oui, oui, c'est moi. C'est mon livre.*» Ich grinste ihn an und wippte auf und ab. Er musste mich für völlig durchgedreht halten. Aber genau so fühlte ich mich: wie kurz vor dem Durchdrehen. Zum Glück kamen noch vernünftige französische Sätze aus meinem Mund.

«Ah, das sind Ihre Bücher.» Jetzt lächelte er. «Wo sollen die Kartons hin?»

«Sie können sie einfach dort hinten an die Wand stellen», antwortete ich und zeigte ihm den Lagerplatz.

Es waren fünf große Kartons, die er nun nach und nach hereintrug. Ich konnte es kaum aushalten, bis er wieder ging und ich sie endlich öffnen konnte.

«Sie können es bei *Bonnes Idées* kaufen, hier in La Motte», rief ich ihm noch hinterher, als er zurück zum Wagen ging. «Allerdings nur auf Deutsch.»

Er hob nur die Hand, machte eine Winkbewegung und drehte sich nicht mehr um. Es war mir egal, was er von mir dachte. Ab jetzt machte ich Werbung für mein Baby. Wann immer es passte oder auch nicht passte.

Ich lief zu den Kartons, die alles enthielten, was ich in den letzten Monaten geschaffen hatte: meine Gedanken, meine Wörter, meine Sätze, meine Ideen, meine Zweifel, mein Glück, meine Euphorie ... und mein letztes Geld.

Vorsichtig öffnete ich einen. Drinnen waren die Bücher nochmals in Papier eingeschlagen. Zehn Stück in einer Reihe, soweit ich das erkennen konnte. Ich hob sie an und schälte das Papier ab. Ganz langsam wie einen gut behüteten Schatz nahm ich eins heraus. Ich strich über den Umschlag und ließ es dann in meinen Händen liegen, um es zu betrachten. Das Cover, das ich bisher nur als digitales Dokument gesehen hatte, lag nun wahrhaftig in Papierform vor mir. Nochmals strich ich mit einer Hand darüber, hatte fast schon Angst, es könnte sich auflösen, weil alles nur ein Traum gewesen war, aus dem ich jetzt aufwachte. Doch nichts passierte. Ich fing an zu blättern und ließ die Seiten über meinen Daumen fliegen. Das war mein Buch. Ich drehte und wendete es, betrachtete es von allen Seiten, las meinen Namen ... Und dann endlich begann ich zu realisieren. Jegliche Gefühle hatten bis hierhin den Atem angehalten, mussten sich erst sammeln, um jetzt als tosende Sturmflut durch meinen Körper zu rasen. Jedes Gefühl wollte zuerst raus. Ich war vollkommen überfordert. Fing an zu lachen, um gleich danach zu heulen.

Lachen, heulen, lachen, heulen.

Dann kam der Schrei. Alles musste mal wieder raus. Ich war froh, keine näheren Nachbarn zu haben. Ich hüpfte, ich tanzte durch das ganze Haus, lief raus auf die Terrasse, drehte mich mehrmals im Kreis und ließ mich irgendwann außer Puste auf einen der Stühle fallen, die ich schon längst hatte ins Haus holen wollen, um sie vor dem kommenden Winter zu schützen.

Ich war glücklich. Frei. Stolz. Ich hatte es geschafft.

Dann holte ich einen Stift und schlug eine der ersten freien Seiten vorne im Buch auf. Das allererste Exemplar sollte an Nala gehen. Gleich am Montag würde ich es zur Post bringen.

Liebe Nala,

mein erstes Geschenk an dich ist mein eigenes kleines Baby, mein erstes Buch. Irgendwann, wenn du alt genug bist, wirst du es lesen und verstehen, was ich dir hier sagen möchte. Bitte glaube immer an dich, egal, ob es dir unmöglich erscheint oder was andere sagen. Wenn du daran glaubst, dann wird es reichen. Aber du musst es aus vollem Herzen tun, nur dann wird sich dein Traum erfüllen. Geh immer deinen Weg, nimm Abkürzungen

und Umwege, aber folge deinem Gefühl. Aber geh niemals in eine Sackgasse und bleib dort stecken. Und wenn doch, kannst du dich immer wieder umdrehen und zurückgehen und zu deinem Weg zurückfinden.
Ich wünsche dir von Herzen, dass du das Glück in deinem Leben zu schätzen weißt, dass du schlechte Zeiten als Zeichen siehst, etwas zu verändern, und für gute Zeiten dankbar bist und immer deinem Herzen folgst.

Deine Tante Karla

DEZEMBER

Der erste Dezember begrüßte mich mit frischen sechs Grad. Doch die Sonne hatte es durch die Wolken geschafft und der blaue Himmel dahinter sah vielversprechend aus. Aber selbst wenn es geregnet hätte, vom Wetter war meine Laune gerade nicht abhängig. Das Wochenende hatte ich damit verbracht, verschiedene Bücherstapel zu bauen, mal im Halbkreis, mal aufeinandergestapelt, mal mit mir mittendrin liegend, das Handy in Selfiestellung über mir. Ich brauchte ein paar gute Fotos, die Claudia und Merle in ihre Buchhandlungen hängen und auf ihre Websites stellen konnten. Außerdem hatte ich schon mit Christian und Jeanne, dem Bloggerpärchen, hin und her geschrieben. Sie wollten die Buchwerbung auf ihrem Instagram-Kanal starten und benötigten ein paar «instamäßige» Fotos. Und ich schrieb ein paar Lokalzeitungen in Brandenburg an und versuchte mein Glück ebenso bei einigen Stadtmagazinen, von denen es in Berlin reichlich gab. Ich hoffte, als Berliner Autorin mit meinem Roman, geschrieben in Frankreich, interessant genug für eine Story zu sein. Vielleicht war meine Geschichte sogar der zündende Punkt, also stellte ich mich in den Mittelpunkt. Leicht fiel mir das nicht, hatte ich doch mein Leben lang versucht, immer nur am Rande des Geschehens aufzutauchen, doch niemals mittendrin. Vielleicht hatte ich immer Angst davor gehabt, mich zu zeigen, und deshalb den sichereren Weg gewählt. Doch nun war es anders. Denn wer Bücher schreibt, wird gesehen. Und eine Wahl blieb mir so oder so nicht, ich hatte alles auf eine Karte gesetzt – und die musste ich jetzt ausspielen.

In die Betreffzeile schrieb ich «Von Berlin in die Provence – mein neues Leben als Romanautorin». Das sollte doch zumindest so weit Neugier wecken, dass ich nicht sofort in den Tiefen des elektronischen Papierkorbs landete.

Ohne zu zögern, schickte ich alles ab. Ich war zufrieden mit mir. Bisher hatte ich immer nur Werbung für Lebensmittel machen müssen. Oberflächlich, bunt. Mit kreativen Sprüchen, die nicht immer der Wahrheit entsprachen, aber genau auf bestimmte Hirnareale ausgerichtet waren, die den Empfänger dazu verleiteten, genau dieses Produkt zu kaufen. Jetzt machte ich Werbung für mich und meinen Roman, persönlich, authentisch, echt. Die Menschen mögen keine Fassaden und leeren Versprechen. Sie wollen wissen, wie es wirklich ist. Vielleicht, um sich selbst besser zu fühlen. Vielleicht, um sich inspirieren zu lassen. Um sich verstanden zu fühlen. Wahre persönliche Geschichten lassen keinen Neid entstehen, wie es Fassaden tun. Sie beruhigen und inspirieren und geben manchmal auch einen letzten Schubs, um endlich selbst das zu tun, was man sich schon immer gewünscht hatte zu tun. Doch ohne meine jahrelange Marketingerfahrung hätte ich gar nicht gewusst, wie ich es angehen sollte. Das fiel mir in diesem Moment ein. Und nun ergab mein bisheriges Tun einen Sinn. Vielleicht hatte ich gar keine Zeit vergeudet, vielleicht sollte alles genau so sein. Vielleicht war erst jetzt der richtige Zeitpunkt gekommen.

Aufgekratzt trug ich einen halbvollen Karton mit Büchern nach vorn zur Tür. Gleich würde Claudia kommen, um ihn mit zu *Bonnes Idées* zu nehmen. Weitere hundert Exemplare wollten wir zur Post bringen, die sollte Merle bekommen. Es war höchste Zeit, das Weihnachtsgeschäft hatte begonnen.

«Hallo, meine Liebe, lass dich umarmen. Du kannst stolz auf dich sein.» Claudia nahm mich fest in die Arme, nachdem ich ihr die Tür geöffnet und die Bücherstapel präsentiert hatte. Ich fühlte mich wie ein Schulkind, das zum ersten Mal eine gute Note mit nach Hause gebracht hatte.

«Das bin ich, das bin ich wirklich. Ich habe sogar schon angefangen, ein bisschen PR für mich zu machen», sagte ich grinsend und löste mich aus ihrer Umarmung.

«Na, das gefällt mir! Weißt du, Karla, die Zeit hier und dass du deinen Traum verwirklicht hast, das hat dir gutgetan. Ich weiß noch, am Anfang wirktest du ein bisschen wie ein kleines Häufchen Elend auf mich.»

«Vergiss nicht, du hast auch einen großen Teil dazu beigetragen. Wenn ich hier nicht hätte wohnen dürfen und du mich nicht so unterstützt hättest ...»

«Ach Herzchen, nicht dafür», unterbrach sie mich, «und jetzt lass uns das Auto packen und in den Laden fahren, bevor ich noch sentimental werde.»

«Ich habe erst noch etwas für dich», sagte ich und zog eins meiner Bücher unter dem Couchtisch hervor. Claudia bekam ein Exemplar mit einer besonderen Widmung. Und als sie es entgegennahm und las, sah ich, wie ihre Augen doch noch feucht wurden.

Claudia hatte sich schon genau überlegt, wie sie mein Buch präsentieren würde. Selbstverständlich würde es im Schaufenster liegen, sagte sie, ein ganzer Stapel sogar. Daneben ein großes Pappschild mit meinem Foto und einer persönlichen Leseempfehlung von ihr. Außerdem ließ sie sich von Julie ein kleines Plakat gestalten, das einige Informationen und Bilder zu mir und meinem Buch zeigte, und das sie draußen an der Tür und drinnen an der Kassentheke befestigen wollte. Merle wollte sie die Plakate ebenfalls zur Verfügung stellen. Die beiden hatten sich schon abgesprochen.

«Na, wenn das Buch sich hier nicht verkauft, dann weiß ich auch nicht», sagte ich lachend und drehte mich in ihrem Büro ein Mal im Kreis.

«Bis auf die Feiertage lasse ich den Laden durchgehend geöffnet. Erfahrungsgemäß kommen schon immer einige Deutsche vorbei, die hier überwintern.»

«Ich bin wirklich so gespannt.»

«Was sagt eigentlich Olivier zu deinem Buch? Habt ihr schon darauf angestoßen?», fragte sie unvermittelt.

«Ähm ... nein, also ... haben wir nicht. Es ist gerade ... kompliziert ...»

«Ist es das nicht immer?»

Ich zuckte nur mit den Schultern. «Ich werde dann mal nach Hause gehen und einen Zug nach Berlin buchen», sagte ich und zog meine Jacke an.

«Ach ja, du fährst ja bald zu deinen Eltern. Wann gehts los?»

«In einer Woche. Ich komme vorher noch mal vorbei und schau mir an, ob du mich und mein Buch auch gebührend genug in Szene setzt.» Ich grinste. Ich würde mir meine gute Laune jetzt nicht wegen neuer Gedanken an Olivier verderben.

«*Bien sûr*, Frau Autorin. Soll ich dich nicht nach Hause bringen, ist ziemlich kalt heute.»

«Danke, aber ich laufe gern. Da kann man so gut über bestimmte Personen nachdenken ...» Ich ging zur Tür und drehte mich noch mal um. «Und, Claudia, danke für alles.»

«Das habe ich sehr gern gemacht. Ach, und Karla?»

«Ja?» Ich war schon halb aus der Tür.

«Ich habe das Haus noch nicht zur Vermietung ins Netz gestellt. Habe es noch nicht übers Herz gebracht.»

«Oh. Danke. Ich gebe dir schnellstmöglich Bescheid, wie es ab Januar weitergeht mit mir.»

Jetzt wurde es mir doch etwas schwer ums Herz. In den nächsten Wochen würde sich die Antwort auf die Frage ergeben, ob ich hier in Frankreich, in La Motte bleiben oder mir in Berlin ein weiteres neues Leben aufbauen würde. Mein Herz kannte die Antwort schon, doch mein Kopf musste noch eine Lösung finden. Oder aber ich vertraute einfach darauf, dass sich schon alles fügte.

Die nächsten Tage verbrachte ich damit, meine Habseligkeiten winterfest zu verstauen, die Lebensmittel, die ich noch hatte, zu verbrauchen und meine Reisetasche zu packen. Die meisten warmen Sachen lagen in Kisten verpackt bei meinen Eltern, viel musste ich also nicht mitnehmen. Außerdem steckte ich noch zwölf meiner Bücher ins Gepäck.

Ich trug jetzt regelmäßig meinen Writer-Pulli, zum einen, weil er warm und kuschelig war und zum anderen, weil ich jetzt tatsächlich ein echter Writer war. Eine Autorin. Eine Schriftstellerin.

Konnte ich mich lediglich aufgrund eines einzigen Buches so nennen?

Ja, das konnte ich. Außerdem schwirrte mir schon die nächste Romanidee durch den Kopf.

Merle schrieb mir, dass die Bücher angekommen waren, und sie immer gewusst hätte, dass eines Tages mein Buch in ihrem Buchladen liegen würde. Wir vereinbarten, dass ich direkt zu ihr käme, sobald ich in Berlin sei. Immerhin meldete sich auch die MAZ zurück. Die Brandenburger Lokalzeitung wollte einen kleinen Beitrag über mich bringen und wir machten einen Termin für ein Telefoninterview aus. Und ich schickte Exemplare an Noel, Tomas, Luca, der wieder zu Hause war, und Jan und Anna, die in Spanien überwinterten. Allen schrieb ich eine persönliche Widmung – meiner Weinlese-Crew.

Es war so weit, mein Zug nach Berlin ging um kurz vor sechs Uhr morgens. Claudia brachte mich zum Bahnhof, der schon dezent weihnachtlich mit Lichterketten in Sternenform geschmückt war. Sie wartete noch so lange, bis die Bahn einfuhr und ich bedankte mich unzählige Male für alles. Zwei Tage zuvor hatte ich sie noch einmal im Laden besucht und ihre liebevolle Dekoration bestaunt, die sie gezaubert hatte. Man konnte gar nicht anders, als mein Buch zu kaufen, wenn man den Laden betrat. Es lachte einen von allen Seiten an. Und es war nicht nur irgendein werbebehafteter Manipulationsversuch, den Leuten irgendetwas zu verkaufen, es war eine echte Empfehlung aus Überzeugung und von Herzen.

«Olivier war bei mir im Laden. Er hat dein Buch gekauft, eins für sich und je eins für Babette und seine Oma zu Weihnachten.» Claudia sah mich eindringlich an. Ich schaute schnell weg und hievte meine Tasche in den Waggon. Zwölf Bücher hatten schon ein bisschen Gewicht.

«Na, dann weiß er ja nun, dass es da ist», sagte ich möglichst emotionslos. Die Ameisen in meinem Bauch waren immer noch mit Steinen beladen.

Ich gab Claudia noch eine letzte Umarmung und stieg in den Waggon. Da ertönte auch schon das schrille Pfeifen des Schaffners, und nur wenige Sekunden später schlossen sich die Türen. Der Zug fuhr langsam an und wurde von Sekunde zu Sekunde schneller. Ich winkte Claudia, bis sie nur noch als winziger Punkt zu erkennen war. Sie hätte Olivier etwas ausrichten können von mir. Andererseits war ich erwachsen genug, um das selbst zu regeln.

Ich setzte mich auf meinen Platz und ließ die Landschaft an mir vorbeirauschen. Nur noch verschwommen waren Häuser, Bäume und Felder zu erkennen und vermischten sich zu einer beigebraunen Masse. Jetzt ging es also zurück nach Deutschland. Die letzten Monate surrten im Schnelldurchlauf durch meinen Kopf. Wie viel ich erlebt, geschafft und gewonnen hatte. Was alles passiert war. Ja, ich fuhr zurück, aber dennoch war jetzt alles anders.

Berlin hieß mich mit eisigen vier Grad unter null willkommen. Der Zug hielt am Hauptbahnhof in der Tiefebene, meine Eltern wollten oben am Eingang auf mich warten. Schnell schwang ich mir meine Tasche über die Schultern, stieg aus und stellte mich in die Menschenmenge auf der Rolltreppe nach oben. Es war seltsam, wieder hier zu sein, alles war so vertraut und gleichzeitig fremd. So viele Menschen, die geschäftig hin und her wuselten. Touristen, Anzugträger, Kinder, Großeltern. Zerknüllte Fastfoodverpackungen und Pappbecher auf dem Boden, Zigarettenstummel, die achtlos weggeschnipst worden waren, und wild blinkende Anzeigetafeln, dass einem schwindelig wurde. Die einzelnen Ebenen des Bahnhofs waren über und über mit weihnachtlicher Deko geschmückt. Riesige goldene Plastikkugeln hingen von den Decken und vor fast jedem Bahnhofsgeschäft flimmerten mit Lichterketten geschmückte Tannenbäume, was aber anscheinend nicht dabei half, die Leute in Weihnachtsstimmung zu versetzen. Bis auf die Kinder hatten alle steinerne, gestresste oder gelangweilte Mienen aufgesetzt. Noch gut zwei Wochen bis zum Fest.

Ich trat aus der riesigen Glastür und atmete die kalte Winterluft ein. Es war fast sechs Uhr abends und dunkel, doch der Platz erleuchtet von den unzähligen Lichtern der Stadt. Ich fühlte mich gut, fast schon erhaben über allen anderen, die von Termin zu Termin eilten, währenddessen ich mir dieses Leben erfolgreich abgewöhnt hatte.

«Karla, Karla, hier sind wir!»

Meine Eltern standen ein paar Meter entfernt, riefen und winkten überschwänglich über die Menge hinweg. Mühsam drängelte ich mich zu ihnen durch und wir schlossen uns in die Arme. Das letzte Mal, dass wir uns gesehen hatten, schien eine Ewigkeit her zu sein.

«Karla, mein Liebes!» Meine Mutter drückte mir einen Kuss nach dem anderen auf Wangen und Stirn und strich mir immer wieder durchs Haar. «Deine Haare, so lang hattest du sie noch nie, steht dir gut. Du siehst erholt aus.» Wieder drückte sie mich und hielt meinen Arm fest, als hätte sie Angst, ich könnte gleich wieder verschwinden.

«Deine Mutter hatte schon Sorge, du überlegst es dir doch noch mal anders», sagte mein Vater und nahm mir meine Tasche ab.

«Ach, Quatsch, was soll ich denn Weihnachten allein in Frankreich? Da wäre ich mir dann doch einsam vorgekommen.» Ich hakte mich bei meiner Mutter unter und wir liefen zum Auto, das einige Meter entfernt an der Straße stand.

«Ich dachte, dass du vielleicht bei Oliviers Familie feiern möchtest.»

Ich hatte meinen Eltern nur das Nötigste über Olivier erzählt, aber offenbar kannten sie ihre Tochter zu gut.

«Ach so, ja, das wäre sicherlich nett gewesen, aber Weihnachten zu Hause bei euch ist doch am schönsten. Was gibt es denn zu essen heute? Ich habe einen riesigen Hunger», sagte ich und versuchte vom Thema abzulenken, wohlwissend, dass meine Mutter es kaum abwarten konnte, ihre einzige Tochter endlich für vier Wochen verköstigen zu dürfen. Aber mein Magen hing wirklich irgendwo ganz unten und knurrte unerbittlich.

Meine Eltern hatten das Haus und den Garten in einen weihnachtlichen Glanz versetzt. Schon als Kind liebte ich es, wenn mein Vater die endlos lange Lichterkette um den Zaun spannte, kleine glitzernde Sterne in den Apfelbaum hing, die bisher jeden Winter überstanden hatten, und meine Mutter an jedem erdenkbaren Platz im Haus kleine Tannenbaumzweige platzierte, die sie entweder mit kleinen roten Kugeln oder mit Zimtstangen dekorierte. Vor der Tür stand ein kleiner Weihnachtsbaum und im Küchenfenster, das nach vorn zur Straße zeigte, leuchtete eine zweistöckige Weihnachtspyramide aus Holz, die noch aus den Kindheitstagen meines Vaters stammte. Jetzt regte sich doch langsam eine weihnachtliche Stimmung in mir.

In der Küche roch es nach Herzhaftem, ein Gemüse-Nudelauflauf à la Provence, den meine Mutter schon vorbereitet hatte. Hungrig setzte ich mich an den gedeckten Tisch und genoss es, bedient zu werden.

«Es gibt Grund zu feiern», rief mein Vater und holte eine Flasche Sekt aus dem Kühlschrank. «Auf dich, liebe Karla, und auf dein erstes Buch. Mögen viele es kaufen und mögest du noch viele weitere Bücher schreiben!» Damit drückte er den Korken nach oben, der mit einem lauten Plopp an die Decke knallte und hinter ihm zu Boden fiel.

Ich schielte zu meiner Mutter, die, wie ich vermutete, immer noch Sorge hatte, ich könnte vom bloßen Schreiben meine Miete nicht bezahlen. Nicht ganz zu Unrecht, denn immerhin war noch längst nicht abzusehen, ob ich wirklich davon leben könnte. Doch sie lächelte nur, nahm das Glas entgegen, das mein Vater ihr hinhielt, und hob es hoch. «Auf dich, Liebes!»

Am nächsten Morgen wachte ich früh auf, es war erst sieben Uhr. Ich hatte unruhig geschlafen, war ein paar Mal aufgewacht und musste jedes Mal überlegen, wo ich mich befand.

Der Geruch von frischen Brötchen und Kaffee stieg mir in die Nase und schaffte es, dass ich mich trotz der Müdigkeit in meinen Knochen aus dem Bett schwang. Kurz blieb ich stehen und betrachtete die Bilder an der Wand über meinem alten Schreibtisch. Die Fotos hatte ich damals wild durcheinander mit Klebestreifen an die Tapete geklebt. Auf den meisten waren Lotta und ich zu sehen, ein paar Freunde aus der Schulzeit und auch zwei von Marc und mir. Eins an einem Badesee hier in Brandenburg, kurz nachdem wir zusammengekommen waren. Und ein zweites, wie wir bei meinen Eltern im Garten sitzen, auf einer Decke im Gras. Mein Vater hatte das Foto geknipst, ohne dass wir es mitbekommen haben. Es war ein ganz anderes Leben.

Eine Erinnerung kam auf und ich hob das Kopfkissen hoch. Dort lag es immer noch. Das Foto von Marc und mir, das ich von unserer Pinnwand mitgenommen hatte. Ich nahm es und klebte es zu den anderen Bildern an die Wand.

Dann zog ich mir meinen Writer-Pulli über und ging dem Kaffeegeruch entgegen nach unten in die Küche.

«Guten Morgen, wie hast du geschlafen?»

«Guten Morgen, Mum.» Ich gab ihr einen Kuss auf die Wange und setzte mich an den Frühstückstisch, meine Eltern hatten bereits angefangen. «Gut. Ich bin ein paar Mal aufgewacht und wusste erst nicht, wo ich bin. Aber ansonsten gut.» Ich nahm einen Schluck Kaffee, der erste Schluck war immer der beste.

«Und wie hast du deine nächsten Tage so geplant?», fragte mein Vater und biss in sein Marmeladenbrötchen.

«Also, ich werde erst mal Merle besuchen und schauen, wie sich mein Buch in ihrem Laden macht. Und dann werde ich mich noch mal dahinterklemmen, ein paar Artikel über mich in die Zeitung zu bekommen. Mit Kati wollte ich mich treffen ... und dann habe ich auch schon eine neue Buch-Idee. Vielleicht fange ich damit schon mal an.» Ich nahm mir ein Brötchen und fing an, es aufzuschneiden.

«Wir könnten die Tage zusammen auf den Weihnachtsmarkt gehen», schlug meine Mutter vor. «Irene hat in Spandau wieder ihren kleinen Eierlikörstand, und ich könnte sie fragen, ob sie nicht ein paar Bücher von dir mit auslegen möchte.»

«Oh, das ist eine gute Idee, Mum!», sagte ich und bestrich mein Brötchen ebenfalls mit Marmelade. Ich freute mich, dass meine Mutter offenbar überlegt hatte, wie sie mir beim Buchverkauf helfen könnte. Irene war eine langjährige Freundin und machte einen ziemlich guten Eierlikör.

«Man könnte anbieten, dass es ein Pinnchen Likör beim Kauf eines Buches aufs Haus gibt», sagte ich und biss in mein Brötchen. Diese Marmelade hatte ich definitiv auch vermisst.

«Gute Idee!» Meine Mutter lachte, sie schien froh, dass mir ihr Vorschlag gefiel.

«So, meine beiden Lieblingsfrauen, ich lass euch jetzt allein, ich werde Erik heute helfen, seinen Gartenteich winterfest zu machen, bevor der erste Schnee fällt. Und dann besorge ich uns noch einen Weihnachtsbaum.» Mein Vater erhob sich und gab meiner Mutter und mir noch einen Kuss auf die Stirn, bevor er die Küche verließ.

Nach zwei Brötchen mit selbst gemachter Erdbeermarmelade und zwei großen Bechern Kaffee war ich pappsatt. Ich stand auf und half meiner Mutter dabei, den Tisch abzuräumen.

«Weißt du, Karla», meine Mutter zog die Spülmaschinentür auf und räumte die Teller ein, ihre Stirnfalte war vertieft, das war sie immer, wenn es ihr ernst war, «ich möchte, dass du weißt, dass ich stolz auf dich bin. Ich weiß, ich habe die ganze Zeit Sorge gehabt, dass das Risiko zu groß ist, das du eingehst. Und ich habe die Sorge immer noch, ich meine, du hast ziemlich viel aufgegeben ... dein ganzes Leben hier ... Da hast du wohl mehr von deinem Vater mitbekommen als von mir.» Sie blieb vor der Spülmaschine stehen, die fertig zum Anstellen war und lächelte mich an.

Ich war dabei, den Kühlschrank einzuräumen, doch hielt jetzt inne und setzte mich. «Ich weiß doch, Mum. Mütter machen sich nun mal Sorgen. Danke, dass du nicht versucht hast, es mir auszureden.»

«Es fiel mir schwer, aber ich habe mich wirklich zurückgehalten, sonst hätte ich auch Ärger von deinem Vater bekommen.»

«Na, das hätte ich gerne gehört.»

«Du sollst nicht denken, ich hätte es dir nicht auch zugetraut. Das habe ich nämlich. O ja.» Mit Schwung drückte sie auf den Startknopf und die Maschine fing augenblicklich an zu brummen.

«Das habe ich nicht gedacht. Ich hatte ja auch Angst, ziemlich sogar. Aber noch viel mehr hatte ich Angst, es irgendwann zu bereuen, es nicht wenigstens versucht zu haben. Und, ich muss sagen, auch wenn immer noch alles ungewiss ist, es fühlt sich trotzdem gut an. Wenn man nicht mehr viel hat, fühlt man sich freier. Und leichter.»

«Hauptsache, du bist glücklich, Karla. Mehr will ich nicht. Und du weißt, dass du jederzeit zu uns kommen kannst. Und auch hier wohnen kannst.»

«Das weiß ich doch, aber ich komme schon klar. Und wenn es gar nicht mehr geht, verspreche ich, dass ihr mir helfen dürft. Aber erst mal will ich es allein schaffen.»

Am Nachmittag besuchte ich Merle. Ich freute mich darauf, sie auch endlich wiederzusehen. Ich hatte ihr so viel zu erzählen, auch wenn sie das meiste schon aus meinen E-Mails und unseren Telefonaten wusste.

Schon von Weitem konnte man die einladenden Lichter erkennen, die den Türrahmen ihres kleinen Ladens zierten. Bevor ich reinging, bestaunte ich das Schaufenster, das mit weißer Fensterfarbe bemalt worden war. Es zeigte einen Schlitten, voll bepackt mit Geschenken, der von vier Rentieren gezogen wurde. In den Fensterecken hingen Tannenzweige, die mit kleinen Wattebäuschchen beklebt waren. Und in der Auslage lag, genau mittig, mein Buch. Dahinter ein üppiger Adventskranz mit dicken roten Kerzen und einer handgeschriebenen Karte, die daran lehnte: *Ein wunderbares Buch einer wunderbaren Autorin aus Berlin-Brandenburg. Als Weihnachtsgeschenk wärmstens zu empfehlen.*

Ich hielt kurz die Luft an, es hatte einen besseren Platz als die aktuellen Bestseller, die drumherum angeordnet waren. War das wirklich real?

Das kleine Türglöckchen bimmelte, als ich eintrat, und Merle, die hinten am Kassentresen gut zu tun hatte, schaute kurz auf und winkte mir zu. Der Laden war gut gefüllt. Manche Kunden blieben vor dem Poster stehen, auf dem mein Gesicht prangte, und nahmen kurz darauf mein Buch vom Stapel, der daneben auf einem Tisch lag. Manche legten es wieder zurück, doch einige nahmen es mit. Kurz überlegte ich, mich zu verstecken. Was, wenn sie mich erkannten? Ein neuartiges Gefühl überkam mich, wie ein angenehmes Unwohlsein, gemischt mit Freude und Ungläubigkeit. Da lag mein Buch und Leute kauften es!

Möglichst unauffällig ging ich durch die Reihen und tat, als würde ich ein bisschen stöbern, doch in Wahrheit beobachtete ich weiter die Leute, die um den kleinen Tisch mit meinen Büchern standen.

Nach einer Weile war ein größerer Schwung wieder aus dem Laden verschwunden und ich ging rüber zu Merle, die jetzt ein paar Minuten Zeit hatte.

«Karla, Kind, komm her», sagte sie und drückte mich an sich. «Ich habe es immer gewusst, dein Buch wird eines Tages in meinem Laden liegen.»

«Danke, Merle, und danke, dass du mich hier so grandios präsentierst. Bist du sicher, dass du nicht lieber die Bestseller mehr ins Licht rücken willst? Die Leute fragen doch bestimmt danach, oder?»

«Eben, sie fragen danach, ich brauche sie nicht extra präsentieren. Es gibt viel mehr Bücher, die genauso gut sind. Die müssen präsentiert werden. So wie deins. Und weißt du was? Ich habe schon zwanzig deiner Bücher verkauft. In fünf Tagen, Karla.»

«Zwanzig? Oh, das ist ja fantastisch. Aber ohne deine Werbung ...»

«Ach was, für gute Dinge muss man Werbung machen, sonst sieht man sie doch nicht.»

Da hatte sie vollkommen recht, aber ein gewisser Selbstzweifel nagte noch an mir. Vielleicht würde das für immer so bleiben und vielleicht war das okay so.

«Wenn das so weitergeht, musst du nachliefern, du hast doch noch welche, oder?»

«Ja, gut dreihundert liegen noch in Frankreich, aber warten wir erst mal ab.»

«Ich gebe dir rechtzeitig Bescheid, die Tage zwischen den Feiertagen werden noch mal heftig. Wenn alle kommen, um ihre Gutscheine einzulösen oder ihr Weihnachtsgeld ausgeben. Aber jetzt erzähl erst mal, wie waren die letzten Monate und ... wirst du wieder zurückgehen?»

Ich erzählte und erzählte. Zwischendurch mussten wir Pausen einlegen, weil neue Kunden hereinkamen. Doch die Frage, ob ich nach Frankreich zurückginge, konnte ich ihr nicht beantworten. Selbst wenn ich alle gedruckten Exemplare verkauft bekäme und neue nachdrucken ließe, würde ich noch lange nicht davon leben können. Ein Plan B musste her.

Am nächsten Tag besuchte ich mit meiner Mutter den Weihnachtsmarkt in Spandau. Ich nahm zehn meiner Bücher für Irene zum Verkauf mit, die restlichen zwei brauchte ich noch.

Das Berliner Winterwetter hielt sich und es war kalt genug, um Lust auf einen heißen Kakao und einen Crêpe mit

Marzipan zu haben. Der Markt war weihnachtlich-gemütlich geschmückt. Die roten Holzhäuschen, in denen sich die Stände befanden, waren von Lichterketten umrahmt, in den Bäumen funkelten goldene Sterne. Es gab viel kleineres Handwerk wie selbst gemachten Schmuck, Kerzen, gestrickte Wollsocken, Schals und kleine Weihnachtsmännchen aus Filz. Ein süßer Duft nach Zuckerwatte und gebrannten Mandeln lag in der Luft.

Wir gaben meine Bücher bei Irene ab und sie drapierte sie um ihre Eierlikörfläschchen – ein eher skurriles Gesamtbild. Auf Irenes Bitte hin signierte ich noch jedes meiner Bücher. Aufgeregt war ich nicht, wer kaufte schon Bücher einer unbekannten Autorin auf einem Weihnachtsmarkt? Dort erwartete man doch ganz andere Dinge. Doch wahrscheinlich war es genau das. Je dunkler es wurde, desto mehr Menschen schoben sich durch die Gänge zwischen den Ständen und blieben interessiert bei Irene hängen. Innerhalb kürzester Zeit waren meine Bücher verkauft. Ich gab mich weiterhin als «Unbeteiligte», doch spätestens, wenn die Käufer zu Hause bei mehr Licht genauer ins Buch schauten und mein Bild im Klappeinband sahen, würde es ihnen dämmern.

«Mensch, Karla, da hättste mehr mitbringen müssen, eigentlich hättste gleich deinen eigenen Stand uffmachen können.» Irene lachte und genehmigte sich noch ein Pinnchen ihres Likörs. «Uff dich! Dit wird jut, dit spür ick.»

Ich realisierte es immer noch nicht. Leute kauften tatsächlich mein Buch. Und lasen es mit großer Wahrscheinlichkeit auch.

«Karla Janssen?», sagte ich leicht nervös in mein Handy, als ich dranging. Die MAZ hatte wie angekündigt um fünfzehn Uhr angerufen, um mit mir das Interview zu führen. Ich hatte ihnen vorab mein Buchexposé zugeschickt, damit sie sich schon mal einlesen konnten.

«Karla, hier ist Dennis von der MAZ. Schön, dass das geklappt hat, und erst einmal Glückwunsch zum ersten eigenen Buch!»

«Danke, ja, ich freue mich auch.»

«Ich habe das Exposé gelesen, natürlich, um mich auf unser Interview vorzubereiten, aber auch, weil es mich wirklich interessiert hat, auch wenn ich wahrscheinlich nicht deine typische Zielgruppe bin. Aber dein Thema, dass das Leben manchmal anders läuft, als wie wir es uns mit zwanzig vorgestellt haben, betrifft ja auch Männer. Zumindest einige von uns.» Er lachte.

«Ja, das stimmt natürlich. Das freut mich, dass du es so siehst.» Ich drückte das Handy fester ans Ohr und lief im Zimmer hin und her. Hoffentlich gab ich vernünftige Antworten von mir.

«Ich schlage vor, wir hangeln uns einfach an den Fragen entlang, die ich vorbereitet habe, und morgen bekommst du den Artikel zugeschickt, um ihn abzusegnen.»

«Das klingt nach einem Plan.»

Das Interview dauerte über eine Stunde. Meine Aufregung hatte sich schon nach den ersten fünf Minuten gelegt. Dennis' Fragen zielten zum einen auf den Inhalt des Buches ab, vor allem aber auch auf meine Geschichte. «Hinter jeder Geschichte steckt ein Mensch, der sie geschrieben hat und irgendwo auch Teil dieser Geschichte ist», sagte er am Ende, «und das ist es, was die Menschen da draußen interessiert. Sie wollen sich wiederfinden, in der Geschichte und in der Autorin.»

Wie versprochen bekam ich den Artikel am nächsten Tag zu lesen. Er gab genau das wieder, was mir wichtig war. Ich fühlte mich absolut verstanden. Vielleicht war es besser, einen richtig guten Text über sich auf Seite fünf einer kleinen

Lokalzeitung in Brandenburg zu haben, statt als unsichtbarer Vierzeiler in den großen Berlinmagazinen unterzugehen. Vielleicht wurde man dort sogar gesehen, wenn man Glück hatte, doch spätestens am nächsten Tag wäre man schon wieder vergessen.

Der Artikel sollte in zwei Tagen erscheinen, zehn Tage vor Weihnachten, die Geschenkekaufen-Hochzeit.

In der Zwischenzeit beschäftigte ich mich mit der Frage, womit ich mir meinen Unterhalt verdienen könnte, bis ich mit dem Schreiben auf einen grünen Zweig kam. Dass ich das kam, daran glaubte ich und daran ließ sich nichts mehr rütteln. Doch ich war realistisch genug, mir einzugestehen, dass als Überbrückung ein Brotjob nötig war – denn im Prinzip war ich pleite. Doch im Gegensatz zu noch vor ein paar Monaten ängstigte mich das nicht mehr. Was brauchte ich schon? Gut, der Flug nach Kanada zu Lotta und mein weiterer Provence-Aufenthalt mussten irgendwie bezahlt werden, aber jetzt, wo ich finanziell unten am Boden angekommen war, konnte es theoretisch nur noch bergauf gehen. Ich hatte keine Angst mehr, irgendetwas zu verlieren, das von materieller Natur war, und das war so befreiend.

«Karla», ertönte es schrill über die voll besetzten Tische hinweg. Kati und ich hatten uns in einem neuen und laut ihr «hippen» Café in Kreuzberg verabredet. Ich war schon etwas früher dagewesen und hatte einen Platz in einer der hinteren Ecken ergattert. Das Café war voll, die Leute drängelten sich um den Verkaufstresen, die Schlange reichte bis nach draußen vor die Tür. Ich fragte mich, ob der Kaffee hier besser schmeckte als anderswo und woran es lag, dass manche Cafés scheinbar hipper waren als andere.

«Karla», wiederholte sie strahlend, als sie sich zwischen den eng stehenden Tischen hindurchgeschlängelt hatte und sich endlich zu mir in die Ecke quetschen konnte. «So schön, dich zu sehen.» Sie erdrückte mich fast mit ihrer Umarmung.

«Das finde ich auch, Kati.» Ich erwiderte ihre Umarmung, und als wir losließen, betrachteten wir uns kurz, bevor wir uns noch einmal umarmten. Es war ein seltsames Gefühl, jetzt mit ihr hier an einem Tisch zu sitzen, es brachte so viele Erinnerungen hoch. Erinnerungen an ein Leben, das es nicht mehr gab. Und wie es viele Erinnerungen so an sich haben, betrachtet man sie mit ein wenig Wehmut. Ein Mensch sollte viele kleine Leben in seinem großen Leben haben. Mit jeder Veränderung beginnt ein neues, ein neuer Abschnitt. Und am Ende schaut man auf diese vielen Abschnitte zurück, die ein Ganzes ergeben haben.

«Erzähl, wie geht es dir hier in Berlin, was machen die Verkäufe und wann gehst du nach Frankreich zurück?» Erwartungsvoll schaute sie mich an.

«Also, ich fange mal vorne an, es geht mir sehr gut, ich habe eine schöne Zeit bei meinen Eltern. Wir kochen jeden Abend zusammen, spielen Spiele, schauen Filme, ein bisschen so wie früher, als ich Kind war. Und natürlich nicht zu vergessen, die weltbesten Marmeladen-Zimtplätzchen, die meine Mutter jeden dritten Tag backt, weil mein Vater und ich sie so schnell verschlingen.»

«Da hättest du mir ruhig ein paar von mitbringen können.»

«Waren leider schon wieder alle. Beim nächsten Mal dann.» Ich lächelte.

Da kam ein Kellner und wir bestellten jeder einen großen Milchcafé.

«Na ja, und meine Bücher verkaufen sich einerseits gut, auf dem Weihnachtsmarkt waren sie innerhalb einer Stunde weg, stell dir vor. Und Merle ist schon besorgt, dass die hundert

Stück, die sie hat, auch bald verkauft sind. Ich denke sogar, ich werde Claudia bitten müssen, mir welche nachzuschicken. Habe sie alle im Haus gelagert. Andererseits läuft es bei Claudia im Laden nicht so gut, die deutschen Touristen bleiben dieses Jahr irgendwie aus und die Franzosen kaufen es natürlich nicht.» Claudia hatte mich am Vormittag angerufen und berichtet, dass sie erst zwei Bücher verkauft hätte. An zwei deutsche Stammkundinnen, die häufig den Winter in der Gegend verbrachten.

«Aber das ist doch gar nicht so schlecht. Wird bestimmt noch mehr. Was ist denn mit den beiden Reisebloggern, die dein Auto gekauft haben?»

«Die posten eifrig, aber erreichen eben hauptsächlich Franzosen. Vielleicht sollte ich ernsthaft überlegen, es übersetzen zu lassen.»

«Würde zumindest passen … deutsche Autorin in Frankreich.»

«Ob ich zurück in die Provence gehe, steht noch in den Sternen.»

«Karla, du musst!» Theatralisch zog sie ihre Augenbrauen nach oben und rüttelte leicht an meinen Schultern. «Du bist doch mein Vorbild! Meine Inspiration!»

«Ja genau, wie läuft es denn mit deiner Karriere, Frau Illustratorin?»

Entspannt lehnte sie sich zurück, ein zufriedenes Lächeln zeigte sich um ihren Mund. «Gut, wirklich. Mache jetzt nur noch dreißig Stunden im Konzern. War ein Kampf, aber am Ende hat mein Chef es eingesehen.»

«War bestimmt nicht leicht für dich, das zu entscheiden.»

«Nein, aber es hat sich gelohnt. Die Illu-Aufträge machen so viel mehr Spaß. Und es kommt auch immer wieder mal was. Es erfüllt mich.»

«Und ist das nicht das Wichtigste?»

«Ja, und stell dir vor, was ich alles spare, seit ich mich nicht mehr mit Luxusartikeln belohne.» Sie kicherte.

Der Kellner brachte unsere Milchcafés und ein kleines Schälchen mit Plätzchen in Herzform.

«Die sollen vegan sein und zuckerfrei», sagte Kati. Genussvoll tauchte sie eins in den Milchschaum und steckte es sich in den Mund. Ich probierte den Kaffee, er war wirklich außergewöhnlich gut.

«Habe sogar ordentlich ausgemistet», erzählte sie weiter, «und alles ins Sozialkaufhaus gebracht. Und Jakob ist auch froh, jetzt eine zufriedenere und ausgeglichenere Frau zu haben.» Sie lächelte und rührte in ihrem Kaffee.

«Das klingt wundervoll. Man merkt dir an, dass es dir viel besser geht.»

«Ohne dich wäre ich jetzt nicht hier und könnte dir das erzählen. Danke für den Tritt in den Allerwertesten.»

«Gern gemacht.» Ich grinste. «Und übrigens, ich habe noch was für dich», sagte ich und zog eins meiner Bücher aus meinem Rucksack, das ich für Kati vorbereitet hatte.

Behutsam nahm sie das Buch und strich über das Cover.

«Es ist ein großartiges Gefühl, wenn man etwas aus Leidenschaft erschaffen hat, auf das man stolz sein kann, oder?», fragte ich und legte meine Hand für einen Moment auf ihre.

«Ja, das ist es.» Kati schaute auf, ihre Augen glitzerten leicht. «Danke, dass ich das machen durfte.»

«Wir haben uns doch gegenseitig geholfen.»

Nach dem Café-Besuch schlenderten wir am Landwehrkanal entlang und plauderten über alte Zeiten, die so alt gar nicht waren. Und die Erinnerungen taten nicht mehr weh. Sie waren einfach ein Teil meines Lebens, der nun vorbei war. Ich konnte also nach Berlin zurückkehren, ohne deprimiert zu sein.

Schließlich begleitete ich Kati noch nach Hause – ich wollte noch etwas erledigen.

«Bist du dir sicher, dass du klarkommst?», fragte Kati. Sie stand unschlüssig vor ihrer Haustür und sah mich stirnrunzelnd an.

«Ja, ich komme klar, habe nur eine Sache, die ich noch tun will, und dann bin ich auch schon weg.»

«Okay. Na dann, wir hören uns und sehen uns hoffentlich auch noch mal.»

«Sehr gern, mach's gut, Kati.»

Wir umarmten uns und dann verschwand sie im Haus.

Langsam ging ich rüber zum Nachbargebäude, schaute nach oben zur obersten Etage. Am Hauseingang betrachtete ich die Klingelschilder, mein Name stand noch immer neben Marcs. Hatte er es extra so gelassen oder nur nicht dran gedacht?

Ich kramte meinen Schlüssel aus dem Rucksack und schloss die Haustür auf. Es war vier Uhr nachmittags an einem Donnerstag, Marc würde noch lange im Büro sein. Im Hausflur roch es immer noch nach neuem Haus. Die Wände strahlten in sterilem Weiß. Ich nahm die Treppen und stieg langsam und Stufe für Stufe nach oben. Ich genoss es, es waren die letzten Schritte in diesem Haus. So oft weiß man nicht, wann man jemanden zum letzten Mal sieht, etwas zum letzten Mal macht, doch hier und jetzt wusste ich es.

Oben vor der Wohnungstür zögerte ich einen Moment, sollte ich reingehen? Doch ich ließ es bleiben. Zog stattdessen das letzte Exemplar meines Buches heraus, das ich mitgenommen hatte, eingewickelt in weißes Papier, und legte es vor die Tür. Obendrauf ein Umschlag – drinnen waren ein Zettel und meine Schlüssel.

Ein letztes Mal setzte ich mich unten auf die kleine Bank im Innenhof und betrachtete die Wiese und den kleinen zugefrorenen Teich. Langsam und erst kaum sichtbar fielen die ersten Schneeflocken in diesem Jahr. Behutsam setzten sie sich auf das Gras, als würden sie zuerst schauen wollen, ob die Erde bereit war. Dann sammelten sie sich als feiner weißer Flaum und bildeten die erste Schicht. Ich stand auf und sah ein letztes Mal nach oben zu Marcs Fenster, zu seiner Wohnung, seinem Zuhause. Dann ging ich langsam vom Hof und schaute mich nicht mehr um. Ab dem Moment war es nur noch eine Erinnerung. Ein Bild in meinem Kopf.

«Brandenburger Neuautorin berührt mit Debütroman» stand groß und dick auf der Titelseite der MAZ. Mein Vater hatte die Zeitung auf dem Frühstückstisch ausgebreitet, an dem wir gerade saßen, und hatte Tränen in den Augen, die er schnell wieder wegblinzelte.

«Oh, wie fantastisch!», rief meine Mutter, lachte und klatschte mehrfach in die Hände. Ich hatte sie selten so ausgelassen gesehen.

Ich saß nur da und bekam mein Grinsen nicht mehr aus dem Gesicht. Das Foto von mir und meinem Roman, das fast die halbe Seite einnahm und das ich Dennis per E-Mail geschickt hatte, zeigte eine fröhlich grinsende Karla. Und ich grinste fröhlich zurück.

«Na, da werden sie Merle aber die Bude einrennen», sagte mein Vater und zeigte auf das Info-Kästchen unter dem Artikel, in dem ihr Buchladen angepriesen wurde. Denn nur dort konnte man «den großartigen Roman, der den Leser über das Leben sinnieren lässt» erwerben – lautete Dennis' Abschlusssatz.

Es war Samstag, heute hatten die Menschen Zeit für Weihnachtseinkäufe.

«Karla, du musst mir neue Bücher bringen! Seit dem Artikel vor drei Tagen werde ich der Kunden hier nicht mehr Herr. Selbst bis nach Berlin hat es sich herumgesprochen! Ich habe nur noch zehn Bücher, per Onlinebestellung gebe ich gar nichts mehr raus.» Merle holte kaum Luft beim Sprechen. Und sie sprach so laut. Ich musste mein Handy etwas vom Ohr weghalten. Doch war es doch genau das, was wir uns erhofft hatten. Sie rüttelte mich wach. Die ganze Zeit hatte ich irgendwie gemacht und irgendwie doch noch gezweifelt. Für Zweifel war jetzt keine Zeit mehr.

«Was?! Das kann ich gar nicht glauben ... ich ... ich rufe Claudia an, sie kann mir die Bücher per Expresslieferung schicken. Am besten direkt zu dir in den Laden. Wenn sie es heute noch schafft, sind die Bücher übermorgen da.»

«Schick mir alle, die du hast, Karla!»

«Claudia, wie gut, dass ich dich erreiche, es gibt tolle Neuigkeiten, mein Roman wird gekauft! Es ist ein Artikel über mich in der MAZ erschienen, und jetzt braucht Merle Nachschub, die Leute bestürmen nahezu ihren Laden. Stell dir vor, es gab auch schon die ersten Rezensionen, sie stehen auf Merles Website, und sie sind gut.» Jetzt war ich diejenige, die kaum Luft holte. «Also, weshalb ich anrufe, du musst uns dringend Bücher schicken, am besten heute noch ... Claudia, die lesen mein Buch!»

Die Wörter hatten es eilig, ich hatte es eilig. Ein Wasserfall an Energie. Ich lief die ganze Zeit in meinem Zimmer im Kreis, während ich telefonierte.

«O Karla, ich freue mich für dich, aber ...», sie hustete und war kaum zu hören, so leise sprach sie, «mich hat es total erwischt. Ich wollte dich schon anrufen. Liege seit gestern im Bett, den Laden musste ich schließen.» Ihre Stimme war jetzt nur noch ein Krächzen.

«O nein, Claudia, ist denn jemand da, der dir hilft, Medikamente besorgt? Warst du beim Arzt?»

«Eine Freundin besucht mich, ich brauche nur Ruhe, schlafe den ganzen Tag. Ich könnte meine Freundin bitten, dir die Bücher zu schicken.»

«Nein, nein, kümmer du dich bitte nur um dich selbst und werd schnell wieder gesund! Ich finde schon eine Lösung.» Ich wollte nicht noch weitere Leute mit meinem Problem belasten, zur Not würde ich selbst nach Frankreich fahren.

Etwas ratlos setzte ich mich aufs Bett und überlegte. Ich könnte das Auto meiner Eltern nehmen und selbst nach La Motte fahren, dreihundert Bücher würde ich darin schon unterbekommen. Aber das würde zu lange dauern und das aktuelle Schneechaos in vielen Teilen Deutschlands trug nicht dazu bei, dass diese Lösung als sinnvoll erschien. Es gab nur eine Möglichkeit. Und es war keine Zeit mehr für weitere Überlegungen.

Ich nahm mein Handy und wählte die Nummer. Meine Hände zitterten und mein Herz klopfte so laut, dass ich es hören konnte.

«Karla.» In seiner Stimme lag eine Mischung aus Freude, Verwunderung und Skepsis.

«*Salut*, Olivier ... ich, äh, es tut mir leid, wenn ich störe, aber ... äh, ich habe da ein Problem und ... na ja, ich hatte gehofft, dass du mir vielleicht helfen kannst.»

Direkt mit der Tür ins Haus, kein Raum für Small Talk oder unangenehme Pausen lassen. Es ging jetzt nur um mein Buch.

«Okay. Was für ein Problem?»

«Mit meinem Buch ... ich brauche Nachschub für Merles Laden. Du weißt, der kleine Buchladen in Brandenburg. Aber die Bücher sind im Haus und ich bin in Berlin und Claudia liegt krank im Bett und ich könnte auch selbst runterfahren, aber das würde zu lange dauern. Und hier liegt so viel Schnee und da dachte ich ...»

«... dass ich als Versanddienst einspringen könnte.»

«Nein, doch nicht so, ich meine ... ja schon ... ich ... Hilfst du mir?» Meine Hand am Hörer war schweißig geworden. Und mein Ohr tat weh, so fest presste ich das Handy daran.

«Natürlich helfe ich dir ... schön, dass du anrufst ...»

«Das ... das ist nicht der einzige Grund, warum ich anrufe ... vielleicht ... bin ich auch froh über diesen Grund ...» Was bitte sollte das werden? Ich stand nun am Fenster und blickte raus in den verschneiten Garten. Warum war das immer so schwer? Warum sagte man nicht einfach, was man sagen wollte?

«Was soll ich tun?»

«Du fährst zu Claudia, holst dir den Schlüssel zum Haus, lädst die dreihundert Bücher in dein Auto und bringst sie zur Post. Bitte alles per Express verschicken und direkt an Merle liefern lassen. Die Adresse schicke ich dir gleich.»

«Gut, geht klar. Ich fahre gleich hin und erledige das.»

«Olivier ... danke.»

Jetzt kam sie doch, die unangenehme Gesprächspause.

«Ich habe dein Buch gelesen ... es ist wirklich gut. Authentisch. So ist das Leben. *C'est la vie.*»

«Ja.»

«Ich könnte es bei uns mit auslegen, es kommen ja so einige deutsche Touristen vorbei.»

«Ja, das ist eine gute Idee. Ich überlege schon, es irgendwann übersetzen zu lassen. Mal sehen ... Vielleicht gibts Rabatt auf meinen Lieblingsrosé, wenn man mein Buch kauft.» Ich kicherte leise, es tat gut, mit ihm zu sprechen. Ich vermisste ihn.

«Du Marketingexpertin», Olivier lachte, «und tolle Autorin natürlich.»

Wieder Pause.

«Olivier ... es tut mir leid, dass ich mich einfach nicht mehr gemeldet habe. Ich ... es war mir plötzlich zu viel und als ich den Anruf von Alex gesehen habe ...»

«Dachte ich mir doch, dass du das gesehen hast. Und das tut mir leid, Karla. Ich wollte dir von dem Treffen erzählen, an dem Tag, als wir uns wiedersehen wollten.»

«Das war ziemlich blöd von mir.»

«Ich hätte es dir einfach schon am Telefon sagen sollen. Aber ich wollte es lieber persönlich tun.»

«Und ich habe ein Foto gesehen ... von dir und Alex auf dieser Gala ... im Internet ...»

«Da ist nichts, Karla. Schon lange nicht mehr. Sie war einfach die Organisatorin dieses Charity-Events, ich hatte das erst kurz vorher erfahren. Meine Termine in den zwei Wochen waren so eng getaktet, ich hatte gar keine Zeit, mich auf irgendwas vorzubereiten. Und dann stand sie da.»

«Und hat dich ein bisschen genutzt, um Werbung für ihre Agentur zu machen, und gemerkt, dass du vielleicht doch ein ganz guter Fang wärst.» O Gott, ich wollte mich nicht eifersüchtig anhören.

«Bin ich das etwa nicht?» Ich sah sein Lächeln bildlich vor mir. «Ja, du hast recht, doch noch an diesem Abend habe ich ihr deutlich gesagt, dass es kein Zurück mehr gibt. Sie hat es akzeptiert und es war einfach nur ein netter Abend.»

Ich sagte nichts, ich hatte es die ganze Zeit gewusst, dass es eine vernünftige Erklärung gab. Es kam mir nur als Vorwand sehr gelegen, mich nicht auf Olivier einlassen zu müssen. Das wurde mir jetzt bewusst. Ich wollte erst mein Leben ordnen.

«Danke, dass du mir das erzählt hast, ich ... ich hätte auch nicht gedacht, dass du ... dass ihr ... aber ich wollte ...»

«Ich weiß, Karla.»

Als wir auflegten, war der Damm gebrochen und die Sehnsuchtswellen fluteten meinen Körper. Endlich waren sie durchgekommen.

Die Tage bis Weihnachten zogen wie ein Film an mir vorbei. Merle stattete ihr kleines Lager mit weiteren dreihundert Büchern aus und ich half ihr, die Onlinebestellungen fertig zu machen und zu verschicken. Mittlerweile outete ich mich und signierte auf Wunsch meine Bücher, bevor sie die Buchhandlung verließen. Ich blieb von morgens bis abends im Laden, und wenn ich zwischendurch zu Hause war, schrieb ich bereits an meinem zweiten Buch, meiner Geschichte. Und ich fragte bei den Agenturen, mit denen ich früher zusammengearbeitet hatte, nach kleinen Textjobs, um wieder ein bisschen Einkommen zu haben. Den ein oder anderen Auftrag bekam ich.

Dann kamen die Feiertage, meine Eltern und ich machten es uns zu Hause gemütlich, aßen viel zu viel, machten lange Winterspaziergänge und tranken selbstgemachten Eierpunsch, bis uns schlecht wurde.

Mit Lotta traf ich mich per Videocall und staunte, wie groß mein süßes Patenkind in so wenigen Wochen schon geworden war. Außerdem stand mein Besuch in Kanada fest: Am dritten Januar würde es losgehen, drei Wochen waren geplant. Ich bekam es von meinen Eltern zu Weihnachten geschenkt. Und nach diesen drei Wochen würde die Entscheidung stehen. Musste sie.

Ich war auf dem Weg zu Merle, es war der dreißigste Dezember, das Schneechaos hatte sich über die Feiertage gelichtet und das perfekte Winterbild kam zum Vorschein: Eiskristalle an parkenden Autos, weißer Schnee, wohin man blickte, eine leuchtende Sonne am blauen Himmel.

Mein Handy klingelte. Claudia. Sie hatte ihre Grippe überstanden und stand schon seit zwei Tagen wieder im Laden.

«Karla, wie gut, dass ich dich erreiche, ich habe große Neuigkeiten! Elise, eine meiner Stammkundinnen aus Deutschland,
die fast das ganze Jahr immer hier ist, jedenfalls, sie ist auch
Verlagschefin, ehrlich gesagt wusste ich das gar nicht, sie
macht immer so ein bisschen auf geheimnisvoll, egal, Karla,
sie will dein Buch verlegen! Und zwar in Frankreich! Auch in
Deutschland, aber hauptsächlich in Frankreich. Sie hat es gelesen und fand es wundervoll, *trés formidable*, wie sie sagte.
Dein Stil erinnere sie an ‹Wasserkraft›, hast du doch auch gelesen, oder? Jedenfalls, du sollst sie anrufen.»

APRIL

Maurice hat ein Zitronenbäumchen in den Garten gepflanzt, direkt neben mein Kräuterbeet. Die gelben Früchte leuchten in der Frühlingssonne.

«Für Zitronen-Lavendelkuchen und Zitronenlimonade», hat er gesagt. Ich könne jetzt mehr in die französische Küche eintauchen. Er zwinkerte dabei und lächelte, als ob er es immer gewusst hätte.

Ein warmer Luftzug weht durch die offene Terrassentür ins Haus. Die Cafetiere sprudelt, ich nehme sie vom Herd und gieße mir meinen Becher randvoll mit heißem, herrlich duftendem Kaffee. Es ist die gleiche Sorte.

Mein Handy liegt auf der Küchenanrichte und vibriert.

Heute Picknick am See? Ich bringe die occasion mit. Freu mich auf dich.

Die Ameisen in meinem Bauch wuseln leichtfüßig umher.

Ein kurzer Blick zu dem Bild über der Kommode, dann nehme ich meinen Kaffee und gehe barfuß auf die Terrasse. Der Sommer steht vor der Tür, ich spüre die warmen Terrakottafliesen unter meinen Füßen.

ORTE IM BUCH

Die Orte, die im Roman vorkommen, gibt es wirklich und ich war schon mehrmals dort. Sie befinden sich alle im Département Vaucluse, im Südosten Frankreichs in der Region Provence-Alpes-Côte d'Azur. Doch nicht alles in den Orten entspricht den wahren Gegebenheiten, manches ist rein fiktiv. Doch eins ist wirklich wahr: Die Provence ist absolut zauberhaft.

La Motte-d'Aigues

Ein unscheinbares, aber hübsches Dörfchen. Jedoch gibt es weder einen Markt noch eine Buchhandlung. Auch ein gemütliches Café wirst du nicht vorfinden. Es war mir jedoch wichtig, dass es diesen Ort gibt. Er sollte unbekannt sein und in der Nähe von all den anderen Orten liegen. Inspiriert zu der Idee mit der Buchhandlung hat mich «The Little Bookstore» in Lourmarin. Ein ebenfalls wunderhübscher Ort und etwa zwanzig Autominuten von La Motte entfernt.

Étang de la Bonde

Diesen Badesee mit Strand und Campingplatz gibt es tatsächlich und er ist zu Fuß von La Motte aus zu erreichen.

Cucuron

Für mich persönlich der schönste und charmanteste Ort der Provence und er entspricht den Beschreibungen im Roman. Tatsächlich habe ich ihn durch den Film «Ein gutes Jahr» entdeckt. Das Einzige, das dort leider nicht stattfindet, ist das Freiluftkino.

Ménerbes

Ebenfalls ein wundervoller Ort, der den Beschreibungen im Roman entspricht. Schon oft habe ich abends oben auf der alten Stadtmauer gesessen und ins Tal geschaut. Eine magische Atmosphäre.

Ansouis

Oben auf dem Berg liegt das Château d'Ansouis. Ansonsten bietet das Dörfchen eine kleine Bar und ein gutes Restaurant. Albert und die Mandelcroissants sind erfunden.

Vaugines

Am kleinen Marktplatz befindet sich ein schöner Brunnen mit zwei Restaurants, wo man wunderbar Pizza essen kann.

Château Dupont

Das Weingut ist rein fiktiv. Doch in der Provence gibt es unzählige wunderschöne Weingüter. Roséwein wird dort tatsächlich zu etwa 90 Prozent hergestellt.

Lac de Sainte-Croix

Gilt als der schönste See in der Provence und liegt zwischen der Verdonschlucht (Gorges du Verdon) und den Lavendelfeldern des Plateau de Valensole.

Wenn du nun Lust auf die Provence bekommen hast und noch weitere Orte kennenlernen möchtest, empfehle ich dir meinen Provence-Blogbeitrag auf meinem Reise- und Nachhaltigkeitsblog *leavingcomfort.zone*.

Hier gehts direkt zum Beitrag:

Und wer weiß, vielleicht entdeckst du in der Provence deinen ganz persönlichen Lieblingsrosé – für jede Gelegenheit ;-)

PLAYLIST – STIMMUNG ZUM BUCH

Veränderung, Abschied, Träume leben
- Hör auf deinen Bauch (Sarah Connor) – Karla verlässt Berlin

Provencefeeling
- Sur Les Chemins (Makali) – Karla kommt in der Provence an, Song aus «Ein gutes Jahr»
- Il Faut Du Temps Au Temps (Makali) – Song aus «Ein gutes Jahr»
- Boum! (Charles Trenet) – Karlas erster Marktbesuch
- Douce France (Charles Trenet) – Elternbesuch und Erinnerung an die Kindheit, die sie oft mit ihren Eltern in Frankreich verbracht hat
- Petite fleur (Jill Barber) – Lavendelfeldtour mit Lotta
- Qué vendrá (Zaz) – Der Abend mit Lotta in Ménerbes
- La mer (Charles Trenet) – Der Abend mit Olivier in Cucuron, das Lied ertönt aus den Lautsprechern
- Mon amour, mon ami (Marie Laforêt) – Song aus «8 femmes»
- A quoi tu penses (Louane) – Karla im See nachdenkend, löst sich ein Stück von ihrem alten Leben

Weinlese und Sommerfest

- C'est la vie (Carrousel) – Weinlesestimmung
- Avenir (Louane) – Karla macht sich für das Sommerfest fertig
- Plus de couleurs (Carrousel) – Sommerfeststimmung
- Torn (Natalie Imbruglia) – Song auf dem Sommerfest, der für Karlas Zerrissenheit in Bezug auf Marc steht
- Reality (Vladimir Cosma, Richard Sanderson) – Song auf dem Sommerfest, Karla und Olivier tanzen zusammen

Liebe, Befreiung und Neuanfang in der Provence

- Jour 1 (Louane) – Die Nacht mit Olivier
- Ni oui ni non (Zaz) – Karlas Unsicherheit in Bezug auf Olivier, sie möchte erst ihren Traum verwirklichen, bevor sie sich einlässt, sie hat Angst, wieder abgelenkt zu werden
- Je veux (Zaz) – Karlas befreiender Ausflug zum See, sie lässt ihr altes Leben endgültig los
- Le long de la route (Zaz) – Karla geht ihren Weg und macht ihren Traum wahr

Den Code mit der Spotify-App scannen:

oder diesen QR-Code mit der
Smartphone-/Tablet-Kamera scannen.

Danke an alle, die an dieses Buch geglaubt haben.

Danke an dich, liebe Leserin und lieber Leser,
dass du dir die Zeit für diesen Roman genommen hast.
Glaub an dich und lebe deine Träume.
Fang am besten noch heute damit an.
Jeder Tag bietet dir eine neue Gelegenheit.

**Kopfreisen Verlag - Der Verlag für
Komfortzonenverlasser, Perspektivwechsler
und Kopfreisende.**

Die Reise im Kopf beginnt immer dann, wenn du dir darüber
bewusst wirst, dass du dein Leben selbst gestalten kannst,
deine Komfortzone verlassen und eine neue Perspektive
eingenommen hast.

Unsere Autorinnen und Autoren sind Mutmacher und Pro-
blemlöser. Sie wollen dich inspirieren, motivieren und einen
Impuls geben. Sie sind Experten oder verarbeiten eine eigene Geschichte, geben Tipps und regen dich an, deine Perspektive zu verändern, Denkmuster zu hinterfragen und
aus dem Gewohnten auszubrechen.

In jedem Fall wollen unsere Autorinnen und Autoren unter-
haltsam erzählen. Nie mit dem erhobenen Zeigefinger, sondern immer mit Verständnis, Einfühlungsvermögen und Em-
pathie. Durch ihre eigene oder ausgedachte Geschichte.

Wir verlegen Unterhaltungsliteratur mit einer bedeutsamen Botschaft – als Roman oder Sachbuch.

Besuch uns unter:
kopfreisen-verlag.de

Als Rangerin im Politik-Dschungel: Wie ich in der afrikanischen Wildnis die deutsche Politik verstehen lernte

Maria Henk / 190 Seiten

Über dieses Buch

»Der warme Fahrtwind weht mir ins Gesicht, ich atme tief ein – das ist der Inbegriff von Freiheit. Adieu, Berliner Korsett!«

Maria ist Mitte dreißig und arbeitet seit Ewigkeiten in der Politik. Sie hat mehrere Wahlkämpfe mitgerockt, unzählige Politikerinterviews begleitet und so manche Krisenkommunikation gewuppt. Doch von der anfänglichen Euphorie im

Job ist nichts mehr zu spüren. Das Kribbeln im Bauch ist einer abgeklärten Routine gewichen. Kaum ein Shitstorm kann sie mehr aus der Ruhe bringen. Sie beschließt, eine Auszeit zu nehmen, und beginnt eine Rangerausbildung in Botswana. Echte Wildnis statt Politik-Dschungel. Elefantentrompeten statt Politikerreden. Lagerfeuerabende statt Talkshowbesuche. Doch schnell erkennt sie: Politik-Dschungel und afrikanische Wildnis haben mehr gemeinsam, als sie je geahnt hätte …

20 Impulse, um deine Komfortzone zu verlassen –
Journal für neue Perspektiven

Romy Schneider / 128 Seiten

Über dieses Journal

Dieses Journal schafft dir Freiraum für deine Notizen, Gedanken und Ideen. Und zwischendurch gibt es dir kleine Impulse, deinen Blickwinkel zu ändern, deine Perspektive neu auszurichten oder deine bisherigen Sichtweisen einfach nur zu überdenken.

Diese Impulse sind für dich, wenn dein Alltag zur Routine geworden ist und diese Routine deinen Alltag bestimmt. Wenn du dein Leben eigentlich ganz schön findest, es aber vielleicht mal wieder einen neuen Anstrich gebrauchen

könnte. Jeder dieser Impulse stößt dich an, deine Komfortzone ein kleines Stück zu verlassen und neuen Schwung in
dein Leben zu bringen.

Wenn du magst, schreibe anschließend jeweils auf, wie es
für dich war: Was hat dich vielleicht zunächst gehindert?
Wie hast du dich hinterher gefühlt? Hast du dabei etwas
über dich gelernt?

Ich wünsche dir viel Spaß mit diesem Journal und beim Entdecken neuer Möglichkeiten!